HARTER FALL WEICHE LANDUNG

SARINA BOWEN

Übersetzt von
MICHAEL DRECKER

RENNIE ROAD BOOKS

LOB FÜR SARINA BOWENS BÜCHER

„Ein perfektes Zusammenspiel aus aufwühlendem Drama, gemischt mit einer sinnlichen Liebesgeschichte. Ein fünf Sterne Leseerlebnis." - **Audrey Carlan, #1 New York Times Bestseller Autorin**

„Ich habe nicht nur dieses Buch gekauft und verschlungen, ich habe diese gesamte New Adult Serie (The Ivy Years) in einer WOCHE gelesen. Das ist einfach absolut beste NA Unterhaltung."—**Tammara Webber, New York Times Bestseller Autorin**

„Bowen schreibt großartige Dialoge und wundervoll realistische Charaktere."—**Kirkus Reviews**

„Nach diesem Pageturner werden die Leser bestimmt schon gespannt auf Bowens nächstes Buch warten."—**Publishers Weekly**

1

Während sie in der Dezembersonne auf dem verschneiten Berghang stand, nickte Callie Anders rhythmisch zu einer ihr unbekannten Basslinie. Der schwere Groove, der aus den überdimensionalen Lautsprechern dröhnte, war der Sound von Bands, die sie nicht kannte, gespielt in Clubs, die sie nie besucht hatte.

Und es war nicht nur die Musik. Nichts an dieser Pistenparty ähnelte ihrem normalen Leben. Die Atmosphäre glich eher der eines Nachtclubs, als der eines Sportevents. Mit Bier in der Hand sahen die Zuschauer, wie einer der Finalteilnehmer sein Snowboard über die Kante der Superpipe und in die steile Krümmung herab stieß. Die Schwerkraft kam dem Athleten zur Hilfe und erhöhte seine Geschwindigkeit, während sein Board durch die Senke der riesigen Halfpipe und an der anderen Seite wieder hoch schoss. Wieder oben angekommen, riss der Typ seine Hüfte hoch, griff mit einer Hand an sein Board und wirbelte mit dem Körper in der Luft herum, um seinen Kurs zu ändern und wieder sauber im Schnee zu landen. Dann startete er erneut durch und raste die riesige Halfpipe hinunter, mit nur

wenigen Sekunden Zeit, um seinen nächsten Trick vorzu-
bereiten.

Callie hatte Snowboarding schon im Fernsehen gesehen,
aber live war es noch viel beeindruckender. Nachdem der Junge
seinen zweiten Trick durchgeführt hatte – eine Reihe schwindel-
erregender Drehungen, sie schaffte es nicht, sie mitzuzählen –
schien er sein Board wieder mit dem Boden zu verschmelzen.
Seine Schultern entspannten sich und er nahm eine unbe-
schwerte Haltung an, während er weiter bergab fuhr. Als er an
ihr vorbei raste, konnte Callie sogar sehen, dass er die Lippen zu
dem Song bewegte, der über ihre Köpfe hinweg schallte.

Nach zwei weiteren wirbelnden Tricks beendete er seinen
Lauf unter dem Johlen des Publikums. Die mit Wollmützen
bedeckten Köpfe der Menge wandten sich der gigantischen
Videoleinwand zu und warteten auf die Bewertungen.

„Nicht schlecht für einen Haufen Dumpfbacken", murmelte
ihr Freund Dane neben ihr.

„Ich find's klasse", hörte Callie sich sagen. Sie war froh, dass
Dane und Willow sie zu diesem Snowboard-Event mitge-
schleppt hatten. „Es ist... halb Sport, halb Zirkusnummer."

Zur Antwort schnaubte Dane nur verächtlich. Das ließ ihre
beste Freundin Willow grinsen. „Er kann nicht anders, Callie.
Ein Skifahrer kann nichts Nettes über Snowboarding sagen. Das
liegt ihnen nicht in den Genen."

Dane zwinkerte Callie zu. „In zwei Monaten kannst du
sehen, wie richtiger Wintersport aussieht."

„Ich kann's kaum erwarten", stimmte sie zu. Bis jetzt hatte sie
Dane nur im Fernsehen Ski fahren gesehen, doch sie hatte
bereits ihr Flugticket nach Europa zu den Olympischen Spielen
gekauft, wo Dane in vier Wettbewerben um Medaillen kämpfen
würde.

Wie aufs Stichwort änderte sich die Musik zu den
bekannten Trompetenfanfaren der olympischen Hymne.

Callies Augen wanderten zu der großen Videoleinwand oberhalb der Superpipe, welche in riesiger Schrift ankündigte, dass als Nächstes das Schaulaufen der Profifahrer anstand. Nach dem letzten Trompetenton wechselte die Musik wieder zu einem harten Beat und Callie sah, dass sich die Menge zur Musik bewegte. Als die Wollmützen und Daunenjacken begannen, auf und ab zu wippen, war es, als wäre Callie in ein sonniges, schneebedecktes Hippieland entführt worden. Eines, bei dem sie sich wünschte, sie hätte es schon vor langer Zeit besucht.

Genau genommen wünschte sie sich viele Dinge.

Wenn man neun Jahre seines Lebens damit verbrachte, Ärztin zu werden, gab es viel, das man verpasste. Den Großteil der Zeit hatten sie diese Opfer nicht wirklich gestört, aber die letzten Monate waren hart gewesen und Callie hatte sich unfassbar einsam gefühlt.

Vor fast genau einem Jahr hatte sie Nathan, ihren damaligen Freund und ebenfalls Arzt, dabei erwischt, wie er sie in einem Untersuchungszimmer mit einer jungen, langbeinigen Krankenschwester betrog. Natürlich hatte Callie den Bastard anschließend vor die Tür gesetzt. Doch zwölf Monate später waren Nathan und die Krankenschwester weiterhin zusammen und sie immer noch allein.

Noch schlimmer wurde es für sie, als Willow und Dane Vermont im Frühling Richtung Utah verließen und Callies Einsamkeit noch verstärkten.

Dieses Wochenende bildete eine glückliche Ausnahme, denn ihre Freunde waren in der Stadt, um sich um Geschäftliches zu kümmern. Und sie hatten Callies neuesten Lieblingsmenschen mitgebracht – ihre drei Monate alte Tochter. Die kleine Finley verbrachte die Snowboardveranstaltung schlafend in Danes Skijacke. Wenn Callie eine Hand auf Danes Schulter legte und sich auf die Zehenspitzen stellte, konnte sie gerade so einen Blick auf die geschlossenen Augenlider des Babys erhaschen.

Callie hatte ihre Freunde zehn Wochen lang nicht gesehen, nicht seitdem sie im September nach Salt Lake City geflogen war, um das neugeborene Baby zu besuchen. In der Zwischenzeit waren Willow und Dane damit beschäftigt gewesen, in ihr neues Haus einzuziehen, sich um das Baby zu kümmern und den Wirbelsturm an Vorbereitungen für die Olympischen Spiele zu überleben. In zwei Monaten würde sie sie in Europa wiedersehen. Callie und Willow würden es sich im Hotel gemütlich machen, sich gemeinsam um Finley kümmern und Dane bei seinen Rennen anfeuern.

Es war alles sehr aufregend, doch innerlich fühlte sich Callie trotzdem leer. Während sie neben ihren glücklichen Freunden stand, musste sie ungewohnte Neidgefühle unterdrücken. Willow war ein scheinbar ungeheuerliches Risiko mit einem Mann eingegangen, der unter seiner schwierigen Vergangenheit litt. Und jetzt war Willow ein Drittel der, wie die *Sports Illustrated* sie kürzlich beschrieb, „süßesten Familie im Wintersport."

Und wovon genau war Callie ein Teil?

„Hey, du hast mir nie erzählt", sagte Willow, während sie den Schnee von ihren Stiefeln stampfte, „ob du mit diesem süßen Radiologen was trinken warst?"

„Ich glaube, er trifft sich mit einer anderen", antwortete Callie, ohne Willows Blick zu begegnen.

„Na, hast du ihn das gefragt?", hakte Willow nach.

„Ich bin mir ziemlich sicher."

Willow schüttelte den Kopf und stieß einen übertriebenen Seufzer aus. „Weißt du, was ich bei dir nicht verstehe?"

„Nö. Aber du wirst es mir sagen, egal ob ich es hören will oder nicht, richtig?"

„Ich verstehe nicht", fuhr Willow unbeirrt fort, „wie du den Mumm haben kannst, jemandes Herz mit einem tausend Volt

Stromstoß neu zu starten, aber deinem Herz kannst du nicht mal einen Ruck geben, um mit einem Typen was trinken zu gehen."

„Genau genommen brauchen wir keine tausend Volt mehr. Die neuen Defibrillatoren kommen mit etwa dreihundert aus."

„Es ist hoffnungslos mit dir."

Das stimmte wahrscheinlich.

„Hey, ich seh den Teufelskerl!", sagte Willow und hob eine Hand, um jemandem zuzuwinken.

Callie folgte dem Blick ihrer Freundin zu einem abgesperrten Bereich am Fuße der Halfpipe. Dort stand ein sehr attraktiver Mann im Schneeanzug, seinen Helm unter den Arm geklemmt. Die Pose erinnerte Callie an alte Fotos der Apollo Astronauten. Als der Kerl Willow entdeckte, breitete sich ein leichtes Grinsen auf seinem Gesicht aus und er hob grüßend die Hand.

„Lass uns Hallo sagen gehen", schlug Willow vor und bahnte sich einen Weg durch die Menge.

„Nach dir", sagte Dane zu Callie. Und so folgte sie ihrer Freundin in Richtung des niedrigen Zauns.

„Du musst unbedingt Hank Lazarus kennenlernen", sagte Willow über ihre Schulter hinweg. „Er macht viel mehr Party, als wir noch verkraften können, aber der Typ ist echt cool."

Je näher sie kamen, desto mehr starrte Callie. Willows Freund war vielleicht echt cool, aber darüber hinaus war er auch echt scharf. Seine kurzrasierten Haare verliehen ihm ein militärisches Aussehen, für welches Callie normalerweise nichts übrig hatte. Aber es wurde durch große, braune Augen und volle Lippen ergänzt. Mit seinen breiten Schultern wirkte er eher wie ein Footballspieler als ein Snowboarder und sein kantiger Kiefer und das Kinn mit einem Grübchen in der Mitte waren mit zwei- oder drei Tage alten, dunklen Bartstoppeln gesprenkelt.

Als sie sich zu ihm vorarbeiteten, richteten sich seine schokobraunen Augen auf sie. Er zog eine Augenbraue hoch und Callie sah, dass sie durch ein Barbell-Piercing geteilt wurde. „Hey ihr", sagte er mit einer tiefen, rauchigen Stimme. „Was macht ihr Kids denn in Vermont?"

Heilige Mutter Gottes. Selbst seine Stimme war heiß.

Willow umarmte ihn kurz. „Wir sind hier, um mein altes Bauernhaus zu verkaufen. Hank, das hier ist meine beste Freundin, Callie. Sie ist aus der Gegend."

Hank streckte eine Hand aus und Callie ergriff sie. Als sich seine Hand um ihre schloss, spürte sie, wie ihre Wangen heiß wurden. Sein Gesicht war wie die Sonne – zu strahlend, um direkt hineinzusehen. Hank betrachtete sie kurz von oben bis unten, ohne sich die Mühe zu machen, dabei dezent vorzugehen. Und als er sie scheinbar augenblicklich abschrieb, war sie nicht einmal überrascht. Er war ein Typ, der in einem Paralleluniversum zu existieren schien, weit entfernt von piependen Medizingeräten und grünen Krankenhauskitteln.

Sie war beinahe erleichtert, als er ihre Hand losließ und zu Dane sah. „Wo trinken wir nachher?"

Doch Dane zögerte und schielte zu Willow. „Ich weiß noch nicht, was wir nachher vorhaben."

Das Grinsen des Snowboarders wurde breiter. „Heilige Scheiße, Danger. Stehst du schon so unterm Pantoffel, dass du nicht mal einem Bier heute Abend zusagen kannst? Ich frage nochmal: Wo trinken wir nachher?"

Dane lachte und schüttelte den Kopf. „Ganz ruhig, Arschloch. Erstmal müssen wir sichergehen, dass das Haus, das wir seit sechs Monaten nicht mehr gesehen haben, noch steht. Sofern es nicht komplett verfallen sein sollte, schätze ich, dass wir später im Ruperts vorbeischauen können."

Als ob sie bei der Sache mitreden wollte, gab Baby Finley ein schwaches Quäken von sich. Dane beugte die Knie, um sie sanft zu wiegen, und fuhr mit einer Hand beruhigend über die Wölbung seiner Jacke.

Hank Lazarus sah seinem Freund mit belustigter Miene dabei zu. „Na gut. Solange du von deiner kleinen Familie nicht überstimmt wirst, sehen wir uns später im Ruperts."

„Klingt gut", sagte Willow. „Finleys erster Ausflug in eine Kneipe."

Der Snowboarder sah den Hügel hinauf, zum oberen Ende der Halfpipe. „Ich sollte mich besser auf die Socken machen. Dane. Ladies." Er verabschiedete sich mit einem sexy Nicken. „Wir sehen uns später."

Allein die Vorstellung begeisterte Callie. Doch wahrscheinlich würde sie nicht dabei sein. Sie hatte heute Bereitschaftsdienst und das ging in der Regel nicht gut aus. Selbst wenn sie nicht ins Krankenhaus gerufen würde, könnte sie sich nicht einmal wie eine Erwachsene einen Drink genehmigen.

Ihr Leben war wirklich alles andere als glamourös.

Zumindest hatte sich ihr Pager bis jetzt noch nicht gemeldet. Der Hauptevent – das Schaulaufen der Profis – begann gleich. Die Musik wurde noch ein oder zwei Dezibel lauter und die Profisnowboarder reihten sich am oberen Teil der Halfpipe auf. Bilder der Athleten glitten über die große Videoleinwand über ihnen und wechselten alle paar Sekunden im Takt der Musik. Die Fotos zeigten jeden Mann in Straßenklamotten, zusammen mit ihren Statistiken und Spitznamen. Verglichen mit den feschen Skifahrern, die Callie durch Dane kennengelernt hatte, waren dies die Bad Boys des Wintersports. Es gab mehr Kinnbärte, Pferdeschwänze, Tattoos und Piercings, als in einer Motorradgang. Nicht dass Callie viel Zeit mit Motorradfahrern verbracht hätte, außer wenn sie bei ihr im Krankenhaus landeten.

Als das Bild von Hank „Teufelskerl" Lazarus auftauchte, konnte Callie nur gaffen. Auf dem Foto war er oberkörperfrei und absolut zum Anbeißen. Er war muskelbepackt und mit Tattoos überzogen. „Olympischer Silbermedaillengewinner", stand auf dem Bildschirm.

„Sie sagen, dass er dieses Mal Gold nach Hause bringt", sinnierte Willow neben ihr.

Aber Callie war nicht an seinen Statistiken interessiert, sie bewunderte noch den Mann selbst. Er war Sex auf einem Snowboard und so unerreichbar für sie, dass es nicht einmal witzig war. Selbst wenn sie heute Abend in der Bar auftauchen würde, würde sie wahrscheinlich ihre Zunge verschlucken, wenn er sie ansprechen sollte.

Die Anzeige sprang zurück, um wieder den ersten Mann in der Aufstellung zu zeigen, und die Menge toste. Callie sah zu, wie sich einer von Hanks Teamkollegen in die Halfpipe stürzte. Und... wow. Die luftigen Kunststücke waren auf einem komplett anderen Niveau, als bei den Fahrern, die sie zuvor gesehen hatte. Die Drehungen waren schneller und die Tricks komplizierter. Sobald er mit seinem Lauf fertig war, sprang der nächste Boarder in die Superpipe. Da die Action nicht für eine Bewertung unterbrochen werden musste, ging das Schaulaufen durchgehend weiter. Callies Blick wurde tranceartig, während die farbenfrohen Körper vor ihren Augen hochflogen und herumwirbelten.

Und dann erschien das Bild von Hank Lazarus wieder und Hank kam an der Kante der Halfpipe in Sicht, mit silbernem Helm und Skibrille auf. Callie stellte sich etwas aufrechter hin, als er seinen Lauf mit einer entspannten, selbstbewussten Körperhaltung begann. Am gegenüberliegenden Scheitelpunkt sprang er höher von der Kante ab, als es menschenmöglich erschien. Sein großer Körper ging in die Hocke und vollführte mit so lässiger Gewandtheit einen Rückwärtssalto, dass Callie überrascht die Luft einzog. Er landete den Trick sauber und seine Schultern wippten mit einer selbstsicheren Lockerheit.

„So soll das also aussehen", murmelte Dane. Und er hatte recht. Der Unterschied zwischen dem Teufelskerl und den anderen Boardern war krass.

Wieder schoss er durch die Halfpipe. Sein nächster Trick war so hoch und er wirbelte mit so einer Leichtigkeit, dass die Zeit stehenzubleiben schien, während er in der Luft schwebte. Die Gesetze der Physik schienen für ihn nicht zu gelten. Die Menge jubelte, als er landete und mit Höchstgeschwindigkeit durch das Flat, den flachen Teil der Superpipe, fuhr.

Callie hielt den Atem an und fragte sich, welches Wunder er als nächstes vollführen würde. Wieder schoss er in die Höhe, packte das Board mit einer Hand und drehte sich in der Luft – einmal, zweimal und dann dreimal. In dem Moment schien sich die Szenerie zu verändern und Callie brauchte einen Sekundenbruchteil um zu realisieren, dass die Sonne hinter einer Wolke verschwunden war. Und gerade als sie dieses Phänomen wahrnahm, geschah noch etwas anderes. Das Snowboard klatschte gegen die Kante der Halfpipe, anstatt auf dem Schnee der Krümmung darunter zu landen. Da er so hoch abgesprungen war, bog die Kraft des Aufschlags das Board durch und schleuderte den Fahrer zurück in die Höhe. Hilflos sah Callie zu, wie der Schwung den Körper des Mannes durch die Luft wirbelte und ihn mit hoher Geschwindigkeit und dem Kopf voran auf das gekrümmte Eis unter ihm warf.

Und dann kam sein Helm mit einem harten Schlag zuerst auf dem Boden auf.

Callie hörte ihr eigenes, erschrockenes Keuchen. Nach einem grässlichen Aufprall glitt sein Körper das Eis hinab, in die Mitte der Halfpipe.

„Heilige Scheiße", flüstere Dane.

Menschen eilten auf den Schnee, schnell hatte ein gutes Dutzend ihn umkreist.

Dane machte einen Schritt nach vorne, als ob er durch die

Menge rennen wollte, um zu helfen. Aber Willow legte ihm eine Hand auf den Arm. „Es sind eine Menge Leute da unten", sagte sie sanft.

Er schüttelte bloß den Kopf. „Steh auf, Mann."

Aber Hank lag still und gekrümmt da.

Callie konnte nicht wegsehen. In ihrem Kopf spielte sich die Routine des Ersthelferverfahrens ab. Seine Vitalzeichen kontrollieren, Hals und Rücken stabilisieren. Aber dieses Mal war das nicht ihre Aufgabe. Mindestens drei der Leute unten vor Ort trugen Sanitäterjacken und außerdem konnte sie bereits die Sirene eines Krankenwagens hören. An belebten Wochenenden stand immer ein Krankentransporter am Fuße der Zufahrtsstraße zum Skigebiet.

„Als du dir das Bein gebrochen hast", sagte Willow zu Dane, „sah es von den Rängen gesehen bestimmt auch übel aus."

Doch Dane schüttelte den Kopf. „Verdammt. Die Olympischen Spiele."

In seiner Jacke gab das Baby einen Protestlaut von sich. Dane wandte seinen Blick von der Unfallszene ab und beugte sich in seine Jacke, um die Kleine zu küssen. Als sie ihm dabei zusah, zog sich Callies Herz mit einem unbestimmten Gefühl der Sehnsucht zusammen.

„Sie hat wahrscheinlich Hunger", sagte Willow. „Ich gehe mit ihr rein und füttere sie."

Dane beobachtete, wie sich ein Krankenwagen seinen Weg zum Menschenauflauf auf dem Eis bahnte, immer noch mit einem besorgten Ausdruck im Gesicht. „Ich schätze, ich komme mit", sagte er.

Callie folgte ihnen und fischte ihren Pager aus der Hosentasche. Die Chancen, dass er heute klingeln würde, hatten sich gerade sprunghaft erhöht. Sie holte ihr Handy hervor, um sich im Krankenhaus zu melden.

„Viel los?", fragte sie die Krankenschwester in der Notaufnahme, die ans Telefon ging. „Wenn ich Sie wäre, würde ich die Dispo für Ortho und Neuro aufrufen. Es gab eine Verletzung beim Snowboard-Event im Skigebiet. Sollte in fünfzehn Minuten bei euch eintreffen."

„Wirst du einbestellt?", fragte Willow, nachdem Callie aufgelegt hatte. Der Krankenwagen fuhr bereits mit wirbelndem Blaulicht in Richtung Bundesstraße davon.

„Ich bin nicht die erste, die sie anrufen müssen", sagte Callie. „Aber ich schätze in ein, zwei Stunden könnte es soweit sein." Callie war Klinikärztin – eine Ärztin, die sich um die aufgenommenen Patienten und ihre medizinischen Bedürfnisse kümmerte.

„Okay", sagte Willow, die Augen auf den abfahrenden Krankenwagen gerichtet. „Ich denke, Dane und ich werden jetzt zum Bauernhof fahren und nach dem Rechten sehen. Dann kommen wir im Krankenhaus vorbei und schauen, ob wir etwas erfahren können. Vielleicht gibt es dann ja schon Neuigkeiten. Wir kennen ihn nicht *allzu* gut, aber..." Sie schluckte. „Das sah übel aus, oder?"

„Ja", gab Callie zu. Die Wucht, mit der Hank in der Halfpipe aufgeschlagen war, war beängstigend gewesen. „Aber der menschliche Körper kann widerstandsfähiger sein, als man denkt."

Willow schauderte. „Kann ich dich in ein paar Stunden anrufen? Egal wie, ich möchte dich heute Abend noch sehen. Oder morgen, bevor wir wieder abreisen."

„Auf jeden Fall. Ich muss das Baby nochmal auf dem Arm haben." Das wollte sie jetzt noch mehr als zuvor, angesichts des schlimmen Unfalls, den sie gerade miterlebt hatte.

Gott, das Leben war echt kurz. Vielleicht lief es in ihrem doch nicht so schlimm.

~

Es dauerte sogar bis zum nächsten Tag, bis Callie Hank Lazarus' Krankenakte in die Hände bekam. Und obwohl sie vierundzwanzig Stunden Zeit gehabt hatte, um zu verarbeiten, was sie gesehen hatte, setzte ihr der erste Anblick von ihm im Krankenbett doch zu.

Blass und aufgeschwemmt von den Infusionsflüssigkeiten lag er vollkommen ruhig da. Seitdem sie ihn das letzte Mal gesehen hatte, war eine achtstündige Wirbelsäulenoperation an ihm durchgeführt worden. Anstelle der Skibrille und der Sportmontur gab es eine neue Art von Ausstattung – Schläuche und Monitore gingen in jeder Richtung von seinem Körper ab.

Obwohl er ruhiggestellt war, hielt Callie den Atem an, als sie das Etikett auf seinem Infusionsbeutel kontrollierte. Während sich seine kräftige Brust hob und senkte, wurde Callie klar, wie eingeschränkt ihr Blick auf die Patienten in der Regel war. Noch nie zuvor hatte sie so eine schockierende Demonstration von „vorher" und „nachher" bekommen. Sie traf Patienten Stunden nachdem ihnen etwas zugestoßen war. Aber der aschfahle, gebrochene Mann in Zimmer neunzehn war so ein erschreckender Kontrast zu dem, den sie in der Halfpipe gesehen hatte, dass es weh tat, ihn anzuschauen.

Sie zwang sich dazu, noch etwas länger zu bleiben. Obwohl sie sich schämte es zuzugeben, es gab Momente, in denen sie die Menschen in diesen Betten verurteilte. Sie fragte sich zum Beispiel, warum der Patient wohl gedacht hatte, es sei eine gute Idee, die Seilrutsche so nah an den Bäumen runter zu gleiten oder im Regen so schnell Auto zu fahren. Callie hatte immer vorsichtig gelebt und wenn sie die Folgen eines vermeidbaren Unfalls sah, kam ihr das immer wie eine Verschwendung vor.

Aber die Erinnerung an Hank Lazarus, wie er sich mühelos vor dem blauen Himmel hochschraubte, hatte sich in ihr Gedächtnis gebrannt. Und trotz der Gefahr, wie sie so grausam von der schlafenden Gestalt im Bett belegt wurde, musste sie sich nicht fragen, warum jemand so ein Risiko eingehen würde. Sie hatte die Macht und die Schönheit dessen mit eigenen Augen gesehen.

Unter der Bettdecke atmete er. Ein und aus. Im Moment gab es nichts, was er von ihr brauchte. Und nichts, was sie für ihn hätte tun können.

Dane und Willow versuchten Hank zu besuchen, bevor sie zurück nach Utah mussten, aber das erste Mal, als sie vorbei kamen, war er noch im OP. Das zweite Mal schlief er. Da die Olympischen Spiele nur noch Wochen entfernt waren, musste Dane zurück ins Training. „Sagst du ihm liebe Grüße von uns?", fragte Willow, die erschüttert im Wartezimmer stand.

„Natürlich", sagte Callie mit der besten Absicht, dies zu tun.

Doch sie sollte nie dazu kommen.

Zunächst einmal schien sich Hank, nachdem Callie ihn endlich bei Bewusstsein sah, nicht mehr an ihr Gesicht zu erinnern. Doch das war nicht besonders überraschend. Sie hatten sich nur für ein paar Sekunden getroffen und der Verstand vergaß öfters die Ereignisse kurz vor einem Trauma.

Und Hank hatte den ganzen Tag über eine Menge anderer Besucher, die ihn ablenkten. Callie fand heraus, dass seine Eltern anscheinend zur High Society Vermonts gehörten. Sie waren Mitbesitzer des Skigebiets und Hanks Vater hatte die Hälfte der Ferienwohnungen im Landkreis gebaut. Es gab auch noch eine Tochter, eine weitere Sportlerin.

Callie sammelte viele dieser Fakten aus der Lokalzeitung, welche einen Artikel über Hank und seinen Unfall auf der Titelseite brachte. Mit achtzehn Jahren hatte er Vermont verlassen und war in die Rocky Mountains gezogen, wo er einen Job als Tellerwäscher machte, um seine Tickets für den Skilift bezahlen zu können. Er war mindestens genauso berühmt für seine heftigen Partys, wie dafür, Wettbewerbe zu gewinnen.

Callie fühlte sich wie eine Stalkerin, während sie all diese Dinge las. Aber da war es, schwarz auf weiß, auf dem Tisch des Pausenraums.

Seine silberhaarige Mutter entpuppte sich als wahre Naturgewalt, die von ihrem Stuhl neben Hanks Bett jeder Krankenschwester Befehle zubellte, die den Raum ihres Sohnes betrat. Und jedes Mal, wenn Callie Mr. Lazarus im Krankenhausflur entdeckte, war er stets am Telefonieren.

„Sie fliegen Spezialisten ein. Gleich drei", erzählte ihr Trina, eine Krankenschwester. Das Zimmer der Krankenschwestern war eine weitere exzellente Informationsquelle.

„Das sind ziemlich schwere Geschütze", sagte Callie.

„Ja, aber die Lazarus Familie kann sich sowas leisten. Sie haben dem Krankenhaus tonnenweise Geld gespendet", sagte sie und ließ eine Kaugummiblase platzen. „Der Flügel mit der Pädiatrie, der vor zehn Jahren gebaut wurde? Den haben die praktisch alleine bezahlt."

„Wow, echt? Man sollte meinen, dann wäre ihr Name über dem Eingang oder so."

Trina zuckte die Schultern. „Die spielen sich eben nicht auf. Mama Lazarus hat diese schicken Schuhe, die kein normaler Mensch in Vermont tragen würde, richtig? Und eine Perlenkette. Aber nichts wirklich Aufsehen erregendes."

Das war Callie auch schon aufgefallen. Selbst in dieser schwierigen Zeit lief seine Mutter in kamelhaarfarbenem Kaschmir und Wildleder im Zimmer auf und ab. Es war teuer, aber nicht protzig.

„Ihre Tochter hat als Kind eine Krebserkrankung überlebt", fuhr Trina fort. „Das Geld haben sie danach als Dankeschön gespendet."

„Das ist großzügig."

„Sicher. Aber sie sind auch anspruchsvoll. Seine Mutter hat mir wie ein Sticker am Arsch geklebt, als ich ihm Blut abgenommen habe. Als ob ich das nicht schon seit dreißig Jahren machen würde."

„Das ist, weil du so jung aussiehst, Trina. Sie hat wahrscheinlich gedacht, es wäre dein erster Tag."

Die Frau verdrehte die Augen und Callie machte sich auf zu ihrem nächsten Patienten.

An Hanks drittem Tag im Krankenhaus tauchte eine neue Besucherin auf. Draußen vor Hanks Zimmer saß ein äußerst hübsches Mädchen und weinte sich die Augen aus. Callie vermutete, dass es sich um Hanks Schwester handelte. Doch einmal mehr hatten die Krankenschwestern den richtigen Klatsch. Die bildschöne Blondine war seine Freundin, eine Slalomfahrerin. Und ein *Model*. Sie hatte sogar einen glamourösen Namen: Alexis. Ihr einziger Mangel war nur vorübergehend: Jedes Mal, wenn Callie einen verstohlenen Blick auf sie warf, hatte sie ausgeheulte Waschbäraugen.

Als Hanks medizinische Koordinatorin ging Callie in seinem Zimmer ein und aus und stellte sicher, dass die Medikamente, die er von verschiedenen Spezialisten verschrieben bekommen hatte, richtig dosiert waren und sich nicht im Konflikt befanden. Sie überprüfte seine Vitalzeichen und untersuchte ihn auf Infektionen. Sie war nur eines in dem Meer von Gesichtern, die sich um ihn kümmerten.

Es dauerte bis zum fünften Tag nach seinem Unfall, dass sie ein echtes Gespräch führten.

Vor der Tür seines Zimmers lieferten sich seine Eltern eine hitzige Diskussion mit einem Wirbelsäulenspezialisten, den sie eilig aus Cleveland herbestellt hatten. Callie huschte an ihnen vorbei und fand Hank vor, wie er gerade aus dem Fenster starrte. Als er den Kopf drehte und den Blick auf sie richtete, konnte sie sehen, dass der nach einer Operation auftretende Medikamentennebel verflogen war. In seinen Augen sah sie einen Mann, der wach in der Welt war, aber furchtbare Schmerzen litt. Es war ihre Aufgabe herauszufinden, ob dieser Schmerz etwas Körperliches war, das sie lindern konnte, oder doch die Qual darüber, dass er aufgewacht war und feststellen musste, dass er seine Beine nicht bewegen konnte.

„Hi", sagte Callie sanft. „Ich bin Doktor Anders. Oder Callie, wenn Ihnen das lieber ist."

„Callie." Er räusperte sich. „Du kommst mir bekannt vor."

Sie hatte nicht erwartet, dass er das sagen würde. Es wäre ein guter Zeitpunkt gewesen, ihm zu sagen, dass sie sich zehn Minuten vor seinem Unfall kennengelernt hatten, aber sie konnte sich nicht dazu bringen. Wer würde ihn schon an diesen Nachmittag erinnern wollen? „Ich bin schon die ganze Woche hier", sagte sie stattdessen. „Aber wir erwarten nicht, dass du dir die Dutzende von Leuten einprägst, die dich den ganzen Tag piesacken."

„Und die ganze Nacht", ergänzte er.

Sie setzte sich auf einen Hocker neben seinem Bett. „Das ist meine Schuld. Ich muss sichergehen, dass sie alle drei Stunden deine Vitalwerte überprüfen. Damit *ich* beruhigt schlafen kann." Sie zwinkerte und wurde mit einem halben Lächeln belohnt. „Okay, ganz schnell – bevor der Raum wieder von Krankenschwestern gestürmt wird – wie sind deine Schmerzen? Brauchst du irgendwas?"

Hank hob eine Hand ans Gesicht und Callie war froh, das zu sehen. Wenn seine Verletzung weiter oben an der Wirbelsäule gewesen wäre, wäre er nicht in der Lage gewesen, das zu tun. Während er über ihre Frage nachdachte, rieb sich Hank mit der Handfläche über mehrtägige Bartstoppeln, die nur dazu beitrugen, ihn noch verwegener aussehen zu lassen. „Lass mal überlegen... ich brauche eine riesen Portion Rippchen von Curtis' Barbecue, mit scharfer Soße und einer Ofenkartoffel. Und ich muss so schnell wie möglich aus diesem Krankenhaus raus."

Sie nickte pflichtgemäß, obwohl sie keinen dieser Wünsche erfüllen konnte. Aber dass er über Essen und das Verlassen des Krankenhauses redete, waren beides gute Zeichen. „Du wirst bald in eine Reha-Einrichtung verlegt."

„Ja", seufzte er. Sein Blick wanderte erneut zum Fenster hinaus.

„In der Reha-Einrichtung lässt man dich die Nächte durchschlafen", sagte sie, darauf bedacht, einen lockeren Tonfall beizubehalten. „Und du kannst deine eigenen Klamotten tragen. Das Essen soll auch besser sein, hab ich gehört."

„Könnte auch kaum schlimmer sein", sagte er und sah Callie wieder an. Seine dunklen Augen bohrten sich in ihre und Callie spürte, wie sich der Moment in die Länge zog und nachwirkte. Still kamen sie beide zu einem Einverständnis zwischen ihnen. Es war egal, ob das Essen besser wurde. Hank Lazarus hatte eine beschissene Zeit vor sich, mit Abstand die beschissenste seines Lebens. Innerhalb von fünf Tagen war er von den höchsten Höhen in die tiefsten Tiefen abgestiegen. Und es gab absolut nichts, was einer von ihnen beiden daran ändern konnte.

„Halte durch", sagte Callie leise. „Das hier ist gerade der schlimmste Teil."

Er unterbrach ihr Wettstarren nicht. „Versprochen?", grollte er mit einer Stimme voller Whisky und Rauch.

Aber Callie bekam keine Chance zu antworten, denn in dem Moment platzten seine Eltern ins Zimmer und redeten wild durcheinander. „Eine vierzigprozentige Chance, dass er wieder läuft, von dem einen Typen, fünfzehn Prozent von dem anderen?", klagte seine Mutter. „Und diese Leute nennen sich Wissenschaftler?"

„Haben ihn extra den ganzen Weg einfliegen lassen, nur um die gleiche Leier zu hören", murrte sein Vater.

Callie sah, wie sich Hanks Gesicht verschloss, als seine Eltern näher kamen.

„Das ist doch lächerlich", sprudelte es aus seinem Vater hervor und er atmete tief ein, um Luft für den nächsten Teil seiner Schimpftirade zu sammeln. Inzwischen begann Hanks Kiefer zu knirschen.

Callie stand auf. „Ich weiß, dass Sie frustriert sind", meldete sie sich zu Wort und verschränkte die Arme. Hanks Eltern guckten sie an und Callie wusste, was sie sahen: eine junge Ärztin in einem guten, aber ländlichen Krankenhaus. Und sie war nicht einmal eine Spezialistin. Aber sie hatte etwas Wichtiges zu sagen und nichts würde sie davon abhalten. „Sie wollen Antworten und Sie wollen sie sofort. Das kann ich verstehen."

Hanks Mutter öffnete den Mund, um etwas zu sagen, aber Callie schnitt ihr das Wort ab. „Leider funktioniert das Rückenmark so nicht. Das interessiert sich nicht dafür, dass Sie verzweifelt wissen wollen, ob er wieder laufen wird. Es gibt Schwellungen und Quetschungen und sein Körper steht noch unter Schock. Es ist nicht die Schuld der Spezialisten, dass sie Ihnen nicht sagen können, was Sie wissen wollen. Je eher Sie auf Antworten drängen, desto unpräziser werden diese sein, okay? Hank braucht Zeit und wir alle brauchen Ihre Geduld. Es wird vielleicht ein Jahr dauern, bevor Sie Antworten haben, und kein Spezialist und kein Geld der Welt kann das ändern."

Callie brach ihre Tirade ab und atmete tief durch. Gott, den letzten Teil hätte sie sich wirklich schenken sollen. Erwähne reichen Leuten gegenüber nie das Thema Geld. Sie erwartete, dass Hanks Eltern sie anschreien würden, aber das taten sie nicht. Hanks Mutter sah sie nur traurig an und blinzelte rasch, um Tränen zurückzuhalten, und sein Vater legte beschützend die Arme um sie.

„Tut mir leid", flüsterte sie in die Stille. „Entschuldigen Sie mich bitte." Callie ging ein paar Schritte auf die Tür zu. Auf ihrem Weg nach draußen drehte sie sich nochmal um, um Hank anzusehen. Zu ihrer Überraschung zwinkerte er ihr zu.

Callie ging nach draußen und fragte sich die nächsten Stunden, ob sie wohl eine Rüge dafür erhalten würde, dass sie der Lazarus Familie die Meinung gegeigt hatte. Aber sie wurde nie von einem Vorgesetzten darauf angesprochen.

2

NEUN MONATE SPÄTER

Als Hank Lazarus' Freund Bryan „Bear" Barry durch die Haustür kam, ließ er den ersten kalten Windstoß der neuen Jahreszeit mit herein. Zum Glück brachte er auch eine neue Flasche Tequila mit.

„Was geht, Teufelskerl?", fragte Bear, während er sich die Schuhe abstreifte.

Der Volksmund besagte, dass der Herbst die beste Jahreszeit in Vermont war, doch Hank verspürte keine besondere Begeisterung. Er nahm die Fernbedienung und stellte den Ton am Fernseher ab, dann warf er sie auf den Wohnzimmertisch. „Die Patriots sind heute nicht gut drauf." *Und ich auch nicht.* Mit den Armen drückte er sich schwungvoll hoch und beförderte seinen Arsch von der Couch in den Rollstuhl, dann rollte er seinem Freund hinterher, um die Bar herum in die Küche. Er nahm die Flasche in die Hand, die Bear gerade abgestellt hatte. „Conmemorativo. Das ist guter Stoff. Gibt es was zu feiern?"

„Vielleicht." Bear griff nach zwei Schnapsgläsern.

Die Flasche fühlte sich angenehm kalt an und einmal mehr

bedauerte Hank das Ende des Sommers. Der letzte Winter war in einem Krankenhausnebel an ihm vorbeigegangen und der Frühling hatte nur aus einer verschwommenen Abfolge von Physiotherapieterminen bestanden. Der Sommer war erträglich gewesen, die Renovierungsarbeiten an seinem Haus wurden fertiggestellt und seine Schwester und sein ältester Freund hatten ihn besucht.

Doch nun stand der Winter wieder vor der Tür. Ehemals seine liebste Jahreszeit, bedeutete sie jetzt nur noch dunkle Tage für ihn. Seine Freunde würden wieder auf den Berg fahren, sich von Schneewechten stürzen und einen Triple Cork versuchen. Und Hank würde hier alleine sitzen, in seiner neuen Krüppelbude. Um was zu tun? Sportfernsehen zu schauen?

Scheiß drauf, dachte er. Wo lag der Sinn darin?

„Hank, lass uns das richtig machen. Hast du irgendwo noch Limetten?" Bear starrte vornübergebeugt in seinen Kühlschrank.

„Die sind hier drüben, Alter." Hank rollte sich zum anderen Ende der großflächigen Küchenanrichte aus Vermont-Schiefer. Er hatte keine Probleme, an die Obstschale zu gelangen, da der Architekt seines Vaters das Haus aufwendig neugestaltet hatte – mit einer geschmackvoll abgestuften Arbeitsfläche, die zum Teil auf normaler Höhe und zum Teil einen halben Meter tiefer lag, auf Rollstuhlhöhe. „Achtung."

Als Bear sich umdrehte, warf Hank seinem kräftigen, bärtigen Freund die Limette zu. Dann öffnete er einen der unteren Küchenschränke – alles wurde in seiner Reichweite aufbewahrt – und zog ein Schneidebrett hervor.

Bear zögerte über der Limette, die er direkt auf der Schieferoberfläche hatte schneiden wollen. „Alter, deine Bude ist zivilisierter, als ich es gewohnt bin." Er legte die Limette aufs Brettchen und schnitt sie auf.

„Ja, die Krüppelküche ist ganz geil", brummte Hank. Doch er

würde lieber mit zwei funktionierenden Beinen in einem Wohnwagen leben, als in einem Schloss für Querschnittsgelähmte.

„Salz fehlt noch – wo steht das? Und falls du hier irgendwo noch ein paar Mädels versteckt hast, könnten wir die auch gebrauchen. Tequila schmeckt besser, wenn man ihn von dicken Brüsten schlürft."

Hank grinste und nahm das Salz von einer Drehscheibe im Küchenschrank. Es gab gerade keine Mädels in seinem Leben, aber Bear wusste das.

Der gute alte Bear. Ohne ihn wäre Hank die letzten Monate verloren gewesen. Bear war derjenige, der dafür sorgte, dass er alle paar Tage aus dem Haus kam, vorzugsweise zur Happy Hour. Und Bear hatte ihm auch ein halbes Dutzend kleiner Schnapsflaschen aus dem Flugzeug in seine Reha-Einrichtung geschmuggelt, wo Alkohol verboten war.

Hank hatte zwei davon getrunken, als er zusah, wie Dane die Goldmedaille im Riesenslalom gewann. Und dann trank er den Rest, während er mitansehen musste, wie irgendein schwedisches Arschloch das Gold beim Halfpipe-Wettbewerb der Snowboarder einsackte.

Bear setzte sich auf einen Barhocker. „So, jetzt sage ich dir, auf was wir heute Abend anstoßen."

„Oh, ich *weiß*, auf was ich anstoße."

Sein Freund zog eine Augenbraue hoch, schluckte den Köder aber nicht. „Ich habe eine große Idee. Ich nenne es: 'Die Schwerkraft Nimmt Sich Nie Frei.'"

Hank exte sein Schnapsglas und biss in ein Limettenstück. „Bear, mir geht immer noch kein Licht auf. Du gießt besser nochmal nach."

Doch Bear ließ seine Hände gefaltet auf der Arbeitsplatte. „Ich will einen kompletten Snowboarding-Film drehen. Es wäre ein bisschen von allem dabei: ein paar kranke Tiefschneeszenen, für die wir mit dem Heli hochfliegen, ein paar Freestyle-

Sachen. Dazu fette Musik. So wie Warren Miller es mit Skifahren gemacht hat, nur noch geiler."

Hank nahm die Augen nicht von der Flasche, die immer noch nicht zu ihm rüberkam. „Ist das nicht schon längst gemacht worden?"

Bear hatte den Tequila vergessen. „Nicht von uns! Du wirst das Gesicht des ganzen Projekts sein. Ich kann einen großartigen Film machen, aber ich brauche dich als Aushängeschild."

Das war lächerlich. „Ich bin kein Aushängeschild. Ich bin ein Krüppel. Ich bin nur noch ein einfaches, kaputtes Schild." Er streckte sich über die Arbeitsplatte, die Flasche stand fast nah genug.

„Hör zu, Arschloch." Bear hielt die Flasche außerhalb seiner Reichweite. „Du wirst die Erzählerstimme und ich garantiere dir, dass wir ‚ne geile Zeit haben werden. Die Männer werden hören wollen, was du über den heißen Scheiß zu sagen hast, den ich filme. Und die Ladys werden ihre Höschen auf den Bildschirm werfen. Außerdem würden wir beide ein paar gratis Hubschrauberflüge zu den coolsten Bergen Alaskas bekommen. Was gibt es daran nicht zu lieben?"

Mit einem dumpfen Klopfen stellte Hank sein Schnapsglas ab. „Also, damit ich das richtig verstehe: Du willst meinen Arsch auf irgendeinen Berggipfel schleppen und mir dann von deinem Board aus zuwinken? Wieso sollte ich das mitmachen, wenn ich doch eh nur wieder mit dem Heli zurückfliege?"

Bear schüttelte den Kopf. „Ich werde filmen, nicht Snowboard fahren. Und du musst nicht mit hoch kommen, wenn du nicht willst. Du kannst natürlich auch nur bei der Postproduktion dabei sein, wenn du so drauf bist. Aber die Partys sind in Alaska bestimmt besser als im Schnittraum."

Hank schüttelte bloß den Kopf.

„Hank, ich brauche dich dabei. Ich will diesen Winter drehen und der erste Schnee ist nur sechs Wochen entfernt.

Nächsten Sommer will ich dann schneiden und in einem Jahr damit auf Tour gehen. Wir können auf die Unicampusse und einen Teil des Films beim Banff Festival einreichen. Das wird geil." Er stellte die Flasche wieder ab und Hank schnappte sie sich.

Er goss ihnen beiden einen neuen Shot ein. „Hast du die Nachrichten gesehen?"

Die Miene seines Freundes wurde argwöhnisch. „Welche Nachrichten?"

„Alter, spiel nicht den Dummen. Sie heiratet einen Freerider. Diesen Kanadier."

Bear zuckte die Achseln. „Also bringen wir den nicht im Film unter. Das ist kein Thema."

Das war nicht das Problem und Bear wusste es. „Sie *heiratet* ihn und es ist erst acht Monate her, dass sie mich sitzengelassen hat." Er kippte sich den zweiten Tequila rein.

Bear zog die Flasche wieder von ihm weg. „Sie war 'ne Schlampe, Hank. Sie war schon 'ne Schlampe bevor sie dich abserviert hat. Okay? Sei lieber froh, dass du die los bist. Wenn du heute Abend kotzt, dann nicht wegen ihr. Sie ist es nicht wert."

Hank schnappte sich erneut die Flasche. Obwohl er vermutete, dass Bear recht hatte, spürte er einen Schatten über sich hängen. „Ich werde den Film nicht machen. Ich weiß die Geste zu schätzen, aber du kannst es jemandem anbieten, der der richtige Mann dafür ist."

„Das ist keine Geste, du Penner. Ich will dein Gesicht auf diesem Film."

„Von der Hüfte aufwärts, richtig?"

„Das *sagt* man halt so, verdammte Scheiße. Du kannst von mir aus deinen nackten Arsch in die Kamera halten. Die Frauen der Welt fragen sich eh schon, ob dein Hintern tätowiert ist. Hör auf, dir selbst so leid zu tun und lass uns einen geilen Film zusammen machen.“

„Jetzt hältst du mir also auch noch eine Standpauke? Nett.“

Bear verdrehte die Augen. „Hank, du bist nicht der Einzige, der jemals enttäuscht wurde, okay? Wir haben es beide nicht geschafft. Ich wurde aus dem Team gestrichen und du hattest deinen Unfall. Aber was machen wir *jetzt?*“

„Ich habe absolut keine Ahnung.“

„Mein Vater will, dass ich eine Weiterbildung in Rechnungswesen mache.“ Bear legte den Kopf in den Nacken und lachte über so eine lächerliche Idee. „Du kannst mir als Bürohengst Gesellschaft leisten. Wie klingt die Filmidee *jetzt?*“

Hank nahm die Flasche an sich. „Ich wähle Option C – keines der oben genannten. Und Option D – sehr, sehr betrunken werden.“

Bear sah ihn finster an. „Dann gib mir noch so ‘ne Limette.“

3

Callie sollte eigentlich ihrem Exfreund Nathan zuhören, der einen Fall beschrieb. „In den frühen Morgenstunden war er dann plötzlich nicht mehr ansprechbar, sein Freund musste einen Krankenwagen rufen. In der Notaufnahme wurde ihm der Magen ausgepumpt, dann habe ich ihn eingewiesen." Während Nathan redete, schüttelte er sein Handgelenk und klimperte mit seinem Uhrenarmband. Callie war dieser Tick bekannt. Das hatte er immer gemacht, wenn er in ihrer Küche stand und einen Kaffee trank, nachdem sie miteinander geschlafen hatten.

Letzten Monat hatte Nathans blondgefärbte Krankenschwester nicht nur ihre Ausbildung abgeschlossen, sondern bekam auch noch einen glitzernden Diamantring an den Finger. Und diesen Monat ließ sie Magazine wie *Braut* und *Vermont Hochzeiten* im Pausenraum herumliegen.

Es war eindreiviertel Jahre her, seit sie und Nathan sich getrennt hatten – aber wer zählte das schon? – und Callie stand hier, immer noch alleine. Sie saß so tief in ihrer Einsamkeit fest, dass sie nicht einmal mehr über die Ränder sehen konnte.

„Ich muss los", sagte Nathan. „Alles was du tun musst, ist ihn wieder zu entlassen, okay?" Er reichte ihr die Krankenakte.

„Ihn entlassen", echote Callie. Sie sah Nathan nach, dessen weißer Kittel hinter ihm herwehte. Es war nicht so, dass sie noch sonderlich an Nathan hing. Wenn sie ehrlich mit sich war, waren ihre gemeinsamen Jahre nie besonders leidenschaftlich gewesen. Aber er war gutaussehend und ein bisschen nerdig. Ein erfolgreicher Arzt mit einem netten Lächeln und am wichtigsten: Er hatte *ihr* gehört.

Aber sie hatte es nicht geschafft, sein Interesse für sie aufrechtzuhalten. Und jetzt hatte er diesem Püppchen mit langen Beinen und gebleichten Haaren einen Antrag gemacht. Der Betrug schmerzte immer noch. Er war beinahe so stechend wie das übermäßig aufgetragene Parfüm der anderen Frau.

Callie trommelte mit den Fingern auf der Akte, die Nathan ihr gegeben hatte. Sie musste wirklich von hier wegkommen. Sie liebte Vermont, aber es war kein einfacher Ort, um Single zu sein. Den letzten Abend hatte sie damit verbracht, das Internet nach offenen Stellen für Mediziner in Nordkalifornien zu durchforsten, dort wo ihre Eltern lebten. Da draußen konnte sie von vorne anfangen und mehr Leute in ihrem Alter treffen. Es könnte die Veränderung sein, die sie brauchte.

Doch jetzt musste sie erst einmal einen Blick auf die Krankenakte in ihren Händen werfen. *Männlich, kaukasisch, 31 Jahre alt. Alkoholvergiftung.* Dann sah sie den Namen. HENRY (HANK) LAZARUS. Eine Krankenschwester hatte *TEUFELSKERL!* an den Rand gekritzelt.

~

Hank wollte kein undefinierbares Fleischgericht im Krankenhaus essen. Er wollte nur nach Hause.

„Nein, danke", sagte er der Frau mit vorstehenden Zähnen zum zweiten Mal, als sie das Tablett ins Zimmer trug. Letzte Nacht hier zu landen war eine bescheuerte Aktion gewesen. Als ob Hank nicht schon oft genug in diesem Laden wäre. Dreimal die Woche fuhr er für seine Physiotherapiestunden ins Krankenhaus.

Und wofür? Sein Körper schien das Laufen einfach nicht wieder erlernen zu wollen. Es war egal, wie viele Stunden er auf seine Füße herabstarrte und sie mit aller Macht bewegen wollte.

Vor seinem Unfall hatte Hank all sein Wissen über Lähmungen von Hollywood. Er nahm an, dass ein gelähmter Mann seine Beine nicht mehr spüren konnte, richtig? Bei manchen Patienten stimmte das wahrscheinlich, aber Hank hatte durchaus noch Gefühl in den Beinen. Die Nadelstichtests, die sie gerne bei ihm durchführten, waren daher äußerst unangenehm, vielen Dank, ihr Penner. Er konnte seine Muskeln zu ungefähr 75 Prozent so gut spüren wie zuvor.

Er konnte sie nur nicht mehr *kontrollieren*.

Inzwischen stand der Jahrestag seines Unfalls bevor. Letzten Winter hatten die Ärzte vor fast jeden Satz, den sie zu ihm sagten, die Phrase „es kann bis zu einem Jahr dauern" gesetzt. Es konnte bis zu einem Jahr dauern, herauszufinden, wie viel Muskelkraft er zurückerhalten würde. Es konnte bis zu einem Jahr dauern, bis abzusehen war, ob er wieder laufen würde.

Mittlerweile waren neun dieser zwölf Monate vergangen. Hank lief immer noch nicht und sie benutzten die Phrase auch nicht mehr. Jetzt begannen ihre Sätze mit „jede Verletzung ist anders." Wie kleine, verdammte Schneekristalle. Diesen Spruch hörte er in letzter Zeit oft.

Sich einen Vollrausch anzutrinken war idiotisch gewesen. Aber es war nicht so, als hätte er keinen Grund dafür gehabt, oder zehn.

„Wollen Sie das Essen verschwenden?", fragte die Krankenpflegerin Hank und riss ihn aus seinen Tagträumen.

„Das kann gerne jemand anderes haben", antwortete er. Jemand ohne Geschmacksknospen. Jemand, dessen Mund sich nicht anfühlte, als sei er mit nassem Zeitungspapier tapeziert und dessen Kopfschmerzen nicht so stechend waren wie die Kommentare seiner Mutter.

„Okay. Wenn Sie sicher sind." Die Frau stellte das Tablett zurück auf ihr Wägelchen und wandte sich zum Gehen.

„Naja, hier steht ja auch, dass Mr. Lazarus nur Rippchen von Curtis' Barbecue essen möchte", hörte er eine süße Stimme aus dem Flur.

Er blickte auf und sah eine sehr hübsche Frau in der Tür stehen. Ihre honigfarbene Haut stand in einem schönen Kontrast zu ihrem weißen Arztkittel. Glänzendes, karamellfarbenes Haar verdeckte das Namensschild auf ihrem Revers, aber ihm wurde klar, dass er dieser Ärztin schon mal begegnet war. Sie war während der schlimmsten Woche seines Lebens hier gewesen. So verschwommen und schrecklich diese Tage auch gewesen waren, die Kombination aus so perfekten rosa Lippen, gepaart mit den intelligenten blauen Augen, hatte er nicht vergessen können.

„Die Akte empfiehlt darüber hinaus scharfe Soße und eine Ofenkartoffel", ergänzte sie und trat ins Zimmer.

„Ohne Scheiß?" Er lachte. „Das kann unmöglich in meiner Akte stehen."

„Ich erinnere mich nur an Sie." Sie zwinkerte. „Ich fand, es war ein vollkommen angemessener Wunsch." Sie schlug die Akte zu und setzte sich auf einen hässlichen Plastikstuhl neben das Bett. „Ich bin Doktor Callie Anders." Sie streckte die Hand aus.

„Eine Sekunde", sagte er. Hank zog seinen Rollstuhl näher ans Bett und griff nach der weiter entfernten Armlehne. Darauf abgestützt hob er sich in einer fließenden Bewegung aus dem Bett und in den Stuhl. Jetzt konnte er ihr ordentlich gegenüber sitzen. Noch besser, er sah wie jemand aus, der dabei war, das

Krankenhaus zu verlassen. Da er bereits Jeans und einen Pulli trug, musste er nur noch zur Tür hinausrollen.

Dann schüttelte er Callies Hand und fragte sich, wie es möglich war, dass jemand im Licht dieser furchtbaren Neonröhren gut aussah. Aber die junge Ärztin bekam das hin. Sie hatte dichtes, wogendes Haar. Hank wollte wissen, wie es sich auf seiner nackten Brust anfühlen würde.

Klar. Träum weiter, Kumpel. Er lächelte sie an. „Wissen Sie, Doktor Callie, ich erinnere mich auch an Sie. Sie waren diejenige, die meiner Familie sagte, dass sie sich verdammt nochmal beruhigen sollen."

Sie grinste und bekam auf jeder Seite ein Grübchen. „Und, haben sie das?"

„Haben sie, für eine Weile. Aber jetzt sitzen sie mir wieder im Nacken." *Scheiße.* Das sollte er ihr überhaupt nicht erzählen. Er musste sie nur davon überzeugen, dass er keine weitere Flasche Tequila trinken würde, damit sie seine Entlassungspapiere unterschrieb. Und dann musste er so schnell wie möglich hier raus.

Sie musterte ihn, die blauen Augen fest auf ihn gerichtet. „Was will Ihre Familie von Ihnen? Muss ich nochmal mit ihnen schimpfen?"

„Nee." Er schüttelte den Kopf. „Sie wollen, dass ich etwas ausprobiere, das sich Funktionelle Elektrostimulation nennt."

„Klingt sexy."

Überrascht lachte er auf. All die anderen Ärzte, die er getroffen hatte, schienen ihren Sinn für Humor chirurgisch entfernt zu haben. „Wenn es wirklich sexy wäre, hätte ich wahrscheinlich nichts dagegen. Es ist eine Möglichkeit, die Muskeln zu aktivieren, die man von sich aus nicht mehr bewegen kann. Es ist eine Luftschlosstechnologie."

„Sie denken also nicht, dass FES bei Ihnen funktionieren könnte?", fragte sie. Ihre blauen Augen wurden ernst.

Er schüttelte den Kopf. „Nach neun Monaten laufe ich immer noch nicht und meine Familie scheint da nicht drüber hinwegzukommen."

Sie blätterte durch die Papiere auf ihrem Schoß. „Ihre Akte besagt, dass Sie gute Fortschritte gemacht haben. Sie haben viel Gefühl wiedererlangt. Sie leben eigenständig. Da können Sie von Glück reden."

Glück. Hank hasste dieses Wort. Seit er im Krankenhaus aufgewacht war, unfähig seine Beine zu bewegen, erzählten ihm alle möglichen Leute, dass er Glück hatte, noch am Leben zu sein. Doch an den meisten Tagen fühlte er sich alles andere als glücklich. „Klar. Aber meine Familie will eine Wunderheilung oder sowas. Sie warten immer noch darauf, dass ich eine Goldmedaille gewinne."

Sie sah von der Akte auf. „Das muss ziemlich deprimierend sein."

„Nicht ständig." Er räusperte sich. „Dr. Callie, ich weiß, dass Sie meine Entlassung beurteilen müssen. Können Sie mich einfach gehen lassen, wenn ich verspreche, nicht zurück zu kommen?" Er war darauf bedacht, ihr direkt in die Augen zu sehen. „Ich, äh..." Er entschied, ihr die Wahrheit zu erzählen, egal wie peinlich das auch war. Wenn er hier raus wollte, musste er sie davon überzeugen, dass er nicht versucht hatte, sich umzubringen. „Gestern habe ich herausgefunden, dass meine Exfreundin sich verlobt hat. Also habe ich zu viel Tequila getrunken. Das war dumm, das gebe ich zu. Aber ich werde es nicht zur Gewohnheit werden lassen."

Dr. Callie zuckte tatsächlich zusammen. „Autsch", meinte sie und ihre Gesichtszüge wurden weicher.

Na, sieh an. Ehrlichkeit schien doch am längsten zu währen.

„Obwohl..." Sie zögerte. „Mir ist letzten Monat dasselbe passiert und ich habe keine Flasche Tequila getrunken."

Ach, Scheiße. „Ernsthaft?"

Sie nickte langsam.

„Also, was ist denn Ihre bevorzugte Droge?", fragte er. Doch was Hank eigentlich fragen wollte war, welcher Arsch so eine hübsche Ärztin sitzen ließ? Ein cleveres Köpfchen und große Titten in einem praktischen Paket. Mit einem süßen Lächeln noch dazu. Hank hätte eine Menge Geld darauf gewettet, dass Mr. Arsch einfach nur eingeschüchtert von ihr war.

„Naja, ich hab's mit viel schlechtem Fernsehen und einer peinlichen Menge an Ben & Jerry's Eiscreme geschafft. Habe fünf Pfund zugenommen und fünf IQ Punkte verloren, aber niemand musste mir den Magen auspumpen."

Hank lachte. Und zwar heftig. Es war wahrscheinlich das erste Mal seit Wochen, dass er so lachte. Früher war es für Hank ganz normal gewesen, eine lockere Unterhaltung mit einer Frau zu führen. Aber das passierte mittlerweile nicht mehr und es lag nur teilweise daran, dass er so viel allein war. Nicht jeder konnte seinen Rollstuhl ignorieren. Aber Callie hatte ihn schon in einem viel schlimmeren Zustand als dem hier gesehen. Außerdem gab es nichts Falsches an ihrer Art. Selbst jetzt musterten ihre babyblauen Augen ihn mit einer Intensität, die ihm unbehaglich sein sollte. Doch aus irgendeinem Grund wollte er nicht, dass es aufhörte.

„Schauen Sie", sagte sie. Aber er schaute bereits, denn sie war wirklich hübsch anzusehen. Selbst mit dem Arztkittel, der sie bedeckte, konnte er erkennen, dass sie einen ganz schönen Vorbau hatte. Das Tal zwischen ihren Brüsten ließ sich gerade noch so mit einem Blick erhaschen. „Es gibt keinen medizinischen Grund, aus dem ich Sie hierbehalten könnte", sagte sie. „Ich bin mir sicher, das wissen Sie. Aber helfen Sie mir doch, Sie besser zu verstehen, damit ich nicht das Gefühl habe, einen Psychologen holen zu müssen. Was war Ihre Absicht?"

„Den Boden der Flasche zu sehen?" Er hob das Kinn. „Ist das eine Fangfrage?"

„Hank, haben Sie Selbstmordgedanken?"

Er schluckte. „Nein."

„Das war eine schrecklich lange Pause."

Er verdrehte die Augen. „Nein, war es nicht. Ich werde mich nicht umbringen – das ist nicht meine Art. Ich war einfach nur betrunken, Doc. Wenn Sie jeden Betrunkenen in Vermont einweisen würden, wäre bald niemand mehr da, um Ahornsirup herzustellen oder die Liftanlagen zu bedienen."

Er sah, wie sich ihre hübschen Lippen nach unten zogen, während ihre Wimpern nachdenklich blinzelten. „Hank, ich sorge mich um Sie. Gibt es irgendjemanden, mit dem Sie über all das reden können, was Sie im vergangenen Jahr durchgemacht haben?"

„Danke, Frau Doktor, aber ich werde zu keinem Psychologen gehen. Aber wenn Sie sich Sorgen um mich machen, dann kommen Sie doch selbst vorbei und sehen nach dem Rechten."

„Was?"

Eigentlich hatte er nicht vorgehabt, sie anzugraben, denn sie schien nicht der Typ Frau zu sein, der darauf ansprang. Außerdem hatte er für weibliche Gesellschaft momentan wenig Bedarf. Aber alte Gewohnheiten waren schwer abzulegen. Also setzte er nach. „Machen Sie einen Hausbesuch, Frau Doktor. Entkommen Sie mal für ein paar Stunden dem Geruch von Desinfektionsmitteln. Ich koche Ihnen auch Abendessen."

Ihre Augen weiteten sich überrascht. „Aber..." Ein Anflug von Schüchternheit legte sich über ihre hübschen Gesichtszüge. „Sie wissen, dass ich das nicht annehmen kann. Das wäre unprofessionell."

„Wirklich? Sobald ich hier rausgerollt bin, bin ich nicht länger Ihr Patient. Also, was sagen Sie?"

Nervös leckte sie sich über diese rosa Lippen. „Ich sage... wenn ich eine Ärztin von ihrer Befragung ablenken wollte, würde eine Einladung zum Abendessen meistens funktionieren."

Ein Lachen platzte aus ihm heraus. „Aber nicht immer?" Mit einem geschlagenen Grinsen ließ Hank den Kopf sinken. Wahrscheinlich sollte er sich daran gewöhnen, einen Korb von Frauen zu bekommen. Und was würde eine Ärztin schon mit ihm wollen? Sie hatte wahrscheinlich die letzten zehn Jahre versucht, Krebs zu heilen oder so. Und er hatte die Zeit betrunken verbracht und die Schwerkraft dazu herausgefordert, ihr Möglichstes zu tun.

Und das hatte sie schließlich getan.

Bei diesem makabren Gedanken drehte sich ihm der Magen um. Doch dann sah er auf und merkte, dass Doktor Callie ihn immer noch beobachtete. Und wenn er sich nicht irrte, sah er eine warme Neugier in ihren Augen brennen. *Interessant.* Offenbar gefiel der guten Frau Doktor, was sie da sah. Es sei denn seine Instinkte täuschten ihn. Und das taten sie wahrscheinlich. Alles andere funktionierte bei ihm schließlich auch nicht mehr so wie früher.

In Wahrheit war es egal, was Callie von ihm hielt, denn er hatte einer Frau nicht viel zu bieten. Er war höllisch einsam, aber so würde es bleiben. Wahrscheinlich für immer. Erneut schluckte er und lenkte seine Gedanken wieder auf das aktuelle Problem. „Unterschreiben Sie die Papiere, Doc. Ich werde ein braver Junge sein."

Sie klopfte zweimal mit ihrem Stift auf das Klemmbrett, dann drückte sie auf den Kugelschreiber und unterschrieb seine Entlassung. „Tun Sie mir den Gefallen und lassen Sie sich nicht nochmal einliefern, okay?"

„Das werde ich", sagte er.

Sie ließ die Entlassungspapiere in seine Akte gleiten, dann sah sie nochmals zu ihm. Und irgendwie zog sich der Moment zwischen ihnen in die Länge. Hank hatte keine Ahnung, wie lange es dauerte – wahrscheinlich nur ein paar Sekunden. Aber als sie einander in die Augen sahen war da eine Energie, die Hank seit einer langen Zeit nicht mehr gespürt hatte, und von der er nicht geglaubt hatte, sie jemals wieder zu spüren.

Er riss sich zusammen und tat, was er tun musste. Er sah weg. „Also, wenn Sie mich entschuldigen, ich bin hier raus." Er legte die Hände auf die Räder seines Stuhls und schob sich zur Tür hinaus.

Er spürte ihre Augen auf seinem Rücken, als er den Raum verließ.

4

Callie dachte den Rest ihrer Schicht und jeden Tag der darauffolgenden Woche an Hank Lazarus. Er war immer noch genauso sexy, wie sie ihn in Erinnerung hatte. Selbst verkatert hatte er Testosteron und eine Anziehungskraft ausgestrahlt, von der sie mehr wollte. Sicher, da lag eine gewisse Traurigkeit in seinen großen, braunen Augen, aber das war zu erwarten gewesen. Trotzdem, hier war ein Typ, der seine ganze Karriere innerhalb von drei Minuten in der Halfpipe verloren hatte und er konnte immer noch flirten, lachen und Schmetterlinge in ihrem Bauch flattern lassen.

Sie dagegen erfreute sich bester Gesundheit und einer vielversprechenden Karriere. Und dennoch bewegte sie sich hölzern und unglücklich durch ihren Alltag.

Was zur Hölle war nur los mit ihr?

Während sie am Ende eines langen Nachmittages wieder und wieder über diese Frage nachdachte, winkte Krankenschwester Trina sie zum Schalter der Notaufnahme herüber. „Callie? Dr. Fennigan will dich oben in ihrem Büro sehen. Sie hat nicht gesagt, worum es geht." Das Gesicht der Frau war voll unverhohlener Neugierde und Callie machte ihr keine Vorwürfe.

Dr. Elisa Fennigan war die Direktorin des Krankenhauses und Callie hatte noch nie Ärger mit ihr gehabt. Mit nervösen Fingern fummelte sie an dem Zettelchen mit der Mitteilung herum, welches Trina ihr in die Hand gedrückt hatte, und versuchte nachzudenken. Könnte einer ihrer Patienten das Krankenhaus verklagen? Das war immer eine Gefahr. Jeder Arzt wurde im Laufe seiner Karriere mal verklagt und oft sahen sie es nicht kommen.

Mist.

Auf dem Weg zu den Fahrstühlen stopfte sie das Papier in ihre Tasche. Als sich die Türen im siebten Stock wieder öffneten, sah eine Empfangsdame auf. „Doktor Anders?"

Callie nickte.

„Lassen Sie mich Dr. Fennigan schnell abfangen, bevor sie auf Visite geht." Sie drückte eine Taste auf ihrem Telefon. „Callie Anders ist hier."

„Schicken Sie sie rein", sagte eine angenehme Stimme.

Die Empfangsdame deutete auf eine offene Tür hinter ihr und Callie ging direkt ins Büro der Direktorin.

Doktor Elisa Fennigan stand hinter ihrem Schreibtisch auf und streckte eine Hand aus. „Callie, willkommen. Bitte nenn mich Elisa. Du fragst dich bestimmt, warum du hier bist. Keine Sorge, es ist nichts Schlimmes."

Das war eine Erleichterung. Callie spürte, wie sie sich entspannte, als sie Dr. Fennigans Hand schüttelte. „Schön, dich kennenzulernen."

Dr. Fennigan – Elisa – setzte sich wieder in ihren bequemen Ledersessel. „Setz dich. Erinnerst du dich an einen Patienten namens Hank Lazarus? Du hast ihn zweimal behandelt..."

Callie nickte. „Natürlich. Wirbelsäulenverletzung durch

einen Snowboardunfall. Letzte Woche wurde er wegen einer Alkoholvergiftung eingeliefert."

Die Direktorin nickte. „Das Krankenhaus hat dank dieses Patienten eine außergewöhnliche Möglichkeit. Seine Eltern sind an einer Behandlung namens FES interessiert. Funktionelle Elektrostimulation."

„Das hat er erwähnt", sagte sie. „Er klang allerdings nicht besonders überzeugt."

„Richtig", stimmte die Direktorin zu. „Aber es ist eine vielversprechende Therapie. Seine Eltern haben angeboten, eine einjährige Studie dazu hier bei uns im Krankenhaus zu finanzieren. Wir würden eine Therapieklinik für Wirbelsäulenpatienten eröffnen, inklusive der FES Technologie und einer Studie über die Auswirkungen von FES als Teil eines herkömmlichen Rehaprogramms."

Callies Gedanken wirbelten. „Also... würden wir am Ende des Jahres analysieren, ob die Patienten mit FES größere Fortschritte gemacht haben, als die ohne? Aber wo würden wir all diese Probanden herbekommen?" Das Grenzgebiet zwischen Vermont und New Hampshire war nicht gerade die dichtbevölkertste Gegend der Welt, weshalb das Krankenhaus auch bei Weitem nicht die erste Anlaufstelle für Forschungsaktivitäten war.

„Hier gibt es mehr Wirbelsäulenverletzungen, als du denkst", sagte Dr. Fennigan. „Das Veteranen-Krankenhaus in White River Junction hat die meisten Fälle. Viele der Patienten dort haben sich ihre Verletzungen im Irak oder in Afghanistan zugezogen. Aber intensive Physiotherapie ist teuer, die Patienten werden durchaus gewillt sein, ein paar Kilometer länger über den Highway zu fahren, um an einem kostenlosen Programm teilzunehmen."

„Verstehe", sagte Callie. „Und haben wir den Platz..."

Elisa nickte mit ernstem Gesicht. Das Krankenhaus war in

den letzten paar Jahren etwas zusammengeschrumpft, da zahlende Patienten weniger wurden und in immer größeren Abständen kamen. „Wir haben den Platz und das Equipment. Wir haben sogar ein Therapiebecken, das nicht ausgelastet ist. Die Räumlichkeiten sind nicht das Problem."

„Es geht ums Geld, richtig?", fragte Callie.

Wieder nickte die Direktorin. „Die Lazarus Familie will über eine Million Dollar in dieser Zeit spenden – für Gehälter, Behandlungen und Equipment. Und wir würden einen staatlichen Finanzierungszuschuss für die Studie bekommen. Das ist eine Finanzspritze, die das Krankenhaus dringend gebrauchen kann."

„Das klingt alles großartig", sagte Callie leicht verunsichert. „Aber was hat das mit mir zu tun?"

„Nun ja, das ist der ungewöhnliche Teil. Hank Lazarus ist nicht gerade scharf darauf, an der Studie teilzunehmen. Aber er sagt, er würde es tun, wenn du das Programm leitest."

Callie blinzelte überrascht. „Aber ich bin keine Reha-Spezialistin."

Elisa grinste. „Offenbar interessiert ihn das nicht. Und mich auch nicht, um ehrlich zu sein. Denn dein Job würde darin bestehen, das Programm aufzusetzen und die Studie zu verwalten. Mit der direkten Arbeit mit den Patienten würde ich unseren Therapiedirektor betrauen."

Einen Moment lang sagte Callie nichts. Es war eine großartige Möglichkeit, so eng mit der Krankenhausdirektorin zusammenzuarbeiten. Trotzdem war ihr erster Impuls, das Angebot abzulehnen. Die Verantwortung für etwas so weit außerhalb ihres Fachgebiets zu übernehmen, war beängstigend. „Ich habe noch nie eine Studie geleitet", sagte sie schließlich.

„Callie", drängte Elisa. „Ich wette, du hast die Feinheiten mehrerer tausend medizinischer Studien *gelesen*."

„Natürlich." Die wissenschaftlichen Artikel, die Callie in den letzten zehn Jahren gelesen hatte, hätten aneinandergelegt einmal um die Erde gereicht.

„Doktor, du könntest so einen wissenschaftlichen Artikel im Schlaf schreiben. Und das erwarte ich von dir."

„Dass ich ihn im Schlaf schreibe?", witzelte Callie und die Direktorin lachte.

„Besser nicht." Elisas Miene wurde wieder ernst. „Aber ich muss nachfragen. Hast du irgendeine Idee, warum Lazarus dich ausgesucht hat?"

Bei der Frage fühlte sich ihr Gesicht heiß an. „Nein", sagte Callie rasch. Die Tatsache, dass sie Hank für den attraktivsten Mann hielt, der ihr je begegnet war, hatte nichts damit zu tun. „Ich kenne ihn nicht, abgesehen von den beiden Krankenhaus-aufenthalten. Als er das erste Mal wegen seiner Verletzung hier war, habe ich seinen Eltern gesagt, dass sie, wie er es ausdrückte, sich verdammt nochmal beruhigen sollen."

Dr. Fennigan zuckte zusammen. „War es ein großer Streit?"

Callie schüttelte den Kopf. „Überhaupt nicht. Es war nur eine dieser Situationen, wo er jemanden auf seiner Seite brauchte. Und anscheinend war ich diese Person."

Die Direktorin schwieg einen Moment. „Nun ja, das macht es komplizierter. Glaubst du, die Eltern werden dir das noch vorhalten?"

„Auf keinen Fall. Ehrlich gesagt wäre ich überrascht, wenn sie sich an mich erinnern würden."

Dr. Fennigan faltete die Hände auf ihrer Schreibunterlage. „Okay, und das war das einzige Zusammentreffen mit Mr. Lazarus?"

Callies Gesicht wurde noch röter. „Ich habe ihn vor zwei Tagen entlassen und er hat mich zum Abendessen zu sich einge-laden. Ich habe natürlich abgelehnt."

„Wieso?"

„Weil er ein Patient von mir ist!", stotterte Callie.

„Nicht, nachdem du ihn entlassen hast." Die Direktorin sah nachdenklich drein.

Callie schüttelte entgeistert den Kopf. „Trotzdem, es wäre nicht richtig."

„Also sind Hank Lazarus' Motive potentiell kompliziert." Dr. Fennigan klopfte auf ihre Schreibtischunterlage. „Callie, bringe ich dich in eine schwierige Position, wenn du diesen Job annimmst? Wenn er dich belästigt, ist das für niemanden gut. Nicht für dich, nicht für das Krankenhaus..." Düster runzelte sie die Stirn.

„Ich glaube nicht..." Callie seufzte. „Er macht auf mich nicht den Eindruck, als wäre er ein Typ, der andere belästigt. Ehrlich gesagt wollte er nur nett sein. Ich wäre überrascht, wenn er es nochmal zur Sprache bringen würde."

Es folgte eine lange Stille, in der Dr. Fennigan nachdachte und nachdachte. „Nun, Callie", sagte sie schließlich. „Dann lass uns die Sache angehen. Aber du kannst jederzeit zu mir kommen, wenn es auch nur die kleinsten Probleme geben sollte, okay? Und solltest du jemanden brauchen, mit dem du deine Ideen besprechen kannst, meine Tür steht immer offen."

„Danke", sagte Callie.

„Das bedeutet auch, dass du eine Beförderung bekommst. Du kommst auf die nächste Gehaltsstufe und du hast bestimmt auch nichts dagegen, dass ich dich die nächsten drei Monate aus dem Turnus des Krankenhauses nehme, solange du alles zum Laufen bringst."

„Wirklich? Ich habe keinen Bereitschaftsdienst mehr?"

Elisa schüttelte den Kopf. „Nein, es sei denn, du entscheidest dich, Überstunden zu machen. Zwölf Wochen lang wird die Studie dein Vollzeitjob sein."

Dr. Fennigan stand auf. „Es war schön, dich kennenzulernen, Callie. Hier, nimm diese Akten mit. Am Montag haben wir unser erstes Treffen mit den Vertretern der Lazarus Familienstiftung." Sie schüttelten die Hände und die Direktorin legte ihre Visitenkarte auf den Stapel in Callies Händen. „Meine Privatnummer ist da auch drauf. Wenn ich sage, dass du dich jederzeit melden kannst, meine ich das auch so. Solltest du irgendwelche Probleme bekommen, können wir die nicht liegen lassen."

„Das weiß ich zu schätzen", sagte Callie. Dann schüttelte sie erneut Elisas Hand, bevor sie überwältigt zurück zum Fahrstuhl ging. Und als sich die Türen im Erdgeschoss wieder öffneten, war die erste Person, die sie sah, Nathan.

„Hey, Callie", sagte er und warf ihr eine Krankenakte zu. „Kannst du diesen Patienten übernehmen? Shelli und ich haben eine Reservierung zum Abendessen."

Normalerweise würde so eine Sache Callies Tag ruinieren, aber dieses Mal fing sie die Akte und schenkte Nathan ein breites Lächeln.

„Was?", fragte er, offensichtlich skeptisch über ihre Freude.

Callie war gerade der größte Vorteil ihrer unerwarteten Beförderung klar geworden. Drei Monate lang würde sie nicht mit Nathan zusammenarbeiten müssen. *Vielen Dank, Hank Lazarus.* „Ich darf doch wohl fröhlich sein, oder nicht?", neckte sie ihn. „Geh ruhig. Viel Spaß beim Abendessen." Sie warf ihm ein weiteres strahlendes Lächeln zu und ging fort.

5

Das Wochenende war gerade lang genug, dass Callie in nervöse Aufregung verfallen konnte. Die Studie war eine große Chance für sie, also verbrachte sie den Samstag und Sonntag damit, jeden wissenschaftlichen Artikel zu lesen, den sie über FES finden konnte. Am Sonntagabend widmete sie sich dann einer ausgewachsenen Modekrise. Sie zog jedes Kleidungsstück an, das sie besaß. Zweimal.

Als sie am Montagmorgen im Pausenraum stand, bekam Callie Panik. Es gab drei Dinge, die sie im Leben fürchtete: Schulden, Versagen und Gruselfilme. Und das Meeting mit der Lazarus-Stiftung erfüllte zwei dieser drei Horrorszenarien. Eine klinische Studie zu einem Thema außerhalb ihres Fachbereichs zu führen, brachte Callie ziemlich weit aus ihrer Komfortzone. Und mit einem riesigen Berg an Studienkrediten, die sie zurückzahlen musste, konnte sie es sich nicht leisten, das Meeting zu versauen und sich diese Chance entgehen zu lassen.

Willow hatte Callie einen wunderschönen Schal zu Weihnachten geschenkt. Sie hatte ihn heute als Glücksbringer angezogen – und weil er gut zu ihrem taubengrauen Hosenanzug passte. Doch als sie jetzt im Pausenraum stand und mit klammen Händen an dem feinen Stoff rumfingerte, war sich Callie sicher, dass er total falsch an ihr aussah. Sie nahm den Schal ab, legte die Enden nochmal genau übereinander und drapierte die Seide über eine Schulter, bevor sie die Enden erneut zusammenband.

Auf ihren Stöckelschuhen tapste sie vorsichtig in den Flur und duckte sich ins Badezimmer, für einen letzten vergewissernden Blick in den Spiegel. Aber das Spiegelbild, das sie betrachtete, wirkte ganz offensichtlich aufgesetzt. Sie war immer noch ein armes Kind aus dem falschen Teil von Sacramento, das mit viel finanzieller Hilfe Medizin studiert hatte. Und sie war immer noch bloß einen Fehler von einer möglichen Privatinsolvenz entfernt. Der Schal sah einfach nur plump aus. Hanks elegante Familie würde sich nicht von einem Stück korallenroter Seide blenden lassen.

Callie zog den Schal über ihren Kopf und ging zurück zu ihrem Spind. Es war wirklich lächerlich. Sie konnte einen perfekten Chirurgenknoten mit einer Nahtnadel und einer Pinzette ziehen, aber sie konnte keinen Schal binden. Doch sie hatte keine Zeit mehr, darüber nachzugrübeln, warum das so war. Jetzt war Showtime.

Mit einem halben Dutzend Kopien der Präsentation, die sie vorbereitet hatte, nahm Callie den Aufzug hoch in die Chefetage. „Dr. Anders?" Wieder begrüßte die Empfangsdame sie, aber dieses Mal hatte sie schlechte Neuigkeiten. „Ich soll Ihnen von Dr. Fennigan ausrichten, dass ihr Rückflug von den Bermudas gestrichen wurde. Es tut ihr schrecklich leid, aber Sie werden das Meeting mit Familie Lazarus ohne sie abhalten müssen. Ich habe Sie im Konferenzraum untergebracht, er befindet sich direkt zu Ihrer Linken."

Callie versuchte, sich ihre Panik nicht anmerken zu lassen. „Vielen Dank", flüsterte sie.

Nachdem sie ein paar Mal tief durchgeatmet hatte, betrat sie das Konferenzzimmer. Es befand sich nur eine Person darin und Callie fragte sich, ob sie im falschen Raum war. Das Mädchen, welches am Tisch saß, trug eine enge Jeans, Wanderstiefel und eine Fleeceweste über ihrem T-Shirt. Das war praktisch die Standarduniform in Vermont. Doch Callie hatte einen Raum voller Anzugträger erwartet.

„Ich bin Stella Lazarus", sagte die junge Frau und stand auf, um Callie die Hand entgegenzustrecken. „Hanks Schwester."

„Ah ja, natürlich", sagte Callie und stellte sich vor. Stellas warme, braune Augen ähnelten denen ihres Bruders sehr. Sie war eine hochgewachsene Frau Mitte zwanzig, mit schwarzem, glänzendem Haar. Familie Lazarus schien nur schöne Nachfahren zu zeugen.

Nervös stakste Callie zum Kopf des Tisches und setzte sich, wobei sie sich augenblicklich fragte, ob sie damit das Richtige gemacht hatte. Sie hatte keine Erfahrung mit unternehmerischem Auftreten. Jetzt herrschte Stille und ihr wurde klar, dass sie diese besser mit Small Talk füllen sollte, während sie auf die anderen warteten. „Schönes Wetter haben wir heute", sagte sie. *Na toll, Callie,* schimpfte sie sich selbst. *Das Wetter. Wie originell.* Sie spürte, wie ihr ein Schweißtropfen den Rücken herab lief.

„Ja, ist ganz in Ordnung", meinte Stella und warf einen Blick aus dem Fenster. „Eigentlich wollte ich vor dem Mittagessen noch eine Runde laufen gehen."

„Was für Distanzen laufen Sie denn so?", fragte Callie. Doch da sie selber keine Läuferin war, würde das eine weitere Gesprächssackgasse werden. Sie warf einen, wie sie hoffte, unauffälligen Blick auf die Wanduhr hinter Stellas Schulter.

„Nur sieben Meilen", sagte Stella mit einem weniger unauffälligen Blick auf ihre Armbanduhr. „Aber ich brauche dafür etwa eine Stunde, also..." Sie sah Callie erwartungsvoll an.

Die Stille zwischen ihnen zog sich hin und gab Callie genug Zeit, sich Sorgen darüber zu machen, ob sie die skandinavischen Daten doch in ihre Präsentation hätte einbauen sollen. Oder ob das zu viel des Guten gewesen wäre...

Stella räusperte sich. „Ihre Empfangsdame sagte mir, dass Dr. Fennigan heute nicht hier sein wird. Also, sollen wir einfach zur Sache kommen?"

Callie blinzelte sie verdutzt an. „Ich dachte, wir warten noch auf..." Sie beendete den Satz nicht, als ihr klar wurde, dass Stella gerade angedeutet hatte, dass niemand weiteres von der Stiftung kommen würde.

„Moment mal", sagte das Mädchen und hob eine Handfläche hoch. „Haben Sie jemand anderes erwartet? Seh ich nicht aus, als dürfte ich am Erwachsenentisch sitzen?" Ihre dunklen Augenbrauen zogen sich zusammen. „Tut mir leid, mehr als mich bekommen Sie nicht. Aber nur keine Sorge – die Schecks werden schon nicht platzen, selbst wenn sie vom schwarzen Schaf der Familie kommen."

Callie öffnete den Mund und schloss ihn dann wieder. „Ich dachte nur..." Sie schluckte schwer. Das war peinlich. „Ich hatte nur angenommen, dass noch mehr Leute etwas über FES erfahren wollen. Ich weiß, dass es ein Interesse Ihrer Mutter ist..." Sie beeilte sich, eine Kopie ihrer Präsentation vom Stapel abzublättern und über den glänzenden Konferenztisch zu Stella zu schieben.

Am anderen Ende des Tisches zu sitzen, fühlte sich unter den jetzigen Umständen lächerlich an. Mit heißem Gesicht stand Callie auf und nahm auf dem Sitz neben Miss Lazarus Platz. „Vielleicht sollten wir noch einmal von vorne beginnen. Sie können mich Callie nennen. Ich wurde gebeten, das Therapieprogramm zu leiten, welches die Effizienz von FES testen soll." Einmal mehr streckte sie ihre Hand in Stellas Richtung aus.

Stella schüttelte sie, doch dann verschränkte sie die Arme

vor der Brust. „Mein Bruder hat dich ausgesucht, damit du die Studie leitest, nicht wahr?"

„Ich, nun ja..." Die junge Frau hatte nur fünf Minuten gebraucht, um sie in ein stotterndes Wrack zu verwandeln. „Er hat mich vorgeschlagen", beendete sie den Satz.

Stella grinste. „Natürlich hat er das. Hank umgibt sich immer mit schönen Frauen." Sie griff in eine große Handtasche auf ihrem Schoß und zog etwas heraus, das wie ein dickes Scheckheft aussah. „Lass uns das einfach hinter uns bringen. Was schulden wir euch für die Anlaufkosten?" Stella klickte einen Kugelschreiber auf, dann bemerkte sie die Verwirrung auf Callies Gesicht. „Deswegen bin ich doch hier, oder? Mein Daddy vertraut mir nicht genug, mein eigenes Leben in den Griff zu bekommen, aber solange ich in der Nähe wohne und für seine Firma arbeite, lassen sie mich mit dem Scheckheft rumlaufen."

Mittlerweile wusste Callie, dass sie sowohl über dieses Zusammentreffen, als auch über das Gespräch, die Kontrolle verloren hatte. „Hör zu Stella, darf ich ehrlich sein?"

„Klar, wieso nicht", sagte sie und verschränkte erneut die Arme. „Das bin ich auch immer."

„Also, gut. Denn ich war noch nie im selben Raum mit einem Scheck, der größer war als meine Hypothekenrate. Ich wollte dich nicht beleidigen, ich hatte nur angenommen, dass bei der Vergabe einer so großen Summe ein ganzes Komitee beteiligt sein würde, oder so. Anwälte. Buchhalter. Vielleicht noch ein Schreiben vom Papst. In Sachen Medizin kenne ich mich aus, versprochen. Aber ich habe keinen Plan von ihrer Finanzierung."

Eine Sekunde lang starrte Stella sie nur an. Doch dann zog ein langsames Lächeln ihre Mundwinkel nach oben. Und als sich das Lächeln voll entfaltet hatte, blitzten auch ihre Augen belustigt auf. „Das ist in Ordnung, schätze ich. Denn ich weiß nichts über Medizin."

Callie stieß den Atem aus. „Dann hör mir bitte ein paar Minuten zu, okay?" Sie war hierher gekommen, um ihre Studie professionell vorzustellen, und das würde sie auch tun, und wenn es sie umbrachte. Callie pochte auf die ausgedruckte Präsentation auf der Tischplatte. „Ich hatte geplant, dir alles über das Projekt zu erzählen, weil es, wie ich finde, eine großartige Technologie ist. Das ist sehr spannend für mich. Tust du mir den Gefallen?"

Stella blätterte mit dem Daumen durch das Dokument. „Das ist ein ganz schöner Türstopper, Callie. Kannst du mir nur die Highlights geben?"

Diese kleine Niederlage in Kauf nehmend, schlug Callie ihre Arbeit auf Seite drei auf, wo sich ein Diagramm eines FES-Fahrrads befand. Dann erklärte sie es so gut sie konnte in sechzig Sekunden.

„Also", sagte Stella anschließend und tippte auf die Seite. „Die Muskeln des Patienten treten die Pedale eines Standrads ohne Zutun des Gehirns? Das klingt so nach... Science Fiction."

„Ich weiß, dass es danach klingt", stimmte Callie zu. „Aber es *funktioniert*. Und die Hoffnung besteht darin, dass das Gehirn zuhört – dass wir die Neuronen daran erinnern können, absichtlich zu feuern."

„Das ist *ziemlich* cool", meinte Stella. „Und ich schätze, es ist ein gutes Workout, egal ob das Hirn mit an Bord ist oder nicht."

„Genau. Aber... *wie* gut? Das will ich messen. Und dann will ich die Versicherungen überzeugen, dass sie dafür zahlen sollten, denn langfristig werden die Patienten, die sie versichern, so geringere Behandlungskosten verursachen."

Callie sah ein Licht in Stellas Augen aufleuchten. „Aha."

„Allerdings."

Stella klickte erneut mit ihrem Kugelschreiber. „Okay, also tun wir der Welt etwas Gutes. Vielleicht hasse ich meinen Job,

Callie, aber ich bin keine totale Zicke. Über was für einen Betrag soll der erste Scheck ausgestellt werden?"

Callie holte die Kostenrechnungsaufstellung hervor, die Dr. Fennigan ihr geschickt hatte und schob sie über den Tisch. Während Stella den Scheck ausstellte, sackten Callies Schultern erleichtert herab.

~

Drei Wochen später hatte die Zuwendung der Stiftung bereits einen Teil des Krankenhauses verändert.

Callie schlitterte in ihr neues Büro und warf ein Aufnahmeformular für Patient Nummer achtunddreißig in ihren eh schon überquellenden Eingangskorb. Ihr neuer Job brachte tatsächlich den Luxus eines eigenen Büros mit sich, mit einer Tür dazu. Was machte es schon, dass es die Größe eines begehbaren Kleiderschranks hatte und das einzige Fenster nur zum Flur hinaus ging? Es war ihres. So stand es auch in goldenen Buchstaben auf einer Plakette draußen an der Tür.

Das Krankenhaus hatte in Rekordzeit eine neue Reihe von Therapieräumen zusammengeschustert und dafür die Räumlichkeiten der alten Kindertagesstätte genutzt. Callie hatte angenommen, dass die Bauzeit mehrere Wochen betragen würde, aber die Jungs fürs Trockenmauerwerk und die Anstreicher waren mit der Geschwindigkeit von Fallschirmjägern eingefallen.

Es war ein weiterer Beweis dafür, wie wichtig dieses Projekt für das Krankenhaus war. Mit furchtbarer Angst davor, Dr. Fennigan im Stich zu lassen, hatte Callie Tag und Nacht gearbeitet, um sicherzugehen, dass die Studie problemlos anlief.

Glücklicherweise wurde sie rasch mit Bewerbungen überflutet, als sie die Krankenhäuser in Vermont und New Hampshire wegen potentieller Studienteilnehmer kontaktierte. Fünfzig gesunde, querschnittsgelähmte Patienten für die Studie zu finden, stellte kein Problem dar.

Und die Patienten zu interviewen machte viel mehr Spaß, als Callie gedacht hätte. Als Krankenhausärztin war sie daran gewöhnt, mit kranken Menschen zu arbeiten, aber die Bewerber für ihre Studie waren überwiegend gesunde, aktive Personen. Die meisten Wirbelsäulenverletzungen trafen Menschen in einem Alter zwischen dreißig und sechzig Jahren.

Und in dreiviertel der Fälle stießen die Verletzungen Männern zu.

Also hatte Callie die Woche vor Behandlungsbeginn damit verbracht, Ausgangsmessungen an den Muskeln gesunder, aktiver Männer vorzunehmen. Sie hatten natürlich unterschiedliche Körpertypen und ihre Verletzungen reichten von Unterschenkellähmungen bis hin zu voller Quadriplegie. Aber da die mobileren Patienten den ganzen Tag lang ihren Oberkörper benutzten, war ein überraschend großer Anteil dieser Jungs muskulös und durchtrainiert. Und nicht wenige von ihnen waren ehemalige Militärs. Das bedeutete auch, dass Callie die ganze Woche lang versuchen musste, nicht rot zu werden, während sie Maßbänder um gut geformte Bizepse und Trizepse legte. Mehr als einmal spielte sie mit dem Gedanken, einen Kalender mit ihren Favoriten zu erstellen. Sie könnte ihn *Traumtypen auf Rädern* nennen.

Als Nathan ihr gestern Abend nach der Arbeit auf dem Parkplatz über den Weg lief, hatte er Callie an eine dünne Maus erinnert. Was sagte man dazu?

„Hey, Schätzchen."

Callie sah auf und entdeckte ihren neuen Mitarbeiter, der mit seinem gigantischen Kreuz im Rahmen ihrer Bürotür lehnte. „Tiny" Jones war eine beeindruckende Gestalt. Mit über 1.90m Körpergröße und geschätzten tausend Pfund massiver, kakaofarbender Muskeln, war er genauso stattlich wie die Studienteilnehmer und beherbergte dazu noch eine überaus lebendige Persönlichkeit in diesem Körper. Er hielt ihr eine Patientenakte hin, die Callie auf ihren Eingangskorb warf. „Noch ein Teilnehmer?"

Er nickte und klopfte dann auf das Klemmbrett unter seinem Arm. „Und zwei weitere warten schon auf uns. Welchen dieser beiden Hübschen soll ich denn vermessen?"

Callie nahm ihm die Akten aus der Hand. Auf einer von ihnen stand LAZARUS, HENRY (HANK). „Den hier", sagte Callie und gab Tiny die Akte. Sie sah sich nicht in der Lage, Hanks Körper zu vermessen, ohne in Flammen aufzugehen. „Aber sag Hank bitte Bescheid, dass er nicht wieder gehen soll, bevor ich ihm Hallo gesagt habe. Du weißt, wer er ist, oder?"

„Ich hab gehört, dass seine Eltern unser Gehalt bezahlen."

„Mehr oder weniger."

„Also meinst du, ich sollte ihn besser nicht angraben?", zwinkerte Tiny.

„Zumindest nicht sofort", grinste Callie. „Jetzt aber Abmarsch. Wenn wir so weiter machen, kommen wir nie zum Mittagessen."

„Alles klar. Wenn du dich noch etwas mit ihm unterhältst, gehe ich in der Zeit schon mal in die Cafeteria. Truthahn Sandwich mit Tomaten und ein mild gebrühter Kaffee?"

„Gott segne dich. Lass mich nur eben..." Sie kramte in ihrer Handtasche herum.

„Ich schreib's auf deinen Deckel." Tiny war weg, bevor sie ihr Portemonnaie hervorholen konnte. Der Mann war ein Geschenk des Himmels.

~

Fünfzehn Minuten später fand Callie Hank im Therapieraum vor, wo er auf sie wartete. „Der Typ ist ja der Hammer", sagte er zur Begrüßung und deutete mit dem Daumen zu der Tür, durch die Tiny gerade verschwunden war.

„Nicht wahr?", stimmte Callie zu. „Wir haben echt Glück, ihn im Team zu haben. Ein ausgezeichneter Therapeut und klasse Comedian in einem extragroßen Bündel." Sie streckte Hank die Hand entgegen und er schüttelte sie. Doch dann ging Callie wieder zwei Schritte zurück und zwar nicht, weil sie sich bei Hank immer so fühlte, als würde sie im nächsten Moment rot anlaufen. In der letzten Woche hatte sie herausgefunden, dass etwas Abstand zu einem Rollstuhlpatienten für alle Beteiligten angenehmer war, weil sie sich dann nicht den Hals verrenken mussten, um Augenkontakt beizubehalten. „Wie geht's dir?", fragte Hank und verschränkte die Arme.

Callie versuchte, nicht auf seine Tattoos zu starren, die unter den Ärmeln seines hautengen T-Shirts hervortraten und sich seine muskulösen Unterarme entlang schlängelten. Den Bad Boy-Look hatte er wirklich voll drauf. Nicht dass sie viel über Bad Boys wusste. Sie räusperte sich. „Mir geht's gut. Ich wollte dir dafür danken, dass du mich für diesen Job vorgeschlagen hast. Ich fühle mich geschmeichelt."

Hank grinste. „Gut. Denn ich wollte dir schmeicheln."

Diese neckischen, braunen Augen leuchteten auf und fokussierten sich auf sie. Callie wusste nicht, wie sie auf diese Art Aufmerksamkeit reagieren sollte. „Ehm, eine Menge Leute würden diese Therapie ohne die Hilfe deiner Familie nicht bekommen."

Hank zuckte die Schultern. „Da musst du meinen Eltern danken. So ein fürsorglicher Typ bin ich nicht. Ich habe ihnen nur gesagt, dass ich FES nicht ausprobieren würde, wenn das für mich bedeutet, nach Baltimore umzuziehen."

„So oder so habe ich diesen Monat fünftausend Seiten über Funktionelle Elektrostimulation gelesen."

„Verdammt, Mädchen. Das tut mir leid."

„Ist schon in Ordnung, Hank. Aber nach meinem Lesemarathon durch medizinische Fachzeitschriften muss ich sagen, dass FES sehr vielversprechend klingt. Natürlich ist es keine Wunderheilung über Nacht, aber die langfristigen Nutzen könnten sehr positiv ausfallen.“

„Ich bin mir sicher, die Ergebnisse können sich sehen lassen. Aber aus irgendeinem Grund habe ich gerade zugestimmt, sieben Stunden die Woche in diesem Krankenhaus zu sein. Einem Ort, bei dem ich normalerweise alles dran setze, ihm fernzubleiben. Sag mir, Frau Doktor. Wie hältst du das aus?“

Er lächelte immer noch, aber es strahlte nicht mehr bis in seine Augen. Callie zog einen Stuhl herbei, der an der Wand gestanden hatte, und setzte sich. „Naja, sie bezahlen mich, damit ich hierher komme. Das hilft.“

„Das glaube ich.“

„Um ehrlich zu sein fühle ich mich in letzter Zeit nicht, als würde ich im Krankenhaus arbeiten. Das ist ein Therapieprogramm, keine Krankenstation. Ehrlich gesagt macht es sehr viel Spaß, zur Abwechslung mal mit gesunden Menschen zu reden. Sie haben alle Rollstühle wie du, aber für den größten Teil leben sie ein normales Leben. Ich muss niemanden überreden, seine Medikamente zu nehmen, oder einen Spezialisten hinzurufen.“

Hank war eine Minute lang still und hatte den Kopf nachdenklich zur Seite gelegt. Die Muskeln in seinem maskulinen Kiefer zuckten. Callie konnte sehen, dass er versuchte zu entscheiden, ob er teilen sollte, was ihm gerade durch den Kopf ging, oder nicht. Dann breitete sich das bezauberndste Lächeln auf seinem Gesicht aus und wanderte wieder in seine Augen. „Naja, wenn ich schon dreimal die Woche hierhin kommen muss, wollte ich wenigstens dafür sorgen, dass sich die Aussicht verbessert.“

Callie spürte, wie ihr Gesicht heiß wurde. Sie musste sich wohl einfach antrainieren, dadurch nicht aus dem Konzept zu geraten. „Heißt das also, dass dir der neue Anstrich gefällt? Und unsere Motivationsposter?"

Seine Augen blitzten humorvoll. „Ja. Genau das meinte ich. Ich fühle mich sehr motiviert."

„Ausgezeichnet." Sie sah auf die Akte in ihrer Hand herab, damit sie ihre Augen auf einen neutralen Punkt richten konnte. „Dann sehen wir uns nächste Woche wieder. Tiny bringt dich schon in Form, bei seinem Training kommt jeder ins Schwitzen."

„Ich kann mir auch noch andere schweißtreibende Sachen vorstellen."

Callie verdrehte die Augen. „Das glaube ich."

Hank lachte, dann zog er einen Wheelie mit seinem Rollstuhl. „Bis später, Dr. Callie."

„Bis später", erwiderte sie, als er zur Tür hinaus fuhr. *Nicht starren*, sagte sie sich und wandte ihre Augen ab. Das Flirten brachte sie immer durcheinander. Sobald seine schokobraunen Augen sie ansahen, wurde ihr schwindelig. Aber das war einfach Hanks Art. Er flirtete, um aus Schwierigkeiten herauszukommen. Und sie würde einfach lernen müssen, ihre Reaktion auf ihn unter Kontrolle zu haben.

6

———

Am folgenden Montag hatte Hank seine ersten beiden Therapiestunden. Als erstes stand sein Pensum im FES-Raum an, wo
er an Elektroden angeschlossen auf dem Standrad saß und die
Kabel seinen Beinen auftrugen, in die Pedale zu treten. Es war
etwas verstörend, wenn nicht sogar unangenehm. Hank stopfte
sich seine In-Ohr-Kopfhörer in die Ohren, drehte die Lautstärke
der Red Hot Chili Peppers auf und unterdrückte das irrationale
Gefühl der Hoffnung. Nach der FES hatte Hank eine halbe
Stunde Pause. Er kaufte sich ein Päckchen Orangensaft an
einem Automaten vor der Umkleidekabine und wechselte in
seine Schwimmshorts. Von all den Behandlungen auf seinem
Plan versprach die Aquatherapie die größte Anstrengung und
den wenigsten Spaß.

Leider schien das erste Treffen mit dem Aquafitness-Trainer
seine Vorahnung nur zu bestätigen.

„Alles Klar-io! Heute arbeiten wir an der Hüftbeweglich-
keit!“ Der muntere Trainer schlug mit der Faust in die offene
Handfläche und forderte Hank auf, ins Schwimmbecken zu
steigen.

Klar-io? Hank war nicht gerade angetan. Er wollte nicht ins

Becken, schon gar nicht mit diesem Clown. „Machen wir das, hm?", grollte er als Antwort. Er wusste, dass er wie ein angriffslustiger Stier klang. Doch jedes Mal, wenn dieser Idiot grinste, fiel ihm kein guter Grund ein, warum er mit diesem Vogel zusammenarbeiten sollte.

„Na kommen Sie schon!", versuchte es der Aqua Fitness Trainer erneut. „Jetzt werden wir ein bisschen nass!" Er war ein schmächtiger Kerl mit schlaffem, blondem Haar und roter Badehose. Er sah aus wie ein überdrehter Bademeister, mit einer so eifrigen Stimme, dass Hank jedes Mal, wenn er sie hörte, Zahnschmerzen bekam.

Hank zog ein weiteres Mal an seinem Saftpäckchen. „Wie wäre es, wenn wir das lassen und einfach sagen, wir hätten's gemacht?" Er hatte keine Lust, zu schwimmen oder sich wie ein Esel auf ein Unterwasserlaufband schnallen zu lassen. Er schien nicht einmal die Willenskraft aufbringen zu können, die Stunde nur mit minimalem Aufwand zu absolvieren.

Der Baywatch-Typ seufzte. „Wenn Sie diese Therapiestunde jetzt sausen lassen, werden Sie einen neuen Termin dafür machen müssen."

Wer hatte diesem Quatsch überhaupt zugestimmt? Ach ja – er war das gewesen. Er hatte sich von seiner Mutter dazu breitschlagen lassen. Jeder dachte, dass die Familie Lazarus so großzügig sei, aber Hank sah, was die Taten seiner Eltern wirklich waren: Manipulation. Die Behandlung von neunundvierzig anderen Menschen hing davon ab, ob Hank in dieses Schwimmbecken stieg oder nicht.

Verdammt. Seine Beine waren vielleicht nutzlos, aber das hieß trotzdem nicht, dass es ihm gefiel, seinen Körper der Wissenschaft zu spenden.

„Guten Morgen!"

Hank drehte sich automatisch zu der fröhlichen Stimme um, die vom Eingang zur Schwimmhalle kam. Und als er das tat, wurde er mit dem einmaligen Anblick der liebreizenden Doktor Callie belohnt. Heute trug sie untypischerweise knallpinke Joggingshorts und ein eng anliegendes Sporttop. Noch besser, ihr Gesicht hatte genau den Rotton, den sie in seiner Vorstellung auch hatte, nachdem sie ordentlich...

Hank knirschte mit den Zähnen. Warum schien er heute so auf Selbstfolterung zu stehen?

„Guten Morgen", begrüßte der muntere Trainer seine hübsche Chefin. „Sind Sie hier, um mit uns zu trainieren?"

„Nein, aber ich habe gerade eine Funktionelle Elektrostimulation hinter mir", gab Callie bekannt.

„Oh, Baby", sagte Hank. Er spürte, wie sich seine Laune hob, wie jedes Mal, wenn sie den Raum betrat.

Sie kam näher und schlug ihm spielerisch auf den Oberarm. „Schluss mit den schmutzigen Gedanken, Teufelskerl."

Er grinste. „Du hast dich von denen in Frankensteins Maschine spannen lassen?"

„Klar doch. Ich kann doch keine Studie leiten oder einen wissenschaftlichen Artikel über eine Therapie schreiben, bei der ich selbst nicht gewillt bin, sie auszuprobieren. Und es hat nicht weh getan. Es war nur etwas unheimlich, zuzusehen, wie meine Beine die Pedale ganz ohne meine Hilfe bewegen."

„Willkommen in meiner Welt", sagte Hank und trank seinen Saft leer. Es *war* unheimlich. Doch er musste zugeben, dass die Einheit auf dem FES-Fahrrad ein anständiges Kardiotraining abgegeben hatte. „Solltet ihr beiden gerade nicht im Becken sein?", fragte Callie und sah den Aquafitness-Trainer an.

„Nichts würde mich glücklicher machen", entgegnete Mr. Munter.

Hank grunzte. „Scheiße, Sie zögern auch keine Sekunde, mich ans Messer zu liefern."

„Ja, weil das ja auch definitiv meine Schuld ist", schoss das kleine Arschloch zurück.

„Jungs? Was ist hier los?", fragte Callie und sah zwischen ihnen hin und her.

Hank schüttelte den Kopf. „Mir ist nur nicht danach, mich gängeln zu lassen. Das ist alles."

„Warte mal." Callie verschränkte die Arme vor ihrem großzügigen Busen, was nur dazu führte, dass er ihr noch besser in den Ausschnitt gucken konnte. „Warum fühlst du dich unter Druck gesetzt, Hank? Du bist hier aus freien Stücken."

Als ob. „Stimmt. Dann gehe ich jetzt auch aus freien Stücken." Die griesgrämigen Sprüche wollten einfach nicht aufhören, ihm aus dem Mund zu kommen.

„Und damit lässt du uns auch überhaupt nicht im Regen stehen." Callie neigte den Kopf in Richtung des Trainers. „Jerry, würdest du uns kurz alleine lassen?"

Nachdem Mr. Munter abgezogen war, sah Hank etwas verlegen zu Callie hoch. „Was ist?"

„Sag du's mir."

„Ich fühle mich heute einfach nicht danach. Dieser Schwachsinn wird mir nicht helfen."

„Wie kannst du da sicher sein?"

„Weil das nicht klappt, okay? Aquatherapie wird mich nicht wieder zum Laufen bringen."

„Da könntest du recht haben. Aber warum gehst du davon aus, dass es gar keine Vorteile hat?"

Er konnte sie nicht dazu bringen, es zu verstehen, und weiter zu diskutieren würde ihn nur wie einen Jammerlappen wirken lassen. „Das Leben schubst mich herum, Callie. Und heute habe ich einfach die Nase voll davon."

„Ich schubse dich nicht herum. Du wirst Muskeln aufbauen und Spastizität reduzieren. Du bist ein *Profisportler*, Hank. Gerade du solltest den Wert marginaler Verbesserungen verstehen. Den Unterschied zwischen einem Podiumsplatz und Rang fünfzehn."

Gott, sie war cleverer, als ihr lieb sein konnte. Alles, was sie sagte, ergab Sinn, bis auf ein Wort. *War*, wollte er sie verbessern. Er *war* ein Profisportler. Vergangenheitsform.

Über diesen ganzen Scheiß nachzudenken machte ihn müde. „Und in der Zwischenzeit hättest du gerne, dass ich ein fröhliches Gesicht aufsetze und schön in meinem Hamsterrad vor mich hin laufe. Im Wartezimmer habt ihr sogar diese Poster an der Wand – die mit den Sprüchen über Willenskraft und Entschlossenheit."

Callie lächelte leicht. „Die sind ziemlich übel, oder? Mein Favorit ist das mit dem laufenden Baby. *Eine Reise von tausend Meilen beginnt mit dem ersten Schritt.*"

Hank schnaubte. „Nicht das mit dem Adler? *Hast du den Mut, dich in die Höhe zu schwingen?*"

„Niemand erwartet, dass du über den Grand Canyon flatterst, Hank. Aber ich muss dich bitten, in das verdammte Becken zu steigen. Wenn du so dagegen warst, hieran teilzunehmen, warum hast du mich dann mit hineingezogen?"

Berechtigte Frage. Hank wurde klar, dass er zwei Möglichkeiten hatte. Er konnte sich mit Callie streiten, wonach er sich nur noch schlechter fühlen würde. Oder er konnte kapitulieren.

Es war eine einfache Entscheidung.

Er zog sich das T-Shirt über den Kopf und stopfte es in den Beutel an der Rückenlehne seines Stuhls. Als er sich wieder Callie zuwandte, sah sie ihn mit großen Augen an. Wenn er nicht falsch lag, hatte eine gewisse hübsche Ärztin ein kleines Problem damit, ihre Augen von den Tattoos auf seiner Brust zu nehmen.

Das war ein aufmunternder Gedanke. Er war noch nicht tot.

Hank drückte seinen Körper aus dem Rollstuhl, verdrehte den Oberkörper und ließ sich mit so viel Anmut, wie er aufbringen konnte, am Beckenrand nieder. „Du meinst, warum habe ich dich in diese Studie reingezogen? Hier – komm und setz dich."

Callie streifte ihre Turnschuhe und Socken ab. „Hör zu, natürlich habe ich mich über die Beförderung gefreut, versteh mich nicht falsch." Sie prüfte, ob der Beckenrand nass war, dann setzte sie sich neben ihn, die Füße im Wasser.

„Du denkst bestimmt, ich bin der größte Arsch überhaupt", sagte er, lehnte sich zurück und stützte sich auf den Händen ab. Er merkte, wie ihre Augen kurz zu seinen Bauchmuskeln schweiften und dann wieder hoch sahen. Dann atmete sie vorsichtig ein und konzentrierte sich darauf, ihm ins Gesicht zu sehen.

Er unterdrückte ein Lächeln. „Meine Familie hat mich überzeugt, dass diese Studie eine gute Idee ist, aber an manchen Tagen fühle ich mich einfach nicht danach, jemandes Laborratte zu sein." Er legte den Kopf in den Nacken und sah sie an. „Aber bei dir fühle ich mich nie so, Callie. Du redest immer mit mir und nicht mit dem Rollstuhl. Das ist mir direkt beim ersten Mal aufgefallen, als du in mein Krankenzimmer gekommen bist." Das stimmte zwar alles, aber er sollte besser trotzdem seine verdammte Klappe halten.

Hank beugte sich vor und fuhr mit der Hand durchs Wasser, um die Temperatur zu fühlen, obwohl seine Füße bereits im Wasser waren. Aber seine Füße waren nicht mehr so nützlich wie früher. „Ist warm, oder?" Ohne eine Antwort abzuwarten zog er das Kinn ein, duckte sich und rollte mit dem Gesicht voran ins Wasser.

Als er wieder an der Oberfläche auftauchte, sah Callie ihn kopfschüttelnd und mit einem Lächeln im Gesicht an. „Auf dem Schild steht 'Nicht vom Beckenrand springen'", bemerkte sie schnippisch.

Er rollte sich auf den Rücken. „Ich hab mich nie besonders an Regeln gehalten."

„Du weißt, warum sie diese *Nicht Springen*-Schilder aufhängen, oder?" Sie streckte die Hand aus, tauchte die Fingerspitzen ins Wasser und spritzte es in seine Richtung.

Er schmunzelte. „Wahrscheinlich wollen sie nicht, dass sich irgendwer *den Rücken bricht*." Bei diesem schwarzen Humor wurde Callies Lächeln nur noch breiter. Gott, sie hatte ein wunderschönes Lächeln und ihre Augen funkelten, wann immer sie ihn neckte.

Hank rollte sich erneut herum und planschte durchs Wasser. Ohne dass er seine Beine benutzen konnte, war es ziemlich anstrengende Arbeit, aber er wollte verdammt sein, wenn er einen dieser Schwimmgürtel tragen musste, wie sie es von ihm verlangten. Die waren für Pussys. Mit etwas wie einem Brustschwimmzug schwamm er vorwärts zum Beckenrand. „Callie?"

„Ja?"

Anstatt zu antworten, ergriff er ihre Hände und zog. Mit einem überraschten Kreischen plumpste Callie neben ihm ins Wasser.

Wasser spuckend tauchte sie wieder auf. „Arschloch!", war das Erste, was sie sagte.

Er lachte und planschte vor ihr im Wasser. „Das ist aber kein besonders professioneller Umgangston."

„Na... toll." Wieder bespritzte sie ihn, dann fand sie ihren Stand auf dem Beckenboden. Sie stand jetzt bis zu den Schultern im Wasser.

Hank planschte immer noch und wahrscheinlich sah es nicht gerade einfach für ihn aus. Callie streckte helfend die Arme aus. Vermutlich war es ein einfacher Reflex von ihr, aber er würde nehmen, was er kriegen konnte. Sanft ergriff er ihre Unterarme und ließ seinen natürlichen Auftrieb den Rest erledigen. „Warum wäre es denn fair gewesen, dass ich ins Becken muss und du nicht?"

„Also zunächst einmal trägst du *Schwimmklamotten*." Sie

verstummte und ihre Augen wurden groß, als wäre ihr gerade erst klar geworden, wie nahe sie einander waren.

„Das ist nur ein unbedeutendes Detail", flüsterte er. Callies weit aufgerissener Blick erinnerte ihn an ein scheues Kätzchen und er wollte sie nicht verschrecken.

„Gott sei Dank habe ich noch andere Klamotten in meinem Büro", sagte sie und leckte sich nervös über die Lippen.

„Gott sei Dank", echote er. Und dann wurde die Versuchung einfach zu groß. Er zog die Ellenbogen an, was seinen Körper dazu brachte, auf sie zuzutreiben. Als er die Lücke zwischen ihnen geschlossen hatte, gab er ihr einen einzelnen, langsamen Kuss. Sie zog überrascht die Luft ein, doch ihre Lippen waren feucht und süß.

Einen Sekundenbruchteil zögerte er und wartete auf den Korb von ihr. Aber... *scheiß drauf*. Wie viele Monate war es her, dass er eine schöne Frau geküsst hatte? Und wann hatte er das letzte Mal jemanden getroffen, der so großartig wie Callie war? Vielleicht noch nie. Er würde einfach davon ausgehen, dass er ihre Signale nicht falsch gedeutet hatte. Und wenn ihm die Sache um die Ohren flog, dann war das eben so.

„Mmm", brummte er gegen ihre Lippen. Er küsste sie erneut und ließ sich diesmal mehr Zeit. Seine Lippen strichen sanft und langsam über ihre. Gerade als er dachte, dass sie nicht reagieren würde, wurde ihr Mund weich und sie legte den Kopf leicht schräg, um näher an ihn heran zu kommen. Mit einem kleinen Keuchen öffnete sie sich ihm. Er zog sie näher an seinen Körper und küsste sie fester. Der ganze Frust des Vormittags fiel von ihm ab, bis es nichts mehr gab, außer dem zaghaften Gleiten ihrer Zunge an seiner und dem warmen Wasser, das gegen ihn plätscherte. Himmlisch.

Leider schien Callies Hirn wieder anzuspringen, bevor er bereit war, sie loszulassen. Sie versteifte sich leicht und begann, sich zurückzuziehen. Kurz bevor sie sich ihm vollständig entziehen konnte, knabberte er an ihrer Unterlippe und bekam ein kleines, belegtes Stöhnen zu hören.

Nichtsdestotrotz beendete sie den Kuss. „Jemand wird uns sehen", flüsterte sie.

„Sorry", flüsterte er. „Aber ich mag dich wirklich sehr, Callie." Er streckte sich nach vorne, bis sein Mund neben ihrem Ohr war. „Tut mir leid, dass deine Klamotten feucht geworden sind. Aber ich würde dich gerne noch viel feuchter bekommen."

Als Antwort bekam sie die glühendsten Wangen, die er je bei einer Frau gesehen hatte. „Mein Gott, wegen dir werde ich noch gefeuert." Sie drückte seine Arme weg, bis wieder ein gebührender Abstand zwischen ihnen hergestellt war.

Doch er verspürte keine Reue. Callie zu küssen hatte sich so verdammt gut angefühlt. Aber er musste sie loslassen, sie hatte ihn immerhin darum gebeten. Also schwamm Hank zur Längsseite des Beckens und stemmte sich heraus. Er verdrehte den Oberkörper und landete mit seinem Hintern auf dem Beckenrand. „Lass mich ein Handtuch für dich holen", sagte er. „Das ist das Mindeste, was ich tun kann." Er manövrierte sich zurück in seinen Rollstuhl und verdrehte sich einmal mehr, um seinen Arsch in den Sitz zu pflanzen. Dann rollte er zu den Handtüchern, die in der Ecke aufgestapelt waren und nahm sich drei.

Callie nahm zwei davon dankend an. „Meine Bürotür ist nur fünfzehn Meter von hier entfernt. Ich frage mich, wie viele Mitarbeiter mir wohl über den Weg laufen werden?" Sie kletterte aus dem Schwimmbecken und wickelte ein Handtuch um ihre Brust- und Bauchgegend.

„Das bin ich an einem guten Tag", sagte Hank.

„Was meinst du?" Callie drückte sich das Wasser aus ihren Haarenden und Hank versuchte, nicht zu sehr auf ihre Shorts zu starren, deren dünnes Nylon jetzt an ihrem Körper klebte.

Er hätte gar nicht davon anfangen sollen, denn jetzt musste

er ihre Frage beantworten. „Überall wo ich hingehe, bin ich der Typ, der fehl am Platze wirkt. Räder anstatt Beine…"

Callie runzelte die Stirn und er konnte sehen, wie sie sich ein Argument gegen seine Logik zurechtlegte, doch er wollte nicht, dass ihre Unterhaltung in diese Richtung ging.

„Hör zu, Lady. Ich würde dich gerne öfters sehen. Wenn du magst."

Das ließ sie auf der Stelle verstummen. Zunächst wurde er mit einem Lächeln belohnt, doch beinahe augenblicklich begann sie, traurig auszusehen. „Ich weiß nicht, ob ich das tun kann. Moralisch gesehen bringt mich das in eine Zwickmühle."

„Du bist nicht meine Ärztin, Callie."

„Das stimmt, aber…" Da ging die Tür auf und ihre Augen wurden groß. Dabei standen sie nicht einmal nah beieinander. Das Mädchen war wirklich ernsthaft verklemmt, was diese Sache anging. Er hatte ein gutes Stück Arbeit vor sich.

„Was ist passiert?", zwitscherte der Aquafitness-Typ. *Scheiße.* Hank hatte es geschafft, die Existenz dieses Mannes für gut zehn Minuten zu vergessen.

„Sie ist reingefallen", sagte Hank.

Callies Lachen war wie Musik in seinen Ohren. „Ich bin reingefallen, als du mich *gezogen* hast."

Der Trainer lachte wie eine Hyäne, aber wenigstens schämte Callie sich nicht länger.

„Könntest du ihre Klamotten besorgen, Kumpel?", fragte Hank, um ihn loszuwerden. „Sie sind in ihrem Büro."

„Die Sporttasche auf meinem Stuhl", ergänzte Callie rasch. „Danke, ich schulde dir was, Jerry."

„Gar kein Problem", sagte der Trainer und latschte in seinen perfekt weißen Turnschuhen aus dem Raum.

„Ich mein's ernst", sagte Hank, als die Tür ins Schloss gefallen war. „Lass mich dich zum Abendessen einladen."

Sie bekam wieder diesen Gesichtsausdruck eines nervösen

Kätzchens und warf einen Blick über die Schulter zu den Türen. „Wir reden ein andermal darüber", sagte sie.

„Klar", stimmte er zu, obwohl ihre Abfuhr nicht das beste Zeichen war. Aber zumindest hatte er schon mal eine Möglichkeit gefunden, wie er sie überrumpeln konnte. Wenn er noch einen Weg fand, mit ihr etwas Zeit außerhalb des Krankenhauses zu verbringen, würde das auch helfen.

Wenigstens hatte er jetzt eine witzige Erinnerung, an die er denken konnte, wenn er sich mit Mr. Munter im Schwimmbecken abstrampelte.

Am nächsten Tag rollte Hank nach einer Therapiesitzung zu seinem Spind. Ein halbes Blatt Papier war dort angeklebt und als er näher kam, schien es zunächst ein weiteres dieser kitschigen Motivationsposter zu sein. Es hatte denselben schwarzen Rand und dramatischen Text. „MOTIVATION" stand dort unter dem Foto eines Kletterers oben auf einer Bergspitze, die untergehende Sonne hinter sich. Darunter stand in kleinerem Text: „Wenn ein Bild und ein flotter Spruch ausreichen, um dich zu motivieren, dann hast du wahrscheinlich einen einfachen Job. Einen von der Sorte, die bald nach Indien outgesourct werden."

Hank zog das Bild von seinem Spind und lächelte. Callie *flirtete* mit ihm.

Das Spiel hatte begonnen.

7

———

Die nächsten Tage konnte Callie nicht aufhören, an Hanks Kuss zu denken. Sie wandelte durch einen Nebel und erinnerte sich nur an diese paar Minuten Glückseligkeit. Wenn das Wasser des Schwimmbeckens nicht gewesen wäre, wäre Callie wohl in seinen Armen in Flammen aufgegangen. Sie war noch nie von jemandem geküsst worden, der auch nur halb so sexy wie Hank Lazarus war. Er hatte sündhaft volle Lippen und dichte, dunkle Wimpern, die bei einem Mann verboten sein sollten. Der Typ platzte praktisch vor Testosteron und schien einen permanenten Bartschatten zu haben, der dies untermalte. Und der Mann konnte küssen wie... sie hatte nicht einmal eine Vergleichsgrundlage.

In einem schwachen Moment hatte sie ihm ein satirisches Poster dagelassen und war ehrlich erleichtert darüber, dass er dies nicht erwähnt hatte. Außerdem war es sinnlos, dem Teufelskerl nachzuschmachten. Zunächst einmal würde er sich nie für eine dämliche Ärztin interessieren. Und zweitens war er ein Patient in ihrem Programm. Sie konnte sich kein unpassenderes Objekt ihrer Begierde aussuchen.

Aber diese breiten, tätowierten Schultern...

Mist. Sie würde sich noch wahnsinnig machen. Und allein die Möglichkeit, dass er auch nur ein winziges Bisschen an ihr interessiert sein könnte, machte es ihr unmöglich, dies zu vergessen, selbst wenn sie wollte.

Als der nächste Sonntag kam, war Callie allein. Wie üblich. Aber wenigstens arbeitete sie nicht. Stattdessen fuhr sie zu Willows Bauernhaus, um ihrer Freundin einen Gefallen zu tun. Als sie die lange Auffahrt hoch fuhr, passierte sie das ZU VERKAUFEN Schild auf dem Rasen. Vor Willows Garage stellte sie den Motor ab und stieg aus ihrem Wagen.

Vorher, als Willow hier noch gewohnt hatte, wurde Callie bei ihrer Ankunft stets von dem aufgekratzten Gegacker eines Dutzend Hühner begrüßt. Aber diese waren an andere Bauernhöfe abgegeben worden, als Willow Vermont verließ. Jetzt war es hier deprimierend still.

Callie hatte angeboten, bei dem unverkauften Haus vorbeizuschauen, um sicherzugehen, dass in den Monaten von Willows und Danes Abwesenheit nichts passiert war. Nachdem sie einen Rundgang über das Grundstück gemacht hatte und alles in Ordnung schien, holte sie Willows Schlüssel aus ihrer Tasche und schloss den Seiteneingang zur Küche auf.

Weil es so ein schöner Oktobertag war, ließ sie die Küchentür auf, während sie sich an die Arbeit machte. Das alte Bauernhaus musste mal wieder ordentlich durchgelüftet werden. Die Küche sah staubig aus, also machte Callie ein Geschirrtuch nass und begann, über die Oberflächen zu wischen.

Sie musste sich eingestehen, dass es sie traurig machte, diesen Ort so leblos zu sehen. Sie und Willow hatten unzählige Mahlzeiten an diesem alten, hölzernen Tisch geteilt, Wein getrunken und sich über den Mangel an gescheiten Männern in Vermont beklagt. Jetzt hatte Willow ihren Traummann gefunden und war weggezogen und Callie war immer noch allein. Doch gerade als sie das klamme Geschirrtuch über den Griff des Backofens hängte, begann ihre Handtasche zu piepen.

Sie trug immer noch einen Pager mit sich herum, weil man sich in den ländlichen Gebieten nicht auf den Handyempfang verlassen konnte. Die Nummer auf dem Display war ihr unbekannt, was wahrscheinlich bedeutete, dass sich jemand verwählt hatte. Doch sie nahm Willows Festnetztelefon in die Hand und rief zurück, nur um sicherzugehen. Als eine männliche Stimme antwortete, sagte sie: „Hier ist Doktor Callie Anders. Ich wurde gerade angepiept?"

„Doktor Anders, wo sind Sie?"

Der warme, rauchige Ton seiner Stimme ließ ihr Herz schneller schlagen. „Hank?"

„Ja, Ma'am."

„Autsch", lachte sie. „Meine *Mutter* ist eine 'Ma'am'. Wie bist du an meine Pagernummer gekommen?"

„Die Krankenschwestern im Krankenhaus mögen mich."

Natürlich taten sie das.

„*Miss*", versuchte Hank es. „Darf ich mich erkundigen, wo Sie sich an diesem herrlichen Nachmittag aufhalten?"

Die Vorstellung, dass Hank sie sehen wollte, beschleunigte ihren Herzschlag noch weiter. „Also... ich habe gerade beim leerstehenden Haus einer Freundin nach dem Rechten gesehen. Und jetzt gehe ich nach draußen und pflücke Äpfel."

„Und wo ist dieses Paradies?"

„In North Hill. Wieso? Möchtest du mir helfen?"

„Wegen dir muss ich jetzt an Apfelkuchen denken."

„Ich bin keine große Bäckerin."

„Das macht nichts. Wo muss ich hin?"

Bevor sie sich herausreden konnte, gab Callie ihm Willows Adresse.

Zwanzig Minuten später beobachtete Callie von der Wiese hinterm Haus, wie Hanks Machokarre den Gipfel von Willows Schotterauffahrt erklomm.

Als sie das kirschrote Coupe das erste Mal auf dem Krankenhausparkplatz entdeckte, hatte sie noch gedacht, dass Hank wohl der einzige Mensch auf der Welt war, der maßgefertigte Handkontrollen in einen Porsche einbauen ließ. Aber nachdem sie einige der Studienteilnehmer besser kennengelernt hatte, verstand sie ihren Denkfehler. Es gab viele Menschen auf der Welt, die sich dafür interessierten, einen Sportwagen ohne die Hilfe ihrer Füße zu fahren. Die querschnittsgelähmten Männer in ihrer Studie liebten es, über ihre Autos zu quatschen, genau wie jeder andere Haufen Kerle. Sie lernte immer wieder die gleiche Lektion von diesen Jungs: Abgesehen von ihrer unverhältnismäßigen Oberkörperkraft waren sie wie jeder andere auch.

Die Fahrertür öffnete sich, aber Hank brauchte ein paar Minuten, um seinen Rollstuhl zusammenzusetzen. Callie unterdrückte den Drang, über die Wiese zu ihm zu gehen und ihm zu helfen. Sie hatte noch nie zuvor einen Rollstuhl zusammengebaut und wäre keine große Hilfe. Und außerdem war Hank nicht der Typ, der gerne Wirbel um sich machte.

Sie wartete, bis er auf sie zu rollte, um von der dreistufigen Leiter zu hüpfen, die sie in Willows Scheune gefunden hatte. Callie rieb einen der Äpfel, die sie gepflückt hatte, an ihrer Jeans und biss hinein. Er war so sauer, dass sie das Gesicht verzog.

„So gut, hm?", fragte er mit einem breiten Grinsen.

„Ich denke, das sind Äpfel für einen Kuchen", sagte sie.

Er streckte eine Hand aus und legte ein Wirrwarr von Tattoos an seinem inneren Unterarm frei, welches sich von Hanks kräftigem Handgelenk bis unter seinen T-Shirt-Ärmel wandte. „Lass mal probieren."

Sie reichte ihm den angebissenen Apfel und er biss hinein. Genussvoll verdrehte er die Augen. „Wow. Die sind super." Er sah zu den Ästen des Apfelbaumes hoch. „Deine Freundin hat sich gut um den Ort hier gekümmert. Sieh dir mal den Baumschnitt an."

Callie wurde klar, dass es höchste Zeit war, ihre gemeinsamen Freunde zu erwähnen. „Hank, warst du hier schon mal? Das ist Willows Haus. Ich glaube, du kennst sie."

Rasch sah er zu ihr hoch. „Meinst du *Dangers* Willow?"

Callie nickte. „Willow ist meine beste Freundin. Das ist ihr Bauernhaus – sie versuchen seit letztem Winter, es zu verkaufen."

Hanks Blick wanderte zu den weißen Schindeln von Willows Haus und dann zurück zu Callie. „Ich glaube, ich erinnere mich dunkel, sowas gehört zu haben." Er nahm einen weiteren Bissen vom Apfel und runzelte die Stirn.

Callie erwiderte nichts und hoffte, dass sie keine Erinnerungen an den Tag seines Unfalls losgetreten hatte. „Sie haben einen Interessenten für das Haus, also hat Willow mich gebeten, vorbeizuschauen und durchzulüften."

Hank lachte. „Was? Konnte Dane keine Ecke von seiner Goldmedaille abknibbeln, um jemanden dafür zu bezahlen, seine Hausarbeit zu erledigen?"

„Es macht mir nichts aus, ihnen zu helfen."

Seine dunklen Augen musterten sie freundlich. „Ich mache nur Spaß. Bei manchen Sachen möchte man einfach, dass sich ein Freund drum kümmert, nicht wahr?"

Callie antwortete nicht direkt, weil sie sich in seinem schokoladenen Blick verlor. „Genau." Sie räusperte sich.

„... und außerdem sind dabei Äpfel für dich drin. Wie viele hast du gepflückt?"

Sie zeigte ihm den Korb, in dem sich etwa ein Dutzend davon befand.

„Ordentliche Beute. Dabei fällt mir ein – ich sollte diese Butter aus der Sonne bekommen." Er klopfte auf die Sporttasche in seinem Schoß.

„Butter?"

„Für den Kuchen."

Sie lachte. „Ich dachte, du machst nur Spaß."

„Callie", grinste er, „wenn es um Süßes geht, mache ich nie Spaß."

Das sexy Zucken seiner vollen Lippen war so wirkungsvoll, dass sie sich zusammenreißen musste, ihm nicht auf den Schoß zu hüpfen. Sie hatte ihren Kuss so viele Male in ihrem Kopf durchgespielt, dass sein Mund sie magisch anzuziehen schien. Sie hoffte, dass ihm nicht auffiel, wie sie ihn anstarrte.

In diesem Augenblick plumpste ein Apfel direkt vor Callies Füße und lenkte sie ab. Sie beugte sich vor und hob ihn auf. „Oh Gott, guck mal", sagte sie und drehte den Apfel, um ihn Hank zu zeigen. Dort waren frische Bissspuren, wo das helle Fruchtfleisch des Apfels noch glänzte.

Hank sah zum Baum hoch und zeigte auf etwas.

Ein graues Eichhörnchen saß auf einem Zweig direkt über ihnen. Als Callie hinsah, begann es zu schnattern und sich zu beschweren.

Sie lachte. „Ich glaube, es hat gerade 'Das ist mein Apfel, du dumme Kuh!' gesagt." Callie legte den Apfel zurück ins Gras und sah dann wieder zum Eichhörnchen hoch. „Er gehört dir. Wir verziehen uns."

Callie führte ihn in Willows Küche, doch Hank brauchte mehrere Anläufe, um die alte Steintreppe und die hölzerne Türschwelle zu überwinden. Callie fiel auf, dass sie die Teilnehmer ihrer Studie bis jetzt nur in den breiten, ebenen Krankenhausfluren beobachtet hatte. Ihr war noch nicht in den Sinn gekommen, dass der Rest von Vermont bei Weitem nicht so gut befahrbar war. Sie lebten im Land der altertümlichen Türzargen und knarrenden Holzdielen.

Hank hatte bereits erwähnt, dass sein Vater sein Haus nach dem Unfall hatte umbauen lassen. Doch gewiss hatten die meisten der anderen Studienteilnehmer nicht so viel Glück.

„Nett hier", sagte Hank, während er sich die weißen Küchenschränke und die dick gepolsterten Sitzmöbel am anderen Ende des Raums ansah.

„Ist ziemlich cool, oder? Wir hatten viele schöne Abende in dieser Küche. Natürlich war Willow die Köchin, meine Aufgabe bestand meistens darin, den Wein nachzugießen."

„Das muss ja auch von irgendwem gemacht werden", sagte Hank. Dann deutete er auf das Regal über Willows altem Kamin. „Was ist das?"

„Eine sehr eigenartige Geige. Sie ist hübsch, aber in ziemlich schlechtem Zustand."

„Darf ich mal sehen?"

„Na klar." Callie kam zum Kaminboden herüber und stellte sich auf die Zehenspitzen. Der alte Lederkoffer war mit Staub überzogen. Sie nahm das klamme Geschirrtuch, das sie zuvor benutzt hatte, und wischte ihn sauber. „Die war schon vorher im Haus. Willow hatte nie eine Verwendung dafür."

Sie reichte Hank den Koffer, der ihn auf seinen Schoß legte. Vorsichtig ließ er die Schnallen aufklappen und hob den Deckel hoch. Ein Samttuch bedeckte die Geige. Hank legte es zur Seite und nahm das alte Instrument aus seinem Koffer. „Alter, das ist eine Hardanger. Sieh dir mal diese ganzen Inlay-Arbeiten an."

Mit einem Finger fuhr er über die Muster, die ins Holz eingearbeitet waren. Er nahm das Instrument auf, hielt es sich dicht vors Gesicht und kippte es hin und her, um durch die F-Löcher gucken zu können. „Hah", grunzte er. Nacheinander zupfte er mit dem Daumennagel an jeder einzelnen Saite. Mit der Vorsicht eines Bombenentschärfers begann er, an den Wirbeln zu drehen, um das Instrument zu stimmen, wobei er zwischendurch an den Saiten zupfte, um das Ergebnis zu testen. „Der Bogen ist gerissen. Eine Schande."

Hank klemmte sich die Violine unters Kinn und begann eine Melodie zu zupfen. Callie brauchte nur eine Sekunde, um sie zu erkennen. Er spielte „Oh! Susanna." Sie hatte dieses Lied nicht mehr gehört, seit sie ein Kind war und ihr Großvater es ihr öfters vorgesungen hatte. *It rained all night, the day I left...*

Hank spielte nur etwa eine Minute, aber als die letzte Note in der Luft verklang, war ihr Kiefer bereits heruntergeklappt. „Wow. Du spielst Violine?"

Er zuckte die Schultern. „Habe ich zumindest mal." Er legte das Instrument zurück in seinen Koffer. „Meinst du, Willow würde es etwas ausmachen, wenn ich da mal einen Geigenbauer in Montepelier einen Blick drauf werfen lasse? Ich glaube, es ist eine Antiquität." Sein Daumen massierte eine Naht auf dem Lederkoffer.

„Nimm sie ruhig mit. Das wird ihr nichts ausmachen."

Hank steckte die Violine in die Netztasche an der Rückseite seines Rollstuhls. „Na gut", sagte er. „Wir sollten besser den Ofen vorheizen." Er rollte zu Willows Herd herüber und begann, am Digitaldisplay herumzufummeln.

Und dann, nachdem er sie mit seinem versteckten musikalischen Talent verblüfft hatte, begann Hank zu *backen*.

„Wir haben gar keine Zutaten", bemängelte sie zunächst.

„Ich habe Mehl, Zucker und Butter mitgebracht", sagte Hank und zog die Zutaten aus seiner Tasche. „Aber wenn es irgendwo Salz und Zimt in diesen Schränken geben sollte, würde es umso besser schmecken." Er stellte sich neben Willows Spüle und drehte den Wasserhahn auf. „Und wir brauchen ein paar Tropfen kaltes Wasser. Kannst du von irgendwoher eine Schüssel zum Rühren besorgen?"

Callie öffnete Willows Vorratskammer und fing an, die Gewürze zu durchsuchen. „Langsam, langsam. Ich suche immer noch nach Zimt. Gefunden!" Callie lächelte in sich hinein. Es war schon eine ganze Weile her, dass sie ein so unvorhersehbares Wochenende wie dieses gehabt hatte. Selbst wenn auffliegen sollte, dass sie kaum mehr als Wasser kochen konnte, machte das hier so viel mehr Spaß, als alleine auf dem Sofa in ihrer Wohnung zu sitzen und einen frischen Stapel wissenschaftlicher Artikel durchzuarbeiten.

Sobald Callie eine Schüssel und ein Messer gefunden hatte, schüttete Hank einen Haufen Mehl in die Schüssel und schnitt dann Butterstücke hinein.

„Du hast das nicht abgewogen", bemerkte Callie.

„Das sind ungefähr eineinhalb Tassen."

„Okay..." Sie war in der Gegenwart wahrer Größe. Ein heißer Mann, der richtig backen konnte? „Warte, was ist mit einer Kuchenform?"

Er zuckte die Schultern. „Falls wir keine finden, reicht auch ein Backblech. Das wird ein rustikaler Apfelkuchen. Oh – und wir brauchen etwas, um den Teig auszurollen. Falls wir kein Nudelholz finden, nehme ich halt eine Flasche."

Sie lachte. „MacGyver backt."

Er rollte seine Ärmel hoch und begann, die Butter in das Mehl einzukneten. Sie schälte und schnitt die Äpfel, während sie dabei ständig warme Gedanken an seine muskulösen Unterarme bei der Arbeit hegte. Callie musste sich praktisch schon Luft zufächeln, wenn sie ihn nur ansah. Sie riss ihren Blick von ihm los und richtete ihn wieder auf die Äpfel, die sie schälen sollte.

Als er den Teig geknetet hatte, formte Hank ihn zu einem Fladen, dann streute er Mehl über Willows hölzernen Arbeitstisch. Mit einem Nudelholz und zehn Sekunden Arbeit hatte er einen hübschen, buttergelben Kuchenboden, den er auf ein Backblech legte. „Lass uns noch etwas Zimt und Zucker auf die Äpfel streuen…", sagte er, als er Callie die Schüssel abnahm. „Du hast ja genug davon." Mit einem weiteren unbekümmerten Sprenkeln der Zutaten häufte er die Äpfel in die Mitte des Kuchenbodens, dann drückte er die Teigecken hoch, um sie einzukesseln.

„Wow", sagte Callie anerkennend. „Das sieht hübsch aus." Sie schüttelte den Kopf. „Du und Willow. Sie ist auch eine von diesen heimlichen Superhelden und spielt es auch ständig runter. 'Oh, ich bin vollkommen nutzlos in dieser Welt. Aber lass mich dir ein Brot servieren, das ich von dem Weizen gemacht habe, den ich anbaue.'"

Hank schnaubte. „Und ich hab mich schon wie ein Loser gefühlt, weil ich nicht an die Eieruhr herankomme." Er zeigte auf die altmodische Eieruhr auf einem Regal über der Spüle. „Könntest du das Ding auf vierzig Minuten stellen?"

Obwohl sie sich vom Ofen entfernt hatten, schaffte Callie es nicht, abzukühlen. Sie saßen gemeinsam auf Willows Couch, wo Callie sich ihrer Nähe zueinander nur allzu bewusst war. Sie räusperte sich. „Mir gefiel dein Motivationsposter", sagte sie. Gestern hatte sie ein Bild des schiefen Turms von Pisa an ihrer Bürotür gefunden. Darunter stand: „BESTIMMUNG: Es wäre möglich, dass dein Leben als Warnung für andere dienen soll."

Hank zwinkerte und schnappte sich die Fernbedienung, um

Willows Fernseher einzuschalten. „Ich gehe mal davon aus, dass du kein großer Patriots Fan bist?", sagte er.

„Ich kann nicht von mir behaupten, jemals absichtlich ein Footballspiel gesehen zu haben", gab Callie zu.

„Ist schon okay." Er warf noch einen Blick auf den Bildschirm. „In letzter Zeit scheinen die Patriots auch nicht viel von Football zu verstehen. Wir überspringen das." Er wechselte den Kanal. „Hey! Da wir Oktober haben, sollten eigentlich den ganzen Monat lang Horrorfilme laufen. Ah, guck – *Das Schweigen der Lämmer*. Ein Klassiker."

Mist. Callie war nicht gut mit Horrorfilmen. Auf dem Bildschirm hatte Jodie Foster gerade eine erschreckend angespannte Miene aufgesetzt. „Ich bin nicht so tapfer...", warnte sie.

Doch Hank schmunzelte nur. „Du kannst dich an mir festhalten."

Das klang nicht allzu übel.

Callie legte ihre Füße auf Willows Wohnzimmertisch und sah Hannibal Lecter in seinem Käfig auf- und abgehen. Sie hatte diesen Teil ganz vergessen – die gruselige Fluchtszene. Sie sah zum Küchenfenster raus und bemerkte, dass bald die Dämmerung einsetzen würde. Die Filmmusik wurde noch etwas intensiver und Callie entwickelte den plötzlichen Drang, den Fernseher auszuschalten. „Ehrlich. Ich kann das nicht gucken. Willow hat vielleicht keine Taschenlampe."

„Für was?" Hanks Augen blitzten belustigt.

„Wenn es dunkel ist, muss ich nachher zu meinem Auto zurück und auf den Rücksitzen nachsehen."

Hanks Mund verzog sich zu einem breiten, sexy Grinsen. „Aber was ist, wenn etwas *unter* dem Auto lauert? Pass bloß auf deine Knöchel auf."

„Hank!"

Er warf den Kopf in den Nacken und lachte. Aus dem Nichts kam eine seiner großen Hände an und legte sich auf ihre. Callie schloss die Augen und genoss die Wärme seiner Hand. Sein Daumen legte sich in ihre Handfläche und streichelte sie sanft.

Es machte viel mehr Spaß, sich auf Hanks Hand zu konzentrieren, als auf den Film. Jetzt bekamen Hannibals Wachen Panik und die Kamera zeigte immer wieder die Fahrstuhlanzeige. Callie schauderte, da sie wusste, was als Nächstes kam. Die fürchterliche Szene im Krankenwagen... „Okay, Auszeit!", sagte sie und schnappte sich die Fernbedienung. Sie hielt den Film an und schmiss dann die Fernbedienung auf einen von Willows Sesseln.

„Du bist ja zum Totlachen."

„Sollten wir nicht mal nach dem Kuchen sehen oder so?"

Hank kratzte sich mit der Hand über den Kopf. „Klar, in vielleicht fünfundzwanzig Minuten."

„Tut mir leid. Aber Gruselfilme sind einfach nicht mein Ding." Callie stieß einen zittrigen Atemstoß aus.

Als sie sich Hank zuwandte, sah er sie mit einem warmen und amüsierten Blick an. „Warte mal... du bist doch *Ärztin*. Aber etwas Gewalt in Filmen und...?"

Callie verdeckte ihre Augen mit einer Hand. „Aber im OP gibt es keine gruselige Musik."

Sie erwartete, dass er sich weiter über sie lustig machen würde, doch er hatte eine andere Idee. Er drückte ihren Arm runter und zog Callie zu sich. Überrascht streckte sie ihre andere Hand aus, um sich an seinem Körper abzustützen, damit sie nicht auf seine Brust fiel. Peinlicherweise gab sie einen kleinen, hilflosen Laut der Überraschung von sich.

Hank grinste. „Bin ich auch furchteinflößend, Callie?"

„Ein bisschen", gab sie flüsternd zu. Und es stimmte. Selbst jetzt fühlte sie beim intensiven Blick seiner schokobraunen Augen, wie ihr heiß wurde und sie die Kontrolle verlor.

Er neigte den Kopf und strich mit seinen Lippen über ihren Wangenknochen. „Aber ich bin so freundlich", sagte er und sie spürte seinen warmen Atem auf ihrem Gesicht. Als Nächstes drückten ihr diese vollen Lippen einen feuchten Kuss direkt über ihrem Kinn auf und in Callie begann es zu prickeln. Dann glitten seine Küsse aufreizend ihren Hals entlang und entflammten das sensible Fleckchen Haut unterhalb ihres Ohrs. „Küss mich, Baby", murmelte er. Mit einer seiner großen Hände hob er ihr Kinn an und endlich trafen sich ihre Münder. Er gab ihr mehrere sanfte Küsse und seine Daumen strichen über ihre Wangenknochen. Dann ließ er seine Zunge mit einem sexy Brummen in ihren Mund gleiten.

Oh ja, bitte.

Sie schlang die Arme um seinen kräftigen Körper und hielt sich fest, als hinge ihr Leben davon ab. Seine Küsse waren gierig, als ob er verhungern würde und Callie das letzte Stück Apfelkuchen war. Und als seine Zunge begierig gegen ihre schlug, spürte sie, wie ihre Nervosität förmlich aus ihr herausgebrannt wurde. Rationales Denken wurde immer schwieriger, während sein Mund ihren feurig liebkoste.

Mit starken Armen zog Hank sie fest an seinen Körper und seine Handflächen versengten ihren Rücken. Wieder brannten seine Lippen eine Spur von ihrem Mundwinkel ihren Hals herab. Callie hatte das Gefühl, als würde sie überall gleichzeitig in Flammen aufgehen. Seine selbstbewussten Finger glitten unter den Saum ihres T-Shirts und seine Daumen auf ihrem Bauch verursachten ihr eine Gänsehaut. Seine Küsse wanderten weiter, seine Lippen neckten jetzt ihr Schlüsselbein.

Seinem Beispiel folgend, schoben sich Callies Hände unter Hanks T-Shirt. Seit sie das erste Mal einen Blick darauf geworfen hatte, wollte sie seine tätowierte Brust berühren. Doch als ihre Hände an seine Taille fassten, verkrampfte er und sein Mund hielt an ihrem Hals inne.

Ups! Sofort wurde Callie ihr Fehler bewusst. Sie hatte ihm direkt an den Übergangsbereich gefasst – die komplizierte

Region, in der seine Verletzung seinen Nervenenden verheerenden Schaden zugefügt hatte. Jeder Gelähmte hatte einen hypersensiblen Punkt und gerade sie hätte das wissen sollen.

„Sorry", sagte sie rasch und ließ von ihm ab. Nach ihrem Rückzug hob sie die Hände an seinen Kopf und fuhr ihm über sein kurzes Haar.

„Mmm", sagte er zustimmend und seine Arme entspannten sich wieder. Seine Hände glitten die nackte Haut ihres Rückens hoch.

Sie küsste ihn erneut und alles schien vergeben zu sein.

Und dann hakten Hanks geschickte, und zweifellos geübten, Finger ihren BH auf. Eine Hand glitt nach oben unter die erschlaffte Seide und sein Daumen strich über die Wölbung ihrer Brust. In dem Moment begann sie sich wie Zunder in einem Kamin zu fühlen. Seine Finger waren die Streichhölzer und ein leichtes Streichen seines Daumens über ihre Brustwarze entzündete sie. Dann nahm er ihre Brüste in beide Hände, während seine Küsse weiter loderten. Sie hörte ein tiefes Raunen und merkte, dass es von ihr kam. Sie war so tief in ihm, dass sie mehr von ihm als von sich schmecken konnte.

Hank legte sie behutsam auf das geräumige Sofa. Das Gewicht seiner Hüften auf ihr machte sie noch schärfer. Wie lange war es her, dass sie so berührt worden war? Gott – eine lächerlich lange Zeit. Seit Nathan. Aber jetzt war sie hier, flach auf ihrem Rücken auf Willows Sofa, mit dem sexiesten Mann über sich, den sie je getroffen hatte.

Er unterbrach den Kuss, streifte ihr das T-Shirt über den Kopf und zog ihren BH beiseite. Dieser wurde auf den Boden geschmissen. Und dann waren ihre Brüste in seinen Händen und er küsste, leckte und saugte an ihren Brustwarzen, bis ihre Hüften unkontrolliert zu zucken begannen.

Willow, rate mal, was ich auf deiner Couch gemacht habe? Callie schaffte es zwar, ein Lachen zu unterdrücken, aber nicht das breite Lächeln auf ihrem Gesicht.

„Rutsch ein Stück, Hübsche", sagte Hank mit rauchiger Stimme. Er legte seine Arme um sie und rollte sie beide vorsichtig auf die Seite. Callie war zwischen ihm und der Couchlehne gefangen und sie konnte sich keinen besseren Ort vorstellen, wo sie hätte sein können. Er rutschte näher an sie heran und fuhr mit zwei Fingern von Callies Ohr zu ihrem Kinn herab. Dann küsste er sie wieder, mit vollen, feuchten Lippen. Fest umarmte sie diese solide Wand aus Muskeln namens Hank. Der Geruch von frischer Luft und Apfelduft hing noch in seinen Klamotten.

Hanks freie Hand glitt ihren nackten Oberkörper herab, durch das Tal ihrer Brüste und auf ihren Bauch. Sie erzitterte, als er ihren Bauchnabel streifte und weiter zu ihrem Hosenbund glitt. „Ohh", seufzte sie schamlos, unbekümmert darüber, was für ein Signal dies sendete. Seine Hände waren auf ihrem Körper mehr als willkommen und es machte keinen Sinn, etwas anderes vorzuspielen.

Er erhörte sie und fummelte am Knopf ihrer Jeans herum, bis sie offen war, dann zog er den Reißverschluss runter. Sie keuchte, als er mit einer Hand in ihren Slip glitt und eine Welle des Erbebens hinter sich her zog, während er die Haut unterhalb ihres Bauchnabels mit seinen Fingerspitzen neckte.

Callie wollte ihn auch berühren, aber wie? Sein T-Shirt war im Weg und sie wollte nicht nochmal darunter greifen, obwohl sie so gerne die Hände auf seine herrliche Brust gelegt hätte. Sie neigte den Kopf und küsste so viel von seinem Hals, wie ihr sein T-Shirt erlaubte.

„Die brauchen wir nicht", brummte er und zog an ihrer Jeans.

Callie hob ihre Hüfte an und spürte, wie all der Stoff, der sie bedeckt hatte, von ihr abfiel. Plötzlich war sie nackt. Hanks

Hand glitt herab und legte sich zwischen ihre Beine. Sie atmete zitternd, während seine Zunge über ihre fuhr und sich seine Finger genau an die Stelle drückten, wo sie sie wollte. Sein Daumen streichelte ihre Klitoris und sie wäre vor Erregung fast durch die Decke gegangen. Sie hatte sich schon lange, lange Zeit nicht mehr so scharf und zügellos gefühlt.

Doktor Callie machte nie solche Dinge. Doktor Callie ließ den Arztkittel an und arbeitete Doppelschichten. Und wo hatte es sie hingeführt? Zu endlosen Monaten in einem leeren Bett. Zu einsamen Nächten, in denen sie Wiederholungen von *Breaking Bad* guckte und die medizinischen Ungenauigkeiten kritisierte.

Hank tauchte seine Zunge in ihren Mund und seine Finger in ihren willigen Körper. Sie war vollkommen heiß und bereit, sich ihm hinzugeben. Seine Finger kreisten und ihr Körper jauchzte vor Freude. Sie presste sich dichter an ihn und wollte mehr. Wollte *alles*. Doch Hank hatte immer noch viel zu viele Klamotten an. Callie griff nach unten und öffnete den Knopf seiner Jeans.

Bildete sie sich das ein oder zögerte er einen Moment? Sicher, es ging gerade alles ziemlich schnell, aber immerhin hatte er sie schon komplett nackt ausgezogen. Er würde doch jetzt keinen Rückzieher machen? Sie küsste ihn heftig, um nochmals seinen Enthusiasmus zu prüfen. Seine Antwort bestand aus einem sexy Stöhnen.

Das war die Bestätigung, die sie brauchte. Heute würde sie nicht das nerdige Mädchen sein, das Angst hatte, den ersten Schritt zu machen. Sie legte ihre Lippen an sein Ohr, denn selbst die mutigste Version von Callie konnte das, was sie jetzt sagen würde, nur als Flüstern von sich geben. „Fick mich, Hank", hauchte sie. Sie legte die Finger auf seinen Reißverschluss und zog ihn herunter.

In dem Moment war alles vorbei.

Zuerst hielt er ihre eindringenden Hände fest. Dann stieß er einen langen Atemzug aus und setzte sich auf. „Nein... Nein. Das kann ich nicht machen."

„Was?", japste sie. Sie lag splitterfasernackt auf der Couch ihrer Freundin und keuchte vor Lust. Und jetzt hatte er sich von ihr abgewandt und den Kopf in die Hände gelegt?

„Tut mir leid", sagte er in den leeren Raum vor sich. „Tut mir leid, ich wollte nicht, dass es so weit kommt."

Callie schnappte und rang nach Worten. Was zur Hölle wollte er von ihr? „Wieso sind wir dann hier gelandet, wenn du es nicht so weit kommen lassen wolltest?" Ihre Stimme klang schrill in ihren Ohren.

Das Gesicht vergraben, war er einen Moment vollkommen still. „Alte Gewohnheiten sind schwer abzulegen", sagte er.

„Also..." Ihr schwirrte der Kopf. „War ich nicht..." Sie hatte nicht einmal eine Theorie. „Hast du dir mal angesehen, was so im Angebot ist und dann entschieden, dass du doch nicht willst?"

„*Nein*, das war es nicht." Sein Ton war schroff und er sah sie nicht an. Und das war beinahe ein Segen, denn es war schwer, ein noch demütigenderes Bild abzugeben, als sie es gerade tat. „Callie, es tut mir leid."

„Geh einfach", sagte sie und sah sich nach ihrer Kleidung um. Nur ihre Jeans war in Reichweite, ihr Slip darin geknäult. Mit zitternden Händen zwängte sie sich in die Hose.

Mit gesenktem Kopf hievte Hank sich zurück in seinen Stuhl. Er beugte sich vor, um die Füße in seine Schuhe zu stecken. Und dann rollte er zur Tür. Callie suchte nach ihrem BH, während er sich durch die alte Bauernhaustür und die unebene Schwelle draußen davor schob. Sie hörte einen Rums und ein Fluchen, aber es gab keine Chance, dass sie barbusig nach draußen ging, um ihm zu helfen. Vermutlich würde er das sowieso nicht wollen.

Endlich schlug die Tür hinter ihm zu. Kurze Zeit später hörte sie, wie der Motor seines Wagens ansprang.

Callie ließ sich auf Willows Couch plumpsen und stieß einen riesigen Atemstoß aus. Ihr Herz fühlte sich immer noch schwach an, aber sie riss sich zusammen. Sie hielt alles in sich, bis ein paar Minuten später die Eieruhr piepte. Das Geräusch von Hanks Reifen in der Auffahrt war längst verstummt. Also war es sicher, zum Ofen herüber zu gehen und die Klappe zu öffnen. Der Duft von gewürzten Äpfeln und Butter stieg ihr in die Nase. Mit Willows Topfhandschuhen holte sie das Blech aus dem Ofen und stellte es zum Abkühlen auf die Anrichte.

Der Kuchen hatte eine wunderschöne Bräune und war dampfend heiß. Doch sein Anblick ließ ihr Tränen in die Augen steigen.

Mit weißen Fingerknöcheln auf Lenkrad und Gashebel drehte Hank seine Stereoanlage auf, doch selbst Citizen Cope schaffte es nicht, das Tosen in seinem Kopf zu übertönen.

Er hatte sich sowas von dämlich verhalten.

Sein Fehler wühlte ihn innerlich auf. Er hätte es besser wissen müssen. Er mochte sie nur einfach so verdammt gern und das hatte ihn hoffen lassen. Und Hoffnung war ein fieses Miststück. Die Hoffnung hatte ihn hinters Licht geführt und ihm eine Lüge ins Ohr geflüstert.

Die Lüge war simpel: Dass er immer noch eine Frau befriedigen konnte. Und auf eine Art stimmte das noch. In irgendeinem Paralleluniversum gab es wahrscheinlich eine Abfolge der Ereignisse, die dazu führte, dass sie mit gespreizten Beinen dalag und seine Zunge über ihre Klitoris schnalzte, bis sie seinen Namen schrie. Mit etwas Glück hätte es sich so zutragen können.

Zumindest heute.

Bei Callie hatte er sich stets vorgenommen, es langsam angehen zu lassen. Unter keinen Umständen hätte er diese großartige Frau nackt ausziehen sollen. Das war das Falscheste, was er hätte tun können. Aber sie war einfach so verdammt scharf gewesen, ihr weicher Körper hatte sich an ihn geschmiegt und sich ihm geöffnet. Wenn er es nur langsam angegangen wäre, dann würde er jetzt noch bei ihr sein. Sie würde seinen Mund mit ihrer süßen Zunge quälen und ihn mit Lippen berühren, die wie eine Katze schnurrten.

Aber das war nicht passiert und er war ein Idiot zu glauben, dass sie ihn so wollte, wie er jetzt war. Sie hatte ihn um die eine Sache gebeten, die er ihr nicht so einfach geben konnte und als sie es aussprach – diese kleine Bitte aus drei Worten, die er in seinem früheren Leben so oft erfüllt hatte – wusste er, dass das Spiel aus war.

Und dann war er in Panik geraten. Spektakulär. Die Erkenntnis, dass sie ihre zarten Hände auf seinen nutzlosen Körper legen würde... die Hoffnungslosigkeit von allem hatte ihn wie der Schlag getroffen. Denn wem wollte er eigentlich was vormachen? Irgendwann wäre sowieso alles rausgekommen.

Oder es wäre eben *nichts* rausgekommen, was ja das eigentliche Problem war. Selbst wenn er sich nicht wie ein Höhlenmensch auf dem Sofa über sie hergemacht hätte, hätte es die peinliche Unterhaltung und unvermeidbare Enttäuschung nur aufgeschoben.

Nein, das wäre trotzdem noch besser gewesen. Wenn er es langsam angegangen wäre, hätte er viel mehr Zeit in ihrer Gesellschaft verbringen können und vorgaukeln, dass er noch ein glückliches Leben führte. Und er hätte es vermeiden können, sie zu blamieren. Die intimen Worte, die ihren Mund verlassen hatten, schwebten praktisch noch in der Luft, als er sie abblitzen ließ. Sie war geschockt gewesen. Der Ausdruck auf ihrem Gesicht würde ihn eine ganze Weile verfolgen.

Hank schaltete mit der maßangefertigten Handkupplung runter und lenkte das Auto durch mehrere enge Kurven auf der alten Landstraße. Aber die Erinnerung an ihr Gesicht – die Enttäuschung und der Schmerz – ließ sich nicht abschütteln. Hank verlangsamte seine Geschwindigkeit und wurde noch ehrlicher mit sich selbst.

Es war ein riesen Fehler gewesen, sie überhaupt zu küssen.

Er konnte nicht der Mann sein, den sie wollte. Der Typ hatte sich in der Halfpipe den Rücken gebrochen und war verschwunden. Alles was übrig war, war dieser gebrochene Mann, der immer noch Frauen wollte, aber seinen Teil des Deals buchstäblich nicht mehr aufrecht halten konnte. Was blieb ihm da noch? *Einsamkeit*. Videospiele und Bier in seiner dekadenten Junggesellenbude. Er war einunddreißig Jahre alt und all seine guten Zeiten lagen hinter ihm. Und es war nicht nur der Spaß am Sex, den er vermissen würde, sondern auch die Möglichkeit, jemand wirklich Besonderes zu finden.

Er drückte wieder auf die Beschleunigung. Schnell zu fahren war oft ein Trost für ihn, aber heute half nicht einmal das. *Scheiße*. Die verdammte Straße verschwamm vor seinen Augen. Also fuhr Hank rechts ran und kam auf dem Standstreifen zum Stehen. Er kurbelte die Fenster runter und hoffte, dass die Oktoberluft und der dunkler werdende Himmel ihn beruhigen würden. Drei Kühe auf der anderen Straßenseite sahen ihn kurz verwundert an, bevor sie sich weiter ihrem Wiederkäuen widmeten.

Hank stellte den Motor ab, dann war es komplett ruhig. Selbst die Grillen hatten die Arbeit für dieses Jahr eingestellt. Die Stille hallte in seinen Ohren wider, nur unterbrochen von seinem eigenen, einsamen Atem. Daran sollte er sich wohl besser gewöhnen.

Die einzige Sache, die den Schmerz vielleicht etwas lindern konnte, war nach Hause zu fahren und in eine Flasche Macallan 18 zu kriechen. Aber auch das barg seine Risiken. Wenn er wieder im Krankenhaus landen sollte, könnte er sich zweimal an einem Tag vor derselben Frau blamieren.

Verdammt.

Das war alles so beschissen und falsch – und nichts auf der Welt konnte es je wieder in Ordnung bringen.

8

___

Der nächste Morgen war zu allem Übel auch noch ein Montagmorgen und Callie musste zur Arbeit. Doch das Gefühl der Demütigung war noch nicht verflogen. Ein gesamter Karton Cherry Garcia Eiscreme von Ben & Jerry's hatte auch nicht geholfen. Sie hatte die halbe Nacht wachgelegen, die Ereignisse nochmal im Kopf durchgespielt und versucht, sich den Horror vorzustellen, ihm diese Woche im Krankenhaus über den Weg zu laufen. Nur um etwas Abwechslung hineinzubringen, hatte sie auch ein oder zwei Stunden damit verbracht, sich dafür in den Arsch zu beißen, (beinahe) mit einem Studienteilnehmer geschlafen zu haben. Genau genommen hatten sie kein Arzt-Patienten-Verhältnis. Trotzdem, bestimmt gab es in irgendeinem Buch eine Regel dagegen.

Als es unausweichlich neun Uhr am Montagmorgen schlug, tat Callie, was jede Frau getan hätte, die was auf sich hielt. Sie versteckte sich in ihrem Büro vor Hank.

Irgendwann würde Callie ihm gegenübertreten müssen. Eines nicht allzu fernen Tages würde sie sich zusammenreißen müssen und Hank auf dem Krankenhausflur anlächeln oder ihm auf dem Parkplatz zuwinken. Doch seine Abfuhr war noch zu frisch in ihrem Kopf. Nachdem sie also den Therapieplan wie eine Stalkerin kontrolliert hatte, zog sie sich um 9:40 Uhr in ihr Büro zurück. Selbst wenn er jetzt zwanzig Minuten zu früh für seinen zehn Uhr Termin war, konnte sie ihm nicht über den Weg laufen.

Sie loggte sich in ihren Computer ein und begann, Studienergebnisse in eine Tabelle zu übertragen. Als es ein paar Minuten nach zehn war, fing sie an, sich etwas zu entspannen. Doch dann klopfte es an der Tür und sie wappnete sich. „Herein."

Die Tür schwang auf und Hank rollte herein.

Ver. Dammt.

Mit unleserlicher Miene fuhr er durch die offene Tür und drehte sich dann ihrem Schreibtisch zu.

Callie schindete etwas Zeit, indem sie eine Sekunde lang die Ablage auf ihrem Schreibtisch anstarrte. Doch dann zwang sie sich, ihm in die Augen zu sehen und alles, was sie gestern gefühlt hatte, drohte wieder an die Oberfläche zu kommen. Noch vor allzu kurzer Zeit hatte sie ihre Arme um diesen kräftigen Oberkörper geschlungen. Diese herrlichen, maskulinen Lippen hatten ihren Hals und ihre Schultern liebkost. Gottseidank gab es diesen Schreibtisch als Barriere zwischen ihnen. All die Dinge, die sie für ihn fühlte, waren zu überwältigend für unmittelbare Nähe.

Hank atmete tief durch und sah gequält drein. „Ich bin vorbeigekommen, um mich zu entschuldigen. Ich war ein Arsch. Ich hoffe, wir können Freunde bleiben."

Er war mutig, das musste sie ihm lassen. Es konnte nicht einfach gewesen sein, heute Morgen an ihre Bürotür zu klopfen. Aber... *Freunde.* Welcher Frau graute es nicht vor diesem Wort? Ihr fiel beim besten Willen nicht ein, was sie sagen sollte und wahrscheinlich hatte sie es auch nicht geschafft, ihr Zusammenzucken vor ihm zu verbergen. Die letzten sechzehn Stunden hatte sie sich mit der Frage gequält, was sie wohl falsch gemacht haben könnte. Er hatte sie erst wie ein verhungernder Mann geküsst und sich dann praktisch aus dem Raum katapultiert.

Das Schlimmste war, dass sie tatsächlich die Worte „Fick mich, Hank" gesagt hatte. Zum ersten Mal in ihrem Leben war ihr das über die Lippen gekommen. Sie hatte ihren Schutzschild in diesem Moment komplett herabgelassen und es hatte sich furchtbar gerächt. Jedes Mal, wenn sie daran dachte, war ihr nach Kotzen zumute.

„Callie."

Sie sah zu ihm auf und eine unbehagliche Stille legte sich über den Raum. Sie war an der Reihe, etwas zu sagen, und ihr wurde klar, dass sie das nicht konnte.

Ein Schuh quietschte im Flur und ließ sie aufschrecken. Ihr Blick schwang zur offenen Tür, in deren Rahmen jetzt Nathan stand.

Verdammt, verdammt, verdammt! Wie viel schlimmer konnte ein Morgen noch werden, an dem ihre letzten beiden romantischen Katastrophen an ihrer Bürotür standen?

Ohne dass ihm ihr Unbehagen auffiel, deutete Nathan auf einen kleinen Pappteller in seinen Händen. „Morgen, Callie. Der Apfelkuchen ist großartig. Hast du den selbst gemacht?"

Und damit war ihre Demütigung komplett.

Sie räusperte sich. „Du weißt ganz genau, dass ich nicht backe, Nathan. Außerdem bin ich hier gerade beschäftigt..."

Er nahm einen Bissen. „Ich hatte gehofft, du könntest morgen Abend eine Schicht für mich übernehmen."

„Morgen?" Sie zögerte. Das einzig Positive an Nathans Eindringen war, dass sie so etwas Zeit schinden konnte. Sie wusste immer noch nicht, was sie zu Hank sagen sollte. „Nathan, das ist das dritte Mal diese Woche, dass du mich fragst, ob ich für dich einspringe."

Er zuckte die Achseln. „Dank deines schicken neuen Jobs

sitzen wir alle etwas in der Patsche, Callie. Außerdem ist es ein Dienstagabend, ich frage ja nicht an Silvester, Babe."

Ihr Blutdruck stieg noch weiter an. Die Anspielung war eindeutig: Wozu brauchte Callie schon freie Abende? „Wieso, Nathan?"

„Was meinst du mit 'wieso'?"

„Sag mir, dass ich nicht für dich einspringen muss, weil du *Let's Dance* gucken willst." Sie kannte all seine Marotten und hatte kein Problem damit, darauf anzuspielen, wenn es ihr passte.

Darüber musste Hank kichern. Nathan beugte sich um die halb offene Tür herum und sah auf Hank herab, welcher ihm vorher nicht aufgefallen war. „Oh, sorry", sagte Nathan und schob sich noch eine Gabel Apfelkuchen in den Mund. „Ich habe Sie da unten gar nicht gesehen."

Nathans Entschuldigung hätte nicht respektloser klingen können. Callie zuckte erneut zusammen. In letzter Zeit war sie sehr feinfühlig bezüglich der dummen Dinge geworden, die Menschen oft zu Rollstuhlfahrern sagten.

Das war jetzt ihr Leben – eine Reihe peinlicher Momente zwischen langen Schichten im Laborkittel.

Aber Nathan quatschte weiter, selbstvergessen wie immer. „Wenn du es unbedingt wissen willst, Shelli und ich gehen ins Somerset Inn, um Entrées für den Hochzeitsempfang zu probieren."

Natürlich taten sie das. Und Nathan hätte dieses Detail nicht erwähnt, wenn sie ihn nicht danach gefragt hätte. *Saubere Arbeit, Callie.* Sie versuchte, den Kloß in ihrem Hals runterzuschlucken.

„Also, machst du es?", hakte er nach.

Die Not machte sie verwegen. „Nathan, ich übernehme deine Schicht, wenn du bei meinem Auto die Winterreifen aufziehst." Sie wussten beide, wie sehr Callie es hasste, zur

Werkstatt zu fahren. Die Jungs waren langsam und behandelten sie immer wie eine kleine, dumme Frau.

Nathan glotzte sie ungläubig an. „Machst du *Witze*?"

„Nimm's an oder lass es bleiben."

Er aß den letzten Bissen des Apfelkuchens. „Na gut", sagte er kauend. „Das sind wieder zwei Stunden meines Lebens, die ich nicht zurück bekomme."

„Nathan, meine Zeit ist auch wertvoll."

„Aber es gibt doch Überstundenzuschl..." Er zog eine Grimasse. „Was soll's. Du gewinnst." Er wandte sich zum Gehen. „Kann ich noch ein Stück von diesem Apfelding haben?"

„Nimm so viel du willst", schnappte sie. Endlich ging er fort und Callie ließ geschlagen den Kopf sinken. „Tut mir leid, dass du das mitbekommen hast", sagte sie.

Hank drückte die Tür zu. „Hast du gerade den anderen Arzt dazu gebracht, die Reifen an deinem Auto zu wechseln?"

Callie legte die Stirn in ihre Hand. „Er wird das nicht selber machen. Seine Maniküre ist sicher." Nathans Pingeligkeit hatte schon immer ans Zwanghafte gegrenzt.

„Der Apfelkuchen war also gut, hm?"

Gut war eine Untertreibung. Als sie allein in Willows Küche stand, hatte sie ein einzelnes Stück gegessen, solange es noch warm war. Und es war die reinste Wonne gewesen – der Teig war perfekt aufgegangen, die Äpfel leicht säuerlich und würzig. Heute Morgen hatte sie den Rest davon in den Pausenraum gestellt, weil der Anblick sie jedes Mal fast zum Weinen brachte. Jetzt atmete Callie langsam und tief durch die Nase ein. „Ich kann nicht... Warum zwingst du mich, darüber zu reden?"

„Callie, ich hab's vergessen, okay?" Seine Stimme war rau wie Schotter. „Für ein paar Stunden habe ich vergessen, dass ich ein gebrochenes Arschloch bin. Ich hätte nicht so weit gehen dürfen. Ich hätte nicht mal in der *Nähe* sein sollen. Ich hätte dich warnen müssen, dich von mir fernzuhalten."

Die Verbitterung in seinen Worten war heftig genug, um die Endlosschleife der Enttäuschung zu durchschneiden, die durch Callies Kopf ging. Stille breitete sich zwischen ihnen aus und sie hob den Blick, um sein gequältes Gesicht zu studieren. Während ihres Eiscremegelages gestern Abend hatte sie sich gefragt, ob er vor ihr geflüchtet war, weil er Angst hatte, keine Erektion zu bekommen. Obwohl er darauf anzuspielen schien, war sie noch nicht sicher. Sie hatte sich ja bereits eingeredet, dass er unmöglich jemanden wie sie wollen konnte. „Hank", sagte sie leise, „du bist nicht *gebrochen*."

Er lachte trocken. „Du hast recht, wie üblich. Denn 'gebrochen' impliziert, dass das betreffende Körperteil eingegipst und geheilt werden kann. Stand jetzt..." Er räusperte sich. „*Steht* nichts. Ich habe weder dir noch irgendeiner anderen Frau was zu bieten."

Callie wurde flau im Magen. In den Stapeln, die sie für ihre Forschung an Paralyse angehäuft hatte, gab es auch ein paar Artikel über Sex nach einer Rückenmarksverletzung. Sie hatte sie noch nicht gelesen, aber da sie praktisch kein existentes Privatleben hatte, würde sie das bald nachholen. „Hank, du... ich wette, dass... die Dinge nicht so schlimm sind, wie du es klingen lässt. Vielleicht bist du da nur etwas zu verkopft."

Er blickte sie finster an. „Ich bin *realistisch*. Ich kann weder dein Mann sein, noch der von irgendeiner anderen. Kein Wunder, dass ich mir manchmal 'ne komplette Flasche Tequila reinhaue."

Sein Gesichtsausdruck war so reserviert, so verletzlich, dass sie ihre Worte behutsam wählen musste. Diese schokobraunen Augen trauten sich nicht, sie direkt anzusehen.

„Hank, hör mir zu. Ich sage dir das als eine Freundin und semi-kompetente Medizinerin auf dem Gebiet. Du musst einen Urologen aufsuchen, damit du dich nicht den Rest deines

Lebens verrückt machst. Denn eines Tages wirst du eine Frau kennenlernen, bei der du dir wünschst, du hättest es getan."

„Eine Frau kennenlernen? Aber du... Ich..." Er rieb sich die Schläfen, als hätte er schreckliche Kopfschmerzen. „Das bringt doch nichts. Warum am Rennen teilnehmen, wenn man nicht über die Ziellinie kommt?"

Sie spürte, wie ihr Mund aufklappte. Dachten Männer wirklich so über Sex? „Weil es kein *Rennen* ist, Hank." Und jetzt war alles ein hoffnungsloses Schlamassel. Hank hatte ihr gerade offenbart, dass ihn ein medizinisches Problem belastete. Doch aufgrund des Debakels auf Willows Couch war sie genau die falsche Person, die ihn dazu beraten sollte.

Callie griff nach dem Krankenhausverzeichnis auf ihrem Schreibtisch, schlug die Seite der urologischen Abteilung auf und hielt es ihm hin. „Pass auf, wenn du willst, verlieren wir nie wieder ein Wort über gestern. Aber um deiner selbst willen, solltest du die Leute dort anrufen. Sie werden dir sagen, dass man mit einer Rückenmarksverletzung immer noch ein erfülltes Liebesleben haben kann. Es könnte nur etwas anders aussehen als dein altes."

„Jesus." Hank riss ihr das Büchlein aus der Hand und schmiss es wieder auf ihren Schreibtisch. „Callie, du hörst mir nicht zu. Und hörst du überhaupt, was du da sagst? Es gibt unendlich viele Variationen der 'Senke deine Erwartungen'-Rede, nicht wahr?" Sein Gesicht wurde rot und seine Augen blitzten wütend. „Ich habe es so satt, dass mir Leute ständig mein neues, beschissenes Leben verkaufen wollen und mir dauernd erzählen, wie gut es ist. Es ist mein verdammtes Leben und ich kann es hassen, wenn ich will."

Callie verspürte ein unwillkommenes Prickeln in den Augen. „Dann tu das! Da ist die Tür."

Seine Gesichtszüge entglitten. „Ich bin nicht hierher gekommen, um dich anzuschreien. Ich wollte mich nur entschuldigen, dich in so eine peinliche Situation gebracht zu haben."

Sie spürte, wie sich ihre Kehle zuzog. „Verstanden. Geh jetzt, du bist zwanzig Minuten zu spät für deine Therapiesitzung."

Mit einem letzten, traurigen Blick auf sie, öffnete er ihre Bürotür und rollte hinaus.

Auf einer Skala von Eins bis Zehn befand sich Callies Laune die nächsten zehn Tage bei etwa minus dreitausend.

Wenn Callie nicht gerade im Krankenhaus war, füllte sie ihre Freizeit mit schlechtem Fernsehen, Eiscreme und medizinischen Artikeln. Überrascht musste sie feststellen, dass es recht wenige nützliche Untersuchungen zu Sex nach einer Rückenmarksverletzung gab. Auf den Seiten, auf denen sich die Fachzeitschriften die Mühe machten, sich damit auseinanderzusetzen, ging es vorrangig um die Fruchtbarkeit. Und die wenigen Informationen, die sie fand, legten nahe, dass das Sexualleben der Patienten so stark variierte, wie ihre Verletzungen. Während es auch traurige Geschichten gab, gab es auch die über vollständig Gelähmte, die Kinder auf die altmodische Art gezeugt hatten.

Das deprimierendste Ergebnis von Callies ganzer Grübelei war, dass es keinen ethisch vertretbaren Weg für sie gab, Hank zu helfen. Der Mann brauchte eine Intervention. Aber da sie sich mit ihm nackt auf einer Couch gewälzt hatte, war sie die Einzige aus der Krankenhausbelegschaft, die ihm keine Beratung anbieten konnte.

Was hatte sie nur für ein Chaos verursacht. Jetzt gingen sie sich in den Krankenhausfluren aus dem Weg, wie schüchterne Teenager.

Es war alles so traurig. Der Schmerz in Hanks braunen Augen belastete sie. Sie musste ständig an das erste Mal denken, als sie ihn getroffen hatte. *Sex auf einem Snowboard* hatte sie damals gedacht. Jetzt stand er mit sich selbst auf Kriegsfuß und es schien nichts zu geben, was sie dagegen tun konnte.

Sie fragte sich, was wohl schlimmer war. Sich begehrenswert gefühlt zu haben und es dann zu verlieren oder sich überhaupt nie begehrenswert gefühlt zu haben?

9

An einem Freitagnachmittag Mitte Oktober verbrachte Hank eine Einheit auf dem FES-Fahrrad, gefolgt von einer Stunde mit Tiny im Physiotherapieraum. Der Gigant mit dem ironischen Spitznamen trieb ihn wie ein Brauereipferd – er spannte ihn in ein Geschirr zwischen einen Parallelbarren und brachte ihn dazu, seinen Unterkörper in einer seltsamen Parodie eines aufrechten Gangs mitzuschwingen. Gegen Ende der Stunde zitterten seine Arme und Schultern vor Anstrengung.

„Genau so, Mann!", sagte Tiny jedes Mal, wenn Hank einen Schritt auf der Matte machte.

Aber Hank hörte nicht gerade die Titelmusik zu *Rocky* in seinem Kopf. Er wusste, er sollte sich darüber freuen, aufrecht zu stehen und seinen Körper bewegen zu können, aber sein Fortschritt hatte ein Plateau erreicht. Die Physiotherapie war jetzt sein Vollzeitjob und alles, was er vorzuweisen hatte, waren acht zitternde Schritte, während er wie ein Stahlträger von einem Kran hing.

Anschließend rollte Hank seinen erschöpften Körper in die Männerumkleide. Dort hörte er mehrere männliche Stimmen hinter der Tür zur Schwimmhalle. Es war nach sechs und die

Sitzungen für heute waren alle beendet. Gelächter ertönte und er rollte in die entsprechende Richtung, um die Quelle zu finden. Er stieß die Tür auf und das Gelächter erstarb, als ihn drei Gesichter aus dem großen Whirlpool in der Ecke ansahen.

„Locker bleiben, Jungs. Es sind nicht die Bullen", sagte einer der drei Männer, der sich ihm als Big Mike vorgestellt hatte. „Komm rein, Lazarus. Und schließ die Tür."

Hank rollte zu ihnen herüber. „Hier ist also die Party?" Da er das Krankenhaus in der Regel direkt nach seinen Therapiestunden verließ, kannte er die Jungs nicht besonders gut. Er war sich ziemlich sicher, dass sie alle Veteranen aus dem Irakkrieg waren.

„Freitags hängen wir hier immer noch ein bisschen rum", sagte ein anderer Typ. Hank war sich recht sicher, dass sein Name Dave war. „Hüpf schon rein."

Hank sah auf seine Trainingshose herab. „Klingt spaßig, aber ich habe keine Schwimmshorts dabei. Hatte kein Aquafitness heute." Und selbst wenn er eine Hose dabei gehabt hätte, hätte er Ewigkeiten gebraucht, um sie anzuziehen. Er hatte so die Schnauze voll davon, dass alles mit einem Extraaufwand verbunden war.

Big Mike zuckte die Schultern. „Ich hab mir auch nicht die Mühe gemacht, eine Shorts anzuziehen. Wir werden dir schon nicht auf deinen haarigen Arsch gucken, versprochen."

„Ich rück rüber", fügte Dave hinzu und schob sich weiter die Bank entlang, um Platz zu machen. „Ich liebe es nämlich, mit Evan zu füßeln."

„Mach ruhig", sagte der dritte Typ. „Ist nicht so, als würde ich das spüren." Der Witz brachte ihm Lacher seiner Kumpel und ein High Five von Big Mike ein.

Hank lauschte dem beruhigenden Blubbern und Platschen der Düsen und fühlte, wie der Dampf nach ihm rief. In seinem alten Leben hatte er seinen nackten Arsch in praktisch jedes

Becken der Skiorte in den westlichen USA gehalten. Sich nackt auszuziehen war nie ein Problem für ihn gewesen. Was hatte sich geändert?

Einfach alles.

„Na gut, scheiß drauf", hörte er sich selbst sagen.

Der dritte Typ, Evan, griff nach einem der Handtücher, die er hinter seinem Kopf gestapelt hatte und warf es Hank zu. „Danke, Mann", sagte Hank und legte es über seinen Schoß, während er sich aus seiner Unterhose befreite. Mit dem Handtuch über den wichtigen Teilen schob er sich neben den Whirlpool, dann hob er seine Beine nacheinander ins Wasser. Als Letztes drückte er sich hoch und ließ seinen Körper langsam in die blubbernde Wärme herabsinken. „Ohh, jaaa", seufzte er, als die Hitze ihn umschloss.

„So sieht's aus", sagte Big Mike. „Deswegen schleichen wir uns vor der Happy Hour hier rein. Verpetz uns nicht."

Hank legte den Kopf in den Nacken und seufzte. „Ich bin selbst nicht groß im Regeln befolgen."

„So siehst du auch nicht aus", gluckste jemand.

„Ich muss mal fragen", sagte Big Mike und Hank hatte keine Ahnung, was für eine Frage ihn erwartete. „Welche Handkontrollen hast du bei diesem Panamera Turbo einbauen lassen?"

Oh. Das war eine einfache. „Wir haben uns für die von Menox entschieden. Und ich bin sehr zufrieden damit."

„Das ist 'ne geile Karre, Mann."

Hank grinste. „Früher habe ich einen verbeulten Toyota 4Runner gefahren. Aber meine Eltern haben mir das Ding geholt, nachdem... ihr wisst schon." Er räusperte sich. „Nach meiner plötzlichen Midlife-Crisis."

Big Mikes Augen wurden groß. „Verdammt, da hat sich die Verletzung ja fast schon gelohnt."

Hank lachte das erste Mal seit Tagen. „Wenn du meinst, Kumpel."

Dann begann Big Mike die Vor- und Nachteile verschiedener Handkontrollsysteme zu diskutieren und Hank spürte, wie etwas von der Anspannung der letzten Wochen seinen Körper verließ. Er hatte zwar kein großes Interesse an neuen Freunden, aber hier zu sitzen war viel weniger deprimierend, als zurück in ein leeres Haus zu fahren und ein Mikrowellengericht vor dem Fernseher zu essen.

Mit einer Hand warf er sich etwas Wasser in seinen verschwitzten Nacken und ließ das Gespräch um sich herum wirbeln, wie es das Wasser tat.

„Sie sagen mir, ich sollte über die Pumpe nachdenken", sagte Dave auf einmal.

„Oh, Mann", sagte sein Kumpel.

Hank unterbrach die darauffolgende Stille, indem er „Was ist eine Pumpe?" fragte.

Big Mike zeigte auf Hank. „Wenn du das nicht weißt, bist du ein verdammter Glückspilz."

Glück. Da war das Wort schon wieder. Aber wenn es von diesen Jungs kam, klang es nicht so schlimm.

„Es ist ein Gerät, das dir unter die Haut gesetzt wird", sagte Dave und ließ den Kopf kreisen. „Es soll Spasmen stoppen."

Big Mike schüttelte nur den Kopf. „Meine Beine müssten die ganze Nacht durch Macarena tanzen, bevor ich mir so ein Ding einsetzen lasse. Kowalsky hat die Pumpe bekommen und jetzt kriegt er keinen mehr hoch."

„Das haben sie mir auch schon erklärt", sagte Dave mit bedrückter Miene. „Aber wenn Jenny und ich zur Sache kommen, werde ich die Hälfte der Zeit so zittrig, dass ich's nicht zu Ende bringen kann."

„Wenigstens hast du noch die andere Hälfte", bemerkte sein Freund. „Wenn du die Pumpe bekommst, hast du nicht einmal das."

Hank warf sich eine Handvoll Wasser ins Gesicht, um seine

Überraschung zu überspielen. Er versuchte sich daran zu erinnern, ob er *jemals* mitbekommen hatte, dass ein Typ zugab, Probleme beim Sex zu haben. „Was wir jetzt wirklich brauchen, ist Bier", sagte er.

„Ja, lasst uns die Party verlagern", stimmte Big Mike zu. „Skunk Hollow?"

„Wie wär's mit Ruperts?", schlug Hank vor.

„Da ist's ziemlich teuer", sagte jemand.

Jetzt fühlte Hank sich wie ein Arsch, denn der Kerl hatte recht. In Hamilton, nahe des Skigebiets, berechneten sie Touristenpreise. Geld war das einzige Problem, das Hank nicht wirklich hatte. „Ich wollte da mal vorbeischauen, um zu sehen, ob es stimmt, dass meine kleine Schwester dort arbeitet. Wie wär's, wenn ich ein paar Runden schmeiße?" Dann hörte er sich noch etwas zu diesem Angebot hinzufügen. „Solange ihr mir jeder den Namen eures Lieblingsurologen verratet."

„Deal!", riefen zwei von ihnen sofort.

„Ha!", lachte Big Mike. „Heißt das etwa, du hast Doktor Schwanz noch nicht kennengelernt?"

„Nein, das Vergnügen hatte ich noch nicht." Hank rutschte etwas weiter in den Whirlpool und bereute es schon, das Thema angeschnitten zu haben.

„Ist ein komischer alter Hippie, der es geil findet, den ganzen Tag über Schwänze zu reden."

„Gibt wahrscheinlich schlimmere Jobs", bemerkte Hank.

„Wahrscheinlich", stimmte Big Mike zu. „Wir geben dir seine Nummer, unter einer Bedingung."

„Die wäre?"

„Du musst versprechen hinzugehen."

Hank zuckte die Schultern. „Klar."

„Das sagst du jetzt", meinte Big Mike und rückte das Handtuch hinter seinem Kopf zurecht. „Aber niemand will einem Arzt in die Augen sehen und laut aussprechen, dass seine

Hosenschlange nicht mehr dann aufstehen will, wenn er es gerne möchte. Sie versuchen, es uns einfacher zu machen. Es gibt ein Formular, das man schon im Wartezimmer ausfüllen muss. Trotzdem ist es scheiße. Niemand in unserem Alter will das Kästchen neben 'Erektionsstörungen' ankreuzen müssen."

Es herrschte eine peinliche Stille, bis Evan sagte: „Du verkaufst das echt gut, Alter."

Das brachte alle zum Lachen, doch Hank fühlte sich, als würde es ihm in der Brust stecken bleiben.

„Aber er hat recht", sagte Dave. „Es muss gemacht werden. Wir nehmen *alle* Vitamin V. Die beste Erfindung aller Zeiten."

Obwohl Hank ahnte, dass ihm gerade einiges an Weisheiten vermittelt worden war, machte der Knoten in seiner Brust es schwer, dies zu würdigen. „Können wir jetzt los und jede Menge Bier trinken?", fragte er.

„Verdammte Scheiße, ja!", stimmte Big Mike zu.

Callie lenkte ihren Wagen gerade in eine Parklücke an der Hauptstraße, als ihr Handy klingelte. Ohne nachzusehen wusste sie bereits, dass es Willow war, die erneut anrief. Callie wich ihrer Freundin aus, weil sie noch nicht bereit war, zu erzählen, was zwischen ihr und Hank vorgefallen war. Wenn sie und Willow irgendwo bei einer Flasche Wein zusammensitzen würden, käme ihr die Geschichte bestimmt leichter über die Lippen.

Callie vermisste Willow schrecklich. Und Telefongespräche waren einfach nicht dasselbe.

Sie ging ans Handy, denn falls sie das nicht tat, würde Willow anfangen, sich Sorgen zu machen. „Hallo?"

„Callie! Vielen lieben Dank!"

„Was habe ich gemacht?"

„Das Haus! Wir haben ein Angebot angenommen! Nach all der Zeit wird das Ding endlich verkauft."

„Das ist ja *großartig*, Süße. Freut mich wirklich sehr für dich. Aber ich glaube nicht, dass ich etwas damit zu tun hatte."

„Es wird noch besser!", zwitscherte Willow. „Das heißt, dass ich dich sehen werde. Der Verkauf soll irgendwann nächsten Monat über die Bühne gehen. Bitte sag mir, dass du nicht kurz vor einem längeren Urlaub stehst, denn ich komme nicht nach Vermont, wenn du nicht da bist."

Callie lächelte in ihr Telefon. „Keine Sorge. Wo sollte ich schon hin? Außer..."

„Außer was?"

Callie rang mit dem Gedanken, Willow von ihrer neuesten Idee zu erzählen. Wenn sie es laut aussprach, wurde es von einer Idee zu einem Plan. „Es gibt da einen Job in Kalifornien", brach es aus ihr heraus. „Ich überlege, mich dafür zu bewerben."

Willow war einen Moment lang still. „Meine Güte, Callie. Wie kommst du denn da drauf? Ist bei deinen Eltern alles in Ordnung?"

„Denen geht's gut", sagte sie schnell. „Aber ich brauche eine Veränderung." Callie öffnete ihre Wagentür, stieg aus und steckte die Autoschlüssel in ihre Handtasche.

„Wow. Wo ist der Job?"

Fünfzehn Minuten später stützte Callie ihre Ellenbogen auf die polierte Holzoberfläche des Kneipentresens, während ihr Freund Travis ihr ein Bier zapfte. „Wie läuft's auf der Arbeit?", fragte er und legte einen Bierdeckel vor sie.

„Die Arbeit ist super", sagte sie und nahm ihm das Bierglas ab. „Aber die Arbeit ist nie das Problem, nicht wahr?"

Travis breitete die Arme aus, als würde er die behagliche Einrichtung seiner Bar umschließen wollen. „Nee. Die Arbeit ist klasse. Es ist der Rest meines Lebens, der etwas besser laufen könnte." Travis war ein weiteres Mitglied im Club der einsamen Herzen. Er hatte sich letztes Jahr in Willow verknallt, aber sie hatte sich stattdessen für Dane entschieden.

„Du hast jetzt gerade Hauptsaison, richtig?", fragte Callie.

„Eine davon. Nach dem Herbstanfang gibt es immer nochmal einen Einbruch. Das ist der Moment, in dem ich anfange, für Schnee zu beten. Je mehr es schneit, desto mehr durstige Skifahrer bekomme ich." Er wischte über die Theke. „Und? Ist Doktor Arschgesicht schon sitzengelassen worden?" Travis hatte die Theorie, dass das Karma Callies Ex früher oder später in den Arsch beißen würde. Doch mit jedem weiteren verstreichenden Monat wurde diese Vorhersage ein bisschen lächerlicher.

„Nö!", sagte Callie fröhlich. „Aber ich muss nicht mehr dabei zusehen, wie er ihr im Pausenraum an den Hintern grabscht, denn ich habe jetzt ein eigenes Büro, in dem ich mich verkriechen kann."

„Du bringst es noch zu was, Callie."

Sie lächelte ihn über den Rand ihres Bierglases hinweg an. Leider bekam sie immer mehr das Gefühl, dass sich der ganze Rest ihres Lebens ihrem Beruf unterordnete. Klar, es hatte Sinn gemacht, ihre Karriere in den letzten Jahren an erste Stelle zu setzen. Sie musste Studienkredite abbezahlen und das war beängstigend. Aber ihr Privatleben hatte darunter gelitten. Wenn sie diese Stelle in Kalifornien annahm, müsste sie dafür ihr kleines, bequemes Studienprojekt hier aufgeben. Aber in einem Jahr endete die Studie und das kleine Vermonter Krankenhaus würde danach wohl auf absehbare Zeit kein ähnliches Projekt in dem Bereich durchführen.

Und wo würde Callie dann bleiben? Hier. Allein. Und

wieder im selben Job, den sie zuvor hatte. Irgendwann würden Nathan und seine Krankenschwester sie bitten, eine Schicht zu übernehmen, damit sie zu einem Frauenarzttermin gehen und die Ultraschallbilder ihres dämlichen Nachwuchses bewundern konnten.

Würg! Callie musste etwas in ihrem Leben verändern, bevor es so weit war.

Irgendjemand fluchte leise hinter ihr und weckte sie aus ihrem missmutigen Tagtraum. Callie drehte sich um und entdeckte Stella Lazarus, mit einem Glas Kirschen in der einen und einem wackelnden Tablett in der anderen Hand. Das Tablett kippte endgültig und mehrere Limetten rollten herunter und landeten auf dem Boden. Callie streckte die Hand aus und nahm Stella das Glas Kirschen ab. Sie stellte es auf den Tresen und rutschte dann von ihrem Hocker, um der jüngeren Frau dabei zu helfen, die Limetten aufzuheben, die sich wie Murmeln über den ganzen Boden verteilten.

„Danke", schnaufte Stella und sammelte die Limetten in ihrer Schürze.

„Kein Problem", sagte Callie und schnappte sich eine, die unter einen Barhocker gerollt war. Als sie die Bar vorhin betreten hatte, war sie mehr als ein bisschen überrascht darüber gewesen, wer Travis' neue Angestellte war. Sie hatte keine Ahnung, warum Stella ihre Arbeit bei der Stiftung gegen Bier zapfen und Tische abwischen eingetauscht hatte. Es gab vermutlich eine Geschichte dazu, aber Callie kannte Stella nicht gut genug, um sie zu fragen.

Es war allerdings offensichtlich, dass Stella nicht viel Kellnererfahrung hatte. Dies war bereits das zweite kleine Missgeschick, dessen Callie innerhalb der letzten halben Stunde Zeugin wurde. Kurz nachdem sie an der Theke Platz genommen hatte, hatte Stella sie begrüßt und dabei prompt ein Martiniglas auf den Boden fallen lassen.

„Achtung." Travis warf Stella ein Körbchen für die Früchte zu und als sie es fing, hätte Stella fast wieder die Kontrolle über die Limetten in ihrer Schürze verloren.

„Argh", seufzte Stella und stellte das volle Körbchen auf den Tresen. Sie duckte sich unter der Durchgangsklappe hindurch und gesellte sich zu Travis hinter die Theke.

„Die musst du nochmal waschen", trug Travis ihr auf. „Die kommen immerhin in die Drinks."

„Wenn ich die Drinks nicht vorher verschütte", grummelte Stella. Sie trug das Körbchen zur Spüle und begann, die Früchte abzuwaschen.

„Du bist ein gutes Mädchen, Stella", sagte Travis. „Lass dich nicht unterkriegen."

Sie stellte das Wasser ab und lachte ihr rauchiges Lachen. „Ich wäre lieber eine gute Kellnerin als ein gutes Mädchen, Trav."

Callie fragte sich, ob sie und Travis nur zum Spaß flirteten oder ob sie wirklich miteinander ausgingen. Sie war wahrscheinlich zu jung für ihn, obwohl Callie hoffte, dass der Barkeeper eine Freundin finden würde. In einer kleinen Stadt wie Hamilton war es schrecklich schwierig, einen Partner zu finden.

Zumindest war es das, was Callie sich einreden musste. Denn wenn es nicht die Schuld der Bevölkerung von Windsor County war, wessen Schuld war es dann? Wenn Callies Einsamkeit an ihr selbst lag, dann würde es auch nicht helfen, mehrere tausend Meilen ans andere Ende des Landes zu ziehen.

Aber das konnte nicht stimmen. Es musste eine Menge alleinstehende Männer in Kalifornien geben. Heiße Singlemänner, die nur darauf brannten, etwas mit einer nerdigen Ärztin anzufangen.

Callie nahm einen großen Schluck von ihrem Bier und war dankbar, dass sie heute ausnahmsweise einmal keinen Bereitschaftsdienst hatte. Als sie das Glas auf der Theke abstellte, fuhr ihr ein kalter Windstoß über die Wange. Die Eingangstür wurde geöffnet und Callie drehte instinktiv den Kopf in die entsprechende Richtung, um zu sehen, ob eventuell ein hübscher Fremder herein kam. Die Hoffnung stirbt zuletzt.

„Hey, es ist Doktor C!", rief Big Mike, als er in den Raum rollte. Hinter ihm folgte Dave.

„Hey, Jungs!" Sie winkte. Noch nie zuvor waren ihr Studienteilnehmer im Ruperts begegnet, aber sie hier zu sehen sollte sie wohl nicht überraschen. Im Umkreis von 50 Meilen gab es nicht viele Bars.

Big Mike und Dave visierten den großen Tisch nahe des Fensters an. Stella sprang von ihrem Barhocker. „Ich räume eben die Stühle zur Seite", sagte sie.

„Herzlichen Dank", sagte Big Mike mit einem Zwinkern. „Hier werden einige Rollstühle sein, wir haben nämlich eine Tagung. Und dem Mädel da drüben spendieren wir definitiv einen Drink." Er formte mit Daumen und Zeigefinger eine Pistole und feuerte Richtung Callie.

„Alles klar", sagte Stella und stapelte vier Stühle aufeinander. Dann hob sie den Stapel hoch und trug ihn aus dem Raum.

Big Mike und Dave rollten an den Tisch und Callie fragte sich, wer wohl die beiden anderen waren, die noch dazustoßen sollten. Wie aufs Stichwort erschien Hanks Gesicht in der Tür.

Und dann passierten zwei Dinge direkt aufeinander. Zuerst machte ihr Herz einen Satz, denn Hank hatte immer noch diese Wirkung auf sie. Doch diesem Gefühl folgte sofort ein gewaltiges Unbehagen. *Mist.* Er nickte ihr leicht zu und sie antwortete mit einem schwachen Lächeln.

Das war das Problem an Kleinstädten. Wenn deine Bettgeschichten in einer Katastrophe endeten, konnte man sich danach schlecht verstecken. „Ich muss unbedingt raus aus Vermont", flüsterte Callie.

„Ist es so schlimm hier?", fragte Travis. „Oder hast du Ärger mit dem Gesetz?" Seine grünen Augen funkelten.

Sie schüttelte den Kopf. *Reiß dich zusammen, Callie.* „Mir geht's gut. Vergiss es." Travis wusste alles über ihre Probleme mit Nathan, aber sie hatte weder ihm noch irgendwem sonst erzählt, was sie für Hank empfand. Es tat noch zu weh, um bei einem Bier darüber quatschen zu können.

„Denkst du ernsthaft daran, wegzuziehen?"

Obwohl sie das sexy Rumpeln von Hanks Stimme hören konnte, der sich gerade mit den anderen Jungs unterhielt, legte sie einen Finger auf ihre Lippen. Travis kam näher. „Ich kann nicht wirklich darüber reden, aber es gibt eine offene Stelle in Marin County. Wenn die mich nehmen würden, wäre ich nur eineinhalb Stunden von meinen Eltern und nur einen kurzen Flug von Willow und Dane entfernt."

Travis lächelte. „Wie geht es ihr überhaupt? Hast du von ihr gehört?"

„Ich habe sie seit den Olympischen Spielen nicht mehr gesehen, aber sie hat mir ein paar Bilder geschickt. Letzten Monat hatte ihr Baby seinen ersten Geburtstag. Warte kurz..." Callie hüpfte vom Barhocker und klaubte ihre Handtasche von der Fußleiste unter der Theke. Sie scrollte durch den Posteingang auf ihrem Smartphone, um die Bilder zu suchen.

Während sie da stand, wurde sie von Hank überrascht, der plötzlich neben sie rollte. Als sein gutaussehendes Gesicht in ihrem Blickfeld auftauchte, zog sich Callies Kehle zusammen.

„Der Teufelskerl!", tönte Travis. „Wie geht's dir?"

„Spitze", erwiderte Hank aber seine Miene sagte etwas anderes. Er wirkte unbehaglich, also sah Callie ihn nicht direkt an. Er schob eine Kreditkarte über die Theke. „Kannst du alles von dem Tisch da drüben auf meine Karte packen?" Er nickte mit dem Kinn zu den Jungs vom Therapieprogramm.

„Gar kein Problem", sagte Travis und nahm die Kreditkarte an sich. „Hey Callie, Hank – kennt ihr beiden euch?"

„Klar", sagte Callie schnell und zur gleichen Zeit meinte Hank: „Ja."

Es gab eine peinliche Stille, während Travis sich kurz abwandte, um Hanks Kreditkarte auf die Kasse zu legen. Dann drehte er sich wieder zu Callie, um sich die Fotos anzusehen. „Ohh, ich hätte nie gedacht, dass ich das mal sehe." Travis lachte, als er zu einem süßen Bild von Dane kam, der auf der Couch döste, während Finley auf seiner Brust schlief. „Die Tatsache, dass jemand „Papi" zu Dane sagt, macht mir eine Heidenangst." Er legte das Handy wieder hin und ging zum anderen Ende der Theke, um die Bestellung eines Kunden aufzunehmen.

Hank nahm das Handy vom Tresen und betrachtete das Foto. „Da kann man ja glatt 'ne Grußkarte draus machen", sagte er. Seine Miene wurde verschlossen und unleserlich. Er legte das Handy nieder und kehrte ohne ein weiteres Wort zu seinen Freunden zurück.

Callie sah ihm nach und ihre erste Erinnerung an Hank kam ihr wieder in den Sinn. Er war ziemlich hart mit Dane umgesprungen, oder nicht? Behauptete, Dane stünde unterm Pantoffel und hatte sich über die Vorstellung lustig gemacht, dass Familienverpflichtungen wichtiger sein konnten, als die Nacht durchzufeiern.

Vergiss das nicht, befahl Callie sich. Vielleicht waren sie und Hank auch vor ihrem nackten Fehltritt schon zum Scheitern verurteilt gewesen. Obwohl ihr Herz immer noch schneller schlug, sobald er den Raum betrat, wollte Callie irgendwann eine Familie. Aber nichts an Hank sagte „Familienmensch" und das würde sich selbst dann nicht ändern, wenn sie doch noch zusammen im Bett landeten und wilden Sex hatten.

Richtig. *Kalifornien.* Es gab einen neuen Plan.

Doch selbst wenn sie ihm den Rücken zugewandt hatte, konnte Callie Hanks Anziehungskraft spüren. Wenn an seinem Tisch etwas Witziges gesagt wurde, konnte sie Hanks rauchiges Lachen hören und es zog sie magisch an.

Obwohl Callie entschieden hatte, dass Hank ein hoffnungsloser Fall war, hatte ihr Herz die Meldung noch nicht erhalten.

„Was läuft denn da?", flüsterte Travis, während er vor ihr über die Theke wischte.

Callie versuchte, unverbindlich die Schultern zu zucken. Sie hatte vergessen, dass Travis einen sechsten Barkeeper-Sinn hatte, der es ihm ermöglichte, jede Situation zu lesen. „Ich kenne ihn aus dem Krankenhaus. Er ist Teil der Therapiestudie, an der ich arbeite."

„Interessant." Travis füllte Eis in einen Cocktailshaker. „Und jetzt willst du ein paar tausend Meilen weit wegziehen?"

„Lass gut sein, Trav", bat Callie ihn.

„Werde ich. Aber nur, weil seine Schwester zurück kommt."

Callie sah auf und entdeckte Stella, die mit einem Tablett brennender Kerzen aus der Küche zurück kam, eine für jeden Tisch in der Bar. Sie ging zu den Rollstuhlleuten herüber und schob ein Körbchen mit Brezeln auf den Tisch. Dann klemmte sie das Tablett gegen ihre Hüfte und sagte todernst: „Was wollt ihr? Kaffee, Tee oder mich?"

Es herrschte ein Moment überraschter Stille, doch Callie sah, wie Hanks Mundwinkel amüsiert zuckten. „Nicht drauf antworten, Jungs. Das ist meine kleine Schwester, Stella. Wir beide standen uns mal sehr nahe, bis sie meine Telefonnummer verloren hat."

„Hank", murmelte sie. „Ich habe deine Nummer nicht verloren, ich war beschäftigt."

Er griff ihr um die Taille und zog sie auf sein Knie. „Beschäftigt? Mom sagt, du arbeitest hier sechs Abende die Woche, nur um ihr auf den Sack zu gehen."

„*Ja, klar*", sagte Stella und verdrehte die Augen. „Als ob unsere Mutter jemals im Leben 'auf den Sack gehen' gesagt hätte."

„Ich hab's nur sinngemäß wiedergegeben. Aber was soll das? Du bist nicht gerade der Kellnerinnentyp."

„Wer sagt das?", entgegnete Stella. „Ich werde eine gute Kellnerin."

„Wirklich? Warum habe ich dann kein Bier vor mir stehen?"

Stella stand auf und verschränkte die Arme. „Was würden Sie denn gerne trinken, der Herr?"

„Was habt ihr denn frisch Gezapftes anzubieten, Fräulein?"

„Ähm..." Stella machte einen Schritt auf die Theke zu und sah mit zusammengekniffenen Augen auf die Logos der Zapfhähne.

Hinter dem Tresen schüttelte Travis nur den Kopf. „Ich werde dir die Getränkeliste auf die Hand tätowieren, Stella."

„Dann kannst du sie mir genauso gut auf die Titten tätowieren, da gucken mir die Kunden sowieso ständig drauf."

„Ja, das muss ich nicht unbedingt wissen", murrte Hank.

Travis begann, die Biere vom Fass aufzuzählen. „Switchback Ale, Guinness, U.F.O., Long Tail und Woodchuck Cider."

„Long Tail", sagte Hank. Nachdem die anderen Jungs bestellt hatten, wollte sich Stella wieder entfernen. Aber Hank hielt ihre Hand fest. „Wir sind hier noch nicht fertig, Schwesterherz. Sag mir, warum du in dieser Bar arbeitest."

„Ich brauche Geld, um nach Alaska gehen zu können. Mom hat ihr Angebot zurückgezogen, dafür zu bezahlen. Also habe ich mir einen Job besorgt. Ist keine komplizierte Geschichte." Ihre Augen flackerten streitlustig, als würde sie ihn herausfordern, etwas dagegen zu sagen.

Hank legte den Kopf schräg. „Du hattest einen Job. Bei der Stiftung. Du wolltest doch an diesem Projekt zu Wildtierforschung arbeiten – wer schließt das jetzt ab?"

„Ist nicht mein Problem", sagte sie, eine Hand in die Hüfte gestemmt.

„Dieses Forschungsprojekt ist wichtig."

„Hank, die Umwelt ist dein Ding, nicht meins. Und Geld zu verschenken, ist Moms. Und Skigebiete zu bauen ist, Dads Ding."

„Und das hier –", Hank gestikulierte durch den Raum, „ist dein Ding?"

Travis schnaubte in die Kasse.

„Ich frage ja nur", versuchte Hank es, „ob die Stiftung zu verlassen wirklich die richtige Alternative ist?"

Sie verschränkte die Arme. „Es ist meine einzige Alternative. Ich werde meine Lebensziele nicht ändern, nur weil sie Mama und Papa nicht passen."

Hank seufzte. „Sie haben nur..."

„... Angst", beendete sie den Satz. „Eines ihrer Kinder hat sich fast umgebracht und sie wollen das nicht nochmal durchmachen. Also wird das andere Kind in seinem Zimmer festgekettet. Mit sechsundzwanzig Jahren."

Hank musterte sie. „Ich sehe keine Fußfesseln."

„Der Schreibtisch in Dads Imperium – das ist meine Fußfessel. Ich soll daran sitzen, bis ich anfange, Kinder zu bekommen."

Es folgte eine Stille, in der Callie mit ihrem Bierdeckel spielte und sich ein wenig dafür schämte, dass sie das Lazarus Familiendrama so faszinierend fand.

„Stella... vielleicht sollten wir das nicht hier bereden", schlug Hank mit sanfter, rauchiger Stimme vor.

„Das war deine Idee, großer Bruder. Du hast damit angefangen. Immerhin weißt du jetzt, warum ich hier bin. Ich serviere lieber Bier, als nach ihrer Pfeife zu tanzen. Und jetzt entschuldige mich bitte." Sie klemmte sich ihr Tablett unter den Arm und ging zurück in die Küche.

„Deine kleine Schwester ist ja ein ziemlicher Hitzkopf“, sagte Big Mike, als sie außer Hörweite war.

„Das ist sie“, stimmte Hank zu. „Wollen wir hoffen, dass sie ihren Schmollanfall lange genug unterbrechen kann, um uns das Bier zu bringen.“

„Ich mache das schon“, rief Travis. „Noch ein Bier, Callie?“

„Ja, Sir. Denn das erste ist irgendwie verdampft.“

„Das passiert uns allen mal, Callie. Möchtest du was zu essen dazu, vielleicht ein Sandwich?“

„Das wäre großartig.“ Travis wollte ihr nichts andrehen, er wusste nur, dass zwei Bier eins mehr waren, als sie normalerweise trank. In einer kleinen Stadt zu leben, in der jeder deine Macken kannte, war einmal reizvoll gewesen. Aber wenn man einsam war, fühlte es sich nach keinem großen Vorzug mehr an.

„Stella“, rief Travis. „Kannst du Callie ein Sandwich mit Weizentoast bringen, Tomaten und Mayo extra daneben? Und zwei Gurken.“ Er kannte ihre Bestellung perfekt.

Jap. Zeit, weiterzuziehen.

10

„Leg dich etwas mehr ins Zeug“, spornte Tiny ihn an. „Mehr! Genau so machen wir das unten in Georgia!“

Hank hatte mehr als genug für heute und das konstante Gequatsche des Trainers half auch nicht gerade. Seine Muskeln zitterten und sein Körper gehorchte ihm nicht mehr.

„Spann die Bauchmuskeln an. Du kannst es bis zur Wand schaffen“, feuerte Tiny ihn an.

Aber Hank konnte nicht mal in die Nähe dieser verdammten Wand kommen. Anstatt dies mit ruhiger Stimme zu erklären, brüllte er aus voller Kehle einen obszönen Fluch heraus.

Genau in diesem Moment ging die Tür zum Therapieraum auf und Callies erstauntes Gesicht erschien im Türrahmen. „Alles in Ordnung hier, Jungs?“ Die Worte sollten ungezwungen klingen, aber das Zittern in ihrer Stimme verriet ihr Unbehagen.

Perfekt. Einfach beschissen perfekt.

Hank dachte, er hätte bereits alle Möglichkeiten wahrgenommen, sich vor Callie wie ein Arsch zu benehmen, aber siehe da – er hatte noch eine weitere gefunden. Es war nicht Tinys Schuld, dass Hank nicht laufen konnte. Und es gab wirklich keine Entschuldigung dafür, in einer Therapiestunde derart die Nerven zu verlieren.

„Uns geht's bestens, Callie." Tiny versuchte, beschwichtigend zu klingen.

Callie stand noch einen Moment länger in der Tür und Hank wünschte sich, er könne im Boden versinken. Er hatte sie seit ein paar Tagen nicht mehr gesehen und hasste es, dass sie ihn so sah – rotes Gesicht, durchgeschwitztes T-Shirt. Er trug Beinschienen, die ihm bis zur Hüfte hoch gingen und er stützte sich schwer auf der hässlichsten Oma-Gehhilfe ab, die er je gesehen hatte.

„Na los", sagte Tiny in ruhigem Ton und zeigte auf die Wand.

Doch Hank schüttelte nur den Kopf. Die Zeit schien immer langsamer zu kriechen und die sich ausbreitende Stille drohte, sie alle zu verschlucken. Hank starrte auf seine Turnschuhe herab und wünschte sich, er könnte überall anders außer hier sein.

Endlich hörte er, wie sich Callie wieder aus dem Raum duckte und die Tür hinter sich schloss.

Wortlos rollte Tiny Hanks Stuhl hinter ihn. Hank setzte sich und beugte sich vor, um seine Knie aus den Beinschienen zu befreien.

„Lass die Finger davon, Kumpel. Du bist noch nicht fertig."

„Scheiße, und ob ich fertig bin."

„Nein. Eine Sache habe ich noch geplant." Er schwenkte Hank herum und stellte ihn vor einen schweren Boxsack, der von der Decke hing. Er hob die Boxhandschuhe vom Boden auf und reichte sie Hank. „Hoch mit dir. Auf geht's." Wortlos rammte Hank seine Hände in die Handschuhe. Tiny stellte die Scharniere von Hanks Beinschienen fest und zog ihn in den Stand hoch. Dann trat er den Rollstuhl weg. Er positionierte sich hinter Hank und hielt ihn mit den Händen am Brustkorb fest. „Hau rein, Mann."

Hank atmete tief durch. Dann holte er mit einem seiner kräftigen Arme aus und verpasste dem Sack einen Schlag.

„Fester."

Hank drosch auf den Sack ein. Es war erschöpfend, doch irgendwie war es genau das, was er brauchte. Wenn überhaupt, packte er in jeden weiteren Schlag mehr als in den vorherigen.

„Genau so, Mann. Lass es raus."

Hank straffte die Schultern und prügelte auf den Sack ein. Sein Mund öffnete sich und er brüllte einen Schrei voller Wut und Schmerz heraus.

Dann richtete er seine Handschuhe und holte erneut zum Schlag aus.

Am nächsten Tag sah Callie von ihrem Schreibtisch hoch und bemerkte, dass Tinys massiger Körper ihre Bürotür blockierte. „Hey, Schätzchen. Hast du 'ne Minute?"

„Für dich? Immer."

Tiny verschränkte die Arme vor seiner massiven Brust und legte den Kopf schräg. „Dr. Callie, kannst du Hank einen Gefallen tun?"

„Welchen denn?"

„Wenn Hanks Therapiesitzungen kontrolliert werden sollen, schick jemand anderen."

„Okay. Wieso?"

Tiny kratzte sich am Kinn. „Er mag es nicht, wenn du zusiehst. Jedes Mal, wenn du den Kopf durch die Tür steckst, kommt alles zum Stillstand. Ich denke, es liegt daran, dass du eine attraktive Frau bist und er sich nicht gerne vor dir abquält."

„Ich habe meinen Kopf nur durch die Tür gesteckt, um

herauszufinden, warum er dich anschreit. Denn das sollte nicht Teil der Therapiesitzungen sein."

Seine Miene war nachdenklich. „Das stimmt für gewöhnlich. Aber Hank arbeitet sich gerade durch seinen Ärger und das Fitnessstudio kann ein guter Ort dafür sein. Also... so läuft das in letzter Zeit zwischen uns. Ich höre mir seinen Scheiß an und dann sage ich: 'Dafür will ich jetzt aber noch zehn Wiederholungen von dir.' Und jedes Mal hält er dann die Klappe und liefert ab."

„Ich schätze, ich verstehe. Aber entgeht uns hier etwas?" Callie griff sich mit einer Hand an die eigene, schmerzende Schulter. „Sollte man sich Sorgen um ihn machen?"

„Nicht unbedingt. Hank steht kurz vor dem ersten Jahrestag seines Unfalls – nächsten Monat ist es soweit. Und das ist eine ziemlich große Sache." Tiny stellte sich hinter Callie und legte seine Hände auf ihre Schulter. „Oh oh, Boss. Da haben Sie aber eine ganz schöne Verspannung."

Er drückte seine Daumen in ihren Muskel und Callie wäre vor Erlösung fast umgekippt. „Wow", flüsterte sie, während seine Hände ihrer Schulter zeigten, was Sache war.

„Ja, die ist wirklich übel. Beug dich vor und lass den Kopf sinken."

Sie ließ sich auf ihren Schreibtisch fallen und seine magischen Hände fuhren fort, den Stress aus ihren Schultern zu massieren. „Meinst du damit, Hank glaubt, dass sich sein Zustand nicht mehr verbessern wird? Weil es jetzt schon ein Jahr lang so geht?"

„Das ist vermutlich seine Angst. Die Einjahresmarke hat nichts Positives für ihn. Sieh dir sein Leben an – er betreibt die Reha praktisch als Vollzeitjob. Beinahe jeden Tag. Er kann nicht gehen und ihm wird langsam klar, dass das wohl für immer so bleiben wird."

„Also..." Callie spürte, wie sich diese Erkenntnis schwer in ihrer Magengrube setzte. „Ist er *gescheitert*. Bei seinem Vollzeit-job." Das war selbst ihre größte Angst.

„Ja. Und ich wette, er hat keine Ahnung, was er sonst noch machen soll."

Einsichtig atmete Callie tief durch. Sie hatte mit ihrer eigenen Enttäuschung zu kämpfen, darüber, wie die Dinge mit Hank gelaufen waren. Aber das war nichts im Vergleich zu der Enttäuschung, durch die er sich gerade arbeitete. In diesem Moment wurde alles so viel einfacher zu ertragen. Er hatte *Ich hoffe, wir können Freunde bleiben* gesagt und allein der Klang dessen hatte sie geärgert. Aber er war ihr wichtig und das war alles, was zählte. Wenn er einen Freund brauchte, dann würde sie das für ihn sein. So einfach war das.

Hinter ihr ließ Tiny weiterhin seine geübten Daumen über ihre Nackenmuskulatur fahren und die Reibung seiner Finger auf ihrer Haut war wie Balsam für ihre Seele. *Das ist genau das, was ich gebraucht habe,* dachte sie.

Doch was brauchte Hank?

Zunächst einmal musste die Spannung zwischen ihnen verschwinden. Dazu war sie jetzt in der Lage. Was Hank von ihr brauchte, war auch das Einzige, was sie ihm geben konnte: Mitgefühl und Vergebung. Und Empathie. Es war brutal einfach, aber so war es.

Genau in dem Moment konnte sie spüren, wie sich die Verspannung in ihrer Schulter löste.

„*Da* haben wir es ja", sagte Tiny mit Genugtuung in der Stimme.

„Tiny. Jetzt wäre ein richtig guter Zeitpunkt, mich um eine Gehaltserhöhung zu bitten."

Er kicherte. „Kann ich eine Gehaltserhöhung haben?"

„Leider nein. Aber wenn es nach mir ginge..." Sie ließ ihren Kopf noch ein Stück weiter nach vorne sacken. „Du hast keine Ahnung, wie viel besser du meinen Tag gemacht hast."

„Dann ist es vielleicht ein guter Zeitpunkt, dich um einen Gefallen zu bitten. Ich habe mir ein Stück vom Zahn abgebrochen und der Zahnarzt könnte mich morgen um halb fünf dazwischen schieben. Andernfalls müsste ich drei Tage warten."

„Halb fünf..." Callie versuchte nachzudenken, aber ihr Verstand verwandelte sich in einen glückseligen Brei, als sich Tinys Finger zu ihrer Schädelbasis vorarbeiteten.

„In der Stunde arbeite ich eigentlich mit Hank, aber ich müsste dann mittendrin gehen. Ich weiß nicht, was das für unsere Datenerfassung heißt, aber ich schätze er hat nichts dagegen, die Einheit abzukürzen."

„Okay, Tiny. Ist schon in Ordnung, vielleicht finde ich ja jemand anderen, der für dich übernehmen kann. Überlass das ruhig mir."

Als Hank am nächsten Nachmittag in die Umkleidekabine rollte, fand er eine weitere Parodie eines Motivationsposters an seiner Spindtür. Auf diesem war das Bild einer Wiese voller Gänseblümchen. Darunter stand: „BLÜHE DORT, WO DU GEPFLANZT WURDEST. Denn so machen Pflanzen das. Und von denen habe ich noch nie eine Beschwerde gehört."

Hank lachte in sich hinein. Vielleicht hatte Callie entschieden, dass sie wieder mit ihm befreundet sein wollte. Und das war eine gute Sache, selbst wenn ihr Anblick ihm noch Schmerzen bereitete.

Im Therapieraum fiel Hank auf, dass Tiny ihn heute ziemlich sachte anging. Die verhasste Gehhilfe stand in der Ecke und die Hantelbank nahm nun die Mitte des Raumes ein. „Ich dachte, wir machen heute etwas für Brust und Rücken", sagte der große Trainer. „Ich will nicht, dass du mir die Schuld gibst, wenn deine Leistung beim Bankdrücken leidet."

„Aha. Hör zu, Tiny. Wenn du willst, können wir heute auch mit den Gehübungen weiter machen – ich schwöre, dass ich nicht ausrasten werde."

„Ich weiß, dass du das nicht wirst. Aber ich muss in fünfzehn Minuten gehen und ich weiß nicht, ob Doktor C. jemanden gefunden hat, um mich zu ersetzen."

„Dich kann niemand ersetzen, Großer", säuselte Hank.

„Ach, jetzt trägst du aber ein bisschen dick auf. Möchtest du Bankdrücken machen oder sollen wir mit ein paar Klimmzügen starten?"

Hank ließ zwei, drei Mal die Schultern kreisen und beäugte Tiny. „Machst du auch Klimmzüge, großer Mann?"

Der Trainer grinste. „Ich bekomme das Kinn schon ein paar Mal über die Stange. Wieso?"

„Wie wär's mit einer kleinen Wette? Der mit den meisten Wiederholungen gewinnt."

Tiny verschränkte die Arme und lachte. „Was gewinne ich denn, wenn ich dich schlage?"

„Setzen wir es nicht zu hoch an, ich will dir nicht allzu weh tun. Wir ziehen die Wiederholungen des Verlierers von denen des Gewinners ab und die Differenz sind die Runden Bier, die er dem Gewinner schuldet."

„Na gut. Aber du fängst an."

Hank rollte zur Klimmzugstange herüber und realisierte, dass er keine Ahnung hatte, wie er an die Stange kommen sollte. Doch Tiny kam hinterher und kniete sich mit dem Rücken zu Hank vor ihn. „Komm schon. Huckepack."

Na gut. Hank kippte nach vorne und legte die Arme um Tinys Hals. Der Trainer richtete sich in den Stand auf und nahm dabei Hanks Knie unter die Arme. Eine Sekunde später war Hank auf Augenhöhe mit der Klimmzugstange. Er griff danach und Tiny ließ ihn los und ging zur Seite.

Ohne Zeit zu verlieren, festigte Hank seinen Griff und

begann zu ziehen. „Eins", sagte er, während er sich herabließ. „Zwei", zählte Tiny für ihn weiter. „Drei." Mit der Picke seiner Sportschuhe trat der große Mann eine dicke Sportmatte unter Hank. „Vier. Fünf. Sechs..."

Hank versuchte, ein Tempo zu finden, das er gut beibehalten konnte. Er hatte schon länger keine Klimmzüge mehr gemacht, aber er machte eine Menge Curls und nutzte den ganzen Tag über seine Oberkörperkraft. Es fühlte sich gut an, seinen Körper wie jeder normale Mensch in die Luft zu hieven.

„Zwölf. Dreizehn. So langsam muss ich mir Sorgen machen", kicherte Tiny.

„Hey, Jungs! Was läuft denn hier?"

Beim Klang von Callies Stimme biss Hank die Zähne zusammen. Jetzt musste er dieses Ding gewinnen. Es war eine Frage der Würde.

„Sechzehn... oh, er wird langsamer! Halleluja. Siebzehn... Achtzehn. Kacke."

Hanks Arme zitterten wie verrückt. Er würde morgen dafür bezahlen, aber das war es vermutlich wert. Die Stange war jetzt glitschig von seinem Schweiß, das hier würde also bald vorbei sein.

„Neunzehn... Zwanzig. Das ist viel, oder? Einundzwanzig..."

Mehr konnte er nicht aufbringen. Hank ließ los und fiel mit den Vorderarmen voraus runter. Mit einem Lachen sank er in die Matte ein. „Das musst du erstmal schlagen!"

„Was macht ihr Rowdys hier überhaupt? Musst du nicht los?", fragte Callie Tiny.

„Ich gehe nicht, bevor ich das Ding hier nicht gewonnen habe. Nur ein kleiner, freundschaftlicher Wettkampf. Beweg deinen Arsch zur Seite, Hank."

Hank rollte sich zum Rand der Matte und setzte sich auf. Tiny stellte seinen Rollstuhl vor ihn und Hank stützte sich auf die Armlehnen und zog sich hoch. Seine Arme waren wie Gelee.

„Gut, dass du deine Arme nicht zum Zählen brauchst. Es sei denn du zählst mit den Fingern?" Tiny trat die Matte aus dem Weg und wischte die Klimmzugstange ab.

„Kann ich meine Schuhe anlassen?", fragte Hank. „Wenn du nur zehn machst, muss ich nicht mit den Zehen weiterzählen."

„Klug...", sagte Tiny und griff für seinen ersten Klimmzug an die Stange. „Scheißer...", stieß er beim zweiten aus.

Hank sah zu, wie sein Trainer sehr schnell acht Klimmzüge hintereinander machte. Dann räusperte er sich und packte seine beste Tiny-Imitation aus. „Oh, das sieht gut aus, Mann! Wirklich gut! Ich wusste, dass du mit den großen Jungs spielen kannst."

Tiny stieß ein kurzes Lachen aus und versuchte, ihn zu ignorieren.

„Lass krachen, Baby", sagte Hank bei der zehnten Wiederholung. „Die Leute auf den hinteren Plätzen wollen auch was für ihr Geld."

Callie begann zu kichern. „Mensch, Hank. Du klingst genau wie er."

„Nicht langsamer werden, Mann!", kommentierte Hank weiter. „Gib noch etwas mehr Gas. Genau! So machen wir das in Georgia."

Callie prustete los und Tiny schnaubte frustriert. Bei der fünfzehnten Wiederholung begannen seine Arme zu zittern. Mühsam machte er drei weitere und dann ließ er sich für eine Sekunde hängen. Diese Pause – das war der Todesstoß bei Klimmzügen. Hank beobachtete, wie Tiny sich noch ein weiteres Mal hoch zog, das Kinn aber nicht mehr über die Stange bekam. „Verdammt", sagte er, als er sich wieder auf die Füße herab ließ und geschlagen die Hände senkte. „Revanche nächste Woche?"

„Auf jeden Fall", stimmte Hank zu. „Aber ich werde weiter üben."

Als der Trainer den Raum verlassen hatte, wandte Callie

sich ihm zu. „Deine Tiny-Imitation war zum Schreien", sagte sie mit einem ehrlichen Lächeln. Es wärmte sein Herz, dieses Lächeln zu sehen.

„Ich bin nur hier, um zu unterhalten."

„Er musste zum Zahnarzt. Ich habe keinen Ersatz für ihn gesucht, weil ich dachte, du könntest mal eine Pause davon gebrauchen, dich ständig vom Trainingspersonal herumkommandieren zu lassen."

Hank zögerte. Sie verstand ihn. Das hatte sie schon immer getan. Und außerdem kam er nicht umhin, den tiefen V-Ausschnitt ihrer Bluse zu bemerken, oder die Art, wie sich deren Knöpfe unter ihrem Busen leicht spannten. *Hör auf, da hinzugucken, Arschloch. Das wirst du nie wieder sehen.* Er hob den Blick und sah ihr in die Augen. „Ich bin da gestern wohl etwas ausgerastet. Aber das kommt nicht nochmal vor. Mir geht's wieder besser."

„Trotzdem", sagte sie und leckte sich über die Lippen. Bei dem Anblick wollte er sie sofort küssen. „Jeder braucht mal einen freien Tag."

„Also..." Er zögerte. „Soll ich einfach früher nach Hause gehen?"

„Das könntest du", sagte sie. „Aber ich hatte eine bessere Idee."

Während er darauf wartete, dass sie ihm ihre Idee verriet, hoffte er, dass sein Gesicht nicht rot wurde und die schmutzigen Gedanken preisgab, die ihr Satz bei ihm ausgelöst hatte.

Sie lächelte ihn an. „Gestern hat mir Tiny eine fantastische Schultermassage gegeben, die mein Leben verändert hat."

Hank musste lachen. Doch er senkte den Blick dabei, weil es zu schmerzhaft war, ihr hübsches Gesicht anzusehen. Er konnte sich an keine andere Frau erinnern, die ihm jemals so unter die Haut gegangen war.

„Ich dachte, das gebe ich weiter. Wenn du mich lässt."

Ihm gelang es vermutlich nicht besonders gut, die Überraschung in seinem Gesicht zu verbergen. „Wieso?"

Sie zuckte die Schultern und ihre Wangen erröteten leicht. „Du wolltest, dass wir Freunde sind. Ich bin freundlich. Leg dich auf den Tisch, okay? Und zieh dein T-Shirt aus."

Verdammt. Obwohl er sie verletzt hatte, stand sie hier vor ihm und versuchte, die Dinge zwischen ihnen wieder gerade zu rücken. Sie war so stark und Hank fühlte sich wie ein Mistkerl. Er wollte nein sagen, weil er es unerträglich fand, so nah bei ihr zu sein. Aber das würde sie nur noch tiefer kränken.

Sie seufzte. „Oder du kannst einfach früher nach Hause gehen. Aber bekommst du regelmäßige Massagen?"

„Nein." Er rutschte in seinem Stuhl hin und her. „Ich hab darüber nachgedacht, aber ich muss jemanden finden, der mit meinem Übergangsbereich umgehen kann. Sonst ist das sehr unangenehm." Callie wusste, was er meinte.

Sie legte die Stirn in Falten. „Ich verstehe. Aber ich denke, du könntest von den Massagen wirklich profitieren. Wenn dir nicht wohl dabei ist, dass ich deinen Rücken berühre, kann ich etwas herumtelefonieren und jemand anderes mit Erfahrung bei Rückenmarksverletzungen finden."

Er griff sich mit beiden Händen ans T-Shirt und zog es sich über den Kopf. „Wir können es ja mal versuchen."

„Du klingst nicht überzeugt", hakte sie nach. „Wenn du lieber nach Hause oder in den Whirlpool möchtest, ist das auch vollkommen in Ordnung."

Er stützte sich mit den Händen an der Tischkante ab und hievte den Rest seines Körpers mit einem Hüftdreh auf den Tisch. „Naja..." Er versuchte ein Lachen. „Solange du mich nicht folterst. Nicht, dass ich es nicht verdient hätte."

„Ich schätze, das wirst du jetzt herausfinden", sagte sie und ihre Mundwinkel zuckten. „Warum erträgst du es nicht einfach wie ein Mann." Sie deutete auf das Tischende. „Leg dich hin. Sehen wir mal, wie verspannt du wirklich bist."

Verspannt? Ziemlich. Er rutschte in die richtige Position, legte sich auf den Bauch und nahm die Hände über den Kopf. Vor seinem Unfall hatte er ständig Massagen bekommen. Es gab einen Salon in Park City, den er besonders genossen hatte. Der Name des Mädchens war Hella. Nachdem sie herausfand, dass er großzügiges Trinkgeld gab, wurden die Massagen noch besser.

Damals hatte es wie keine große Sache gewirkt. Nur ein weiterer billiger Kick in seinem vergnügungssüchtigen Leben. Doch wenn er jetzt daran zurückdachte, fühlte er sich nur leer.

Callie legte ihre weichen Hände auf seinen Nacken und ihre Finger gruben sich in seine Muskeln. Er schloss die Augen und versuchte, an nichts zu denken. Obwohl, vielleicht wartete sie darauf, dass er sich ein weiteres Mal bei ihr entschuldigte. „Callie..."

„Pssst, okay?", unterbrach sie ihn. „Solange du mir nichts zu dem sagen willst, was ich hier gerade tue, kann es warten. Entspann dich einfach."

Was soll's. Ihre Hände waren stark und sein Nacken verspannt. Er seufzte und gestattete es seinem Körper, sich auf dem Tisch zu entspannen. Sie rollte ihre Daumen in kleinen Kreisen über seine Schädelbasis. „Gott, ja", sagte er.

„So ist's gut", murmelte sie.

Unter dem Druck ihrer Hände schmolz er dahin. Zentimeter für Zentimeter arbeitete sie sich seinen Nacken herab und zu seinen Schultern vor. Dann verließen ihre Hände ihn für eine kurze Unterbrechung. Als sie zurückkamen, glitten ihre Finger noch geschmeidiger über seine Haut. Das Massageöl fühlte sich himmlisch an. Er hörte sich selbst aufstöhnen.

„Wie fühlt sich die Folter bis jetzt an?", fragte sie leise.

„Quäl mich ruhig weiter, Doc."

Langsam arbeitete sie sich mit kräftigen Strichen seinen Rücken runter. Seine Augen waren geschlossen und während er abdriftete, gingen ihm entspannende Bilder durch den Kopf. Er dachte an Sonnenschein und sah den Hang eines schneebedeckten Berges, der sich vor einem blauen Himmel absetzte. Sein altes Leben war immer da und wartete hinter seinen Augenlidern, um ihn daran zu erinnern, was er alles verloren hatte. Er seufzte und versuchte, an nichts zu denken, außer an Callies Berührung.

Zwangsläufig kamen ihre Hände irgendwann an seinem Hosenbund an. Während sie der misslichen Stelle näher kam, an der sich die normale Empfindung abrupt zu etwas Fremden und Unangenehmen änderte, spannte er sich an.

Sie hielt inne und ließ die Hände ruhen, weiterhin fest auf seine Haut gedrückt. „Ist das zu weit unten?", fragte sie.

Er räusperte sich. „Da ist's noch okay", sagte er. „Aber nicht weiter runter."

„Alles klar. Beim Drachenschwanz links abbiegen", sagte sie mit einer Anspielung auf sein Tattoo. „Versuch, dich nicht zu verspannen, okay?"

Er ließ sich relaxt auf den Tisch sinken und sie knetete mit ihren Händen wieder weiter oben. Als sie aus der Gefahrenzone seines Übergangsbereichs war, wurde ihre Berührung etwas sanfter. Mit federleichten Fingerspitzen strich sie an seinen Seiten entlang. Es fühlte sich verdammt gut an. Sogar seine Brustwarzen begannen, lustvoll zu kribbeln.

Hank lag ganz ruhig da. War das Absicht? Während er sich das noch fragte, gingen ihre Hände wieder zu der traditionellen Massage über und kneteten die Muskeln unter seiner Haut. Entspannt atmete er langsam aus. Wie lange war es her, dass ihn jemand so liebevoll berührt hatte? Etwa elf Monate. Das Rumknutschen mit Callie war das einzige Mal gewesen, dass fremde Hände seinen Körper berührten, ohne dass sie seine

Haltung korrigierten oder mit einem eisigen Stethoskop seinen Herzschlag abhörten.

Jesus. Ihm war gar nicht klar gewesen, wie sehr es ihm gefehlt hatte.

Zu seiner Freude setzte sie jetzt wieder ihre geschickten Finger ein. Wieder liebkoste sie seine Seiten mit dem süßen Streicheln ihrer Hände. Er war drauf und dran, nach mehr zu betteln. Vielleicht wusste sie das oder vielleicht war es nur ihre Art, ihn zu entspannen. So oder so, er fühlte sich wie ein Blitzableiter in einem Gewitter.

Wieder fuhren ihre Finger leicht und angenehm über die empfindliche Haut an seinen Seiten. Hank atmete gleichmäßig und entschied, dass Callie genau wusste, was sie tat. Sie zeigte ihm, was er hätte haben können, wenn er nicht weggerannt wäre. *Na gut. Ich hab's gerafft, Lady.* Beinahe hätte er es laut ausgesprochen, aber als sie nochmals an den Seiten seiner Brustmuskeln entlang strich, entschied er sich, es einfach geschehen zu lassen. Es stand ihr frei, ihm ihren Standpunkt auf diese Art zu zeigen und es stand ihm frei, es zu genießen.

Callies Finger schweiften wieder seinen Oberkörper herab, immer noch sanft und zärtlich. Er genoss es zu sehr, um in Panik zu geraten, als sie sich seinem Übergangsbereich näherte. Doch als diese Fingerspitzen tiefer wanderten, fragte er sich, ob er sie erneut daran erinnern müsste. Ganz plötzlich fuhr sie mit den Daumen über den oberen Rand dieses reizbaren Streifens Haut und das Gefühl ließ ihn die Luft anhalten. Denn anstelle von Unbehagen, verspürte er ein so tiefes und feines Kribbeln, wie er es noch nie zuvor erlebt hatte.

Was zur...?

Bevor er seine Reaktion verarbeiten konnte, hatten sich Callies Finger wieder in sicherere Gefilde seine Wirbelsäule hoch zurückgezogen. Sachte drückte sie zu jeder Seite der Wirbelsäule und ihre Daumen zogen kleine Kreise. Das war die seltsamste Massage, die er je bekommen hatte, und er hatte keine Ahnung, was Callie im Schilde führte. Aber es war unendlich besser als eine weitere schweißtreibende Sitzung mit Tiny an den Parallelbarren.

Hank atmete tief durch und entspannte sich unter ihrer Berührung. Aber heilige Scheiße. Sie war wieder an seiner Taille und strich mit den Fingern über den oberen Rand seines sensiblen Bereichs. Und die Wirkung war genau dieselbe, wenn nicht sogar noch intensiver. Dieses Mal führte ihre Berührung auch an seinen Seiten herab, bis zu seinem Bauch. Er verspürte eine so intensive Wonne, dass er sich an das erste Mal zurückerinnert fühlte, als ein Mädchen ihre Finger langsam an dem Gummiband seiner Unterhose vorbei in seinen Schritt gleiten ließ. Das einmalige Streicheln von Callies Fingern hatte dieselbe Wirkung – das überwältigende Gefühl einer ersten, intimen Berührung. Ungebeten tauchte das Gesicht der sechzehnjährigen Hannah Smith vor seinem inneren Auge auf und er biss sich auf die Lippen, um nicht loszulachen. *„Scheiße...",* murmelte er.

Callies Hände hielten auf seinem Rücken inne. „Willst du, dass ich aufhöre?", flüsterte sie. „Ist dir das unangenehm?"

„Wag es *bloß* nicht, jetzt aufzuhören." Die Worte kamen barscher heraus, als er beabsichtigt hatte. Aber... *verdammt.* Das hatte er seit Ewigkeiten nicht mehr gefühlt. Einfach nur genießen um des Genusses willen. Es war berauschend.

Callies warme Finger arbeiteten sich wieder zu seinem Nacken hoch. Dann beugte sich diese bezaubernde Masseurin über seinen Rücken, bis einige ihrer Haarsträhnen über seine Schulter tanzten. Sie drückte ihm ihre Lippen ins Genick. Dort verweilte ihr Kuss, während ihre Zunge über seine Haut fuhr, als würde sie ihn schmecken. Er hielt den Atem an, als sie ihre Lippen nah an sein Ohr führte. „Ich mache das nicht nochmal.

Aber du sollst wissen, dass ich dich gern habe. Und dass ich nicht nachtragend bin."

Hank presste die Augen zusammen und wehrte sich gegen die Flut der Emotionen. Er liebte Callies sinnliche Berührung und es tat ihm leid, dass er ihr weh getan hatte. Und er wünschte sich, dass die Dinge zwischen ihnen anders stehen könnten. Ihm fiel nur eine Art ein, ihr das zu zeigen. Er hob einen Arm vom Tisch, legte ihn ihr um den Hals und zog ihren Mund zu seinem herab. Sein Kuss war feucht und wild und er ließ seine Zunge in ihren Mund gleiten, um keinen Spielraum für Missverständnisse zu lassen.

Callie stieß einen kleinen, sexy Überraschungslaut aus. Für einen Moment erwiderte sie seinen Kuss, doch dann zog sie sich sachte zurück und arbeitete weiter an seiner Wirbelsäule. Hank atmete ein weiteres Mal tief durch. Ob es ihr bewusst war oder nicht, Callie machte ihn fertig. Sein Leben und die Tatsache, dass er sie nicht haben konnte, machten ihn unglücklich und seine Zukunft betrachtete er mit düsterem Blick. Aber in diesem Moment war das alles etwas weniger schlimm. Jetzt gerade, in diesem Raum, unter der Reibung ihrer Hände, war alles in Ordnung. Ihre wohlwollende Berührung war genug.

Er versank wieder in der Dunkelheit hinter seinen Augenlidern. Die einzigen Geräusche waren das Rauschen des Bluts in seinen Ohren und der süße Laut von Callies Atmung, während sie arbeitete. Der Apfelduft ihres Shampoos hüllte ihn ein, als sie sich erneut vorbeugte und ihn ein zweites Mal im Nacken küsste. Sanft küsste sie seinen Rücken herab und ihre Hände folgten ihr mit großzügig streichenden Kreisen. Als sie die verrückte, erogene Zone, ehemals bekannt als seine Taille, erreichte, kratzte sie ihn leicht mit den Fingernägeln. Das Gefühl ließ ihn beinahe durch die Decke gehen.

Dann senkte sie ihren Mund an derselben Stelle herab und verteilte dort mit offenem Mund sanfte Küsse. Und Hank stieß einen Ton aus, den man nur als erregtes Stöhnen bezeichnen konnte.

Ihre Küsse wurden schneller und zogen eine heiße Linie seinen Rücken hinauf. Als sie seinem Gesicht näher kam, nahm sie sein Ohrläppchen in den Mund und saugte daran.

„*Oh Gott...*", presste er hervor, als sie sich wieder daran machte, über seine Taille zu streichen. Seine Atmung wurde flach und unregelmäßig. Er bemerkte, dass er seine Hüfte hin und her rollte und begriff, dass der Drang dazu vom Druck in seinem Schritt stammte. Die gute Art von Druck.

Ausgerechnet Callie hatte ihm einen gigantischen Ständer besorgt und das allein indem sie seinen Rücken berührte. Das war so schräg. Ihre Finger waren jetzt weiter unten an seiner Taille, als er es für möglich gehalten hatte. Wann immer ein Arzt oder eine Krankenschwester ihn dort berührten, war es schrecklich unangenehm. Aber Callies Schleichangriff hatte ihm kaum kontrollierbare Erregung gebracht – die Art, wie er sie verspürt hatte, wenn er sich als Teenager einen *Playboy* ansah.

Unglaublich.

Und dann machte sie es *wieder*, ihre Fingernägel tanzten über seine Taille und schürten das Feuer. Die Laute, die er jetzt von sich gab, hätten direkt aus einem Pornofilm stammen können.

Sie beugte sich wieder an sein Ohr und gab ihm einen weiteren, langen Kuss. Dann sagte sie: „Du kannst dich jetzt anfassen, wenn du willst."

Er zögerte gerade lange genug, um sich davon zu überzeugen, dass er sich nicht verhört hatte. Dann rollte er sich leicht zur Seite, steckte die Hand in seine Shorts und schloss seine Finger um die beeindruckende Erektion, die er dort fand. Während Callie weiter mit den Fingernägeln seine Seiten entlang strich, streichelte er sich selbst. Mit zitternden Fingern griff er tiefer und drückte behutsam seine Hoden. Dann knabberte Callie an seiner Hüfte und er hielt es nicht länger aus. Er drückte seine Schultern vom Tisch hoch und ließ mit einem bebenden Stöhnen den Kopf nach vorne fallen. Es schien in Zeitlupe abzulaufen. Seine Hüften bebten vor Lust und heißer Samen ergoss sich in seine Hand. Das erste Mal seit fast einem Jahr.

Callies Hände hielten inne.

Nach zwei Herzschlägen sank er auf den Tisch zurück und stieß einen tiefen Seufzer in seine Armbeuge. Einen Moment lang herrschte absolute Stille, er konnte nur seinen eigenen Atem und sein klopfendes Herz hören. „Was zur Hölle ist hier gerade passiert?", keuchte er gedämpft in seinen Arm.

Sie räusperte sich. „Wenn du das nicht weißt, tun mir deine alten Freundinnen leid."

Er lachte kurz auf, hielt sein Gesicht aber sicher in seinem Ellenbogen verborgen. Er konnte weder sein Gesicht, noch all die Emotionen zeigen, die wahrscheinlich darauf zu lesen waren – Schock, Lust, Erleichterung. Und eine dicke Portion Scham.

Er hörte, wie ein Papierhandtuch abgerissen wurde und Wasser ins Waschbecken lief. Callie legte ein feuchtes Papiertuch neben seine Hand auf den Tisch. Dann streichelte sie ihm in einer warmen Geste über den Kopf. Direkt danach hörte er ihre Schritte, die den Therapieraum verließen.

Die Tür fiel ins Schloss und sie kam nicht mehr zurück.

11

Das Hochgefühl, das Callie überkam, nachdem sie Hank... äh... *glücklich* gemacht hatte, ließ erstaunlich schnell wieder nach. Ihre Wohnung war genauso still und einsam wie immer, als sie nach Hause kam.

Außerdem schickte sich ihr alter Freund „Demütigung" an, hinter ihr durch die Tür zu kriechen.

Was *um Himmels Willen* hatte sie sich dabei gedacht?

Sie hatte den Therapieraum mit der Absicht betreten, Hank zu entspannen und ihm das Gefühl von Wertschätzung zu geben. Als Tiny ihr am Tag zuvor so großartig die Schultern massiert hatte, war Callie aufgefallen, wie selten sie von liebevollen Händen berührt wurde. Es schien nur logisch anzunehmen, dass Hank in demselben einsamen Boot saß.

Aber als sie ihn dann berührt hatte, begann er, sich unter ihren Fingern zu regen und zu strecken und sie hatte die Dinge außer Kontrolle geraten lassen. Nachdem sie merkte, wie er auf so lustvolle Art reagierte, war sie trunken von ihrer eigenen Macht geworden. In dem Moment, in dem sie seinen Nacken küsste, hatte sie eine Grenze überschritten. Sie hatte nicht vorgehabt, das zu tun, aber es war so befriedigend gewesen, eine

Reaktion bei dem Mann hervorzurufen, der sie abgewiesen hatte.

Soviel zu ihrer Selbstlosigkeit.

Innerhalb von nicht einmal zehn Minuten hatte sie aus ihrer süßen Absicht eine erotische Situation gemacht. Himmel, es gab wahrscheinlich Pornofilme, die so anfingen. Der nichtsahnende Mann legt sich auf den Massagetisch und dann...

Argh.

Schon *wieder* hatte sie sich viel zu weit aus ihrer Komfortzone gewagt und würde jetzt die unangenehmen Konsequenzen tragen müssen. Callie hatte sich immer für einen intelligenten Menschen gehalten, doch in letzter Zeit gab es eine beunruhigende Beweislast für das Gegenteil. Hank verwandelte sie in eine Vollidiotin. Und das schon seit ihrem ersten Aufeinandertreffen.

Während ihre Gedanken endlos um ihre spektakuläre Fehlentscheidung kreisten, begann sie, sich Sorgen um die möglichen Konsequenzen zu machen. Hank würde sie nicht verraten, dafür war er nicht der Typ. Aber was, wenn jemand gesehen hatte, wie sie einen Patienten küsste? Nicht *ihren* Patienten natürlich, aber dieses Detail würde kaum eine Rolle spielen, wenn es ihre Geschichte auf die Titelseite der Lokalzeitung schaffte, nicht wahr? *Einheimische Ärztin belästigt Patienten. Die Reportage gleich nach dem Sonntagabendfilm.*

Film. Hatte das Krankenhaus Überwachungskameras im Therapieraum? Allein der Gedanke ließ Callie vom Sofa aufspringen und in die Küche gehen, um sich ein Glas Wein einzuschenken. „Ich bin der größte Trottel der Welt." Callie sprach diesen Satz laut aus und in ihrer Wohnung war es so still, dass ihre Worte praktisch direkt zu ihr widerhallten.

Sich ins Gedächtnis zu rufen, dass Hank sie auch geküsst hatte, beruhigte sie nicht. Denn *sie* war die Ärztin. Sie hatte eine Verpflichtung ihm gegenüber und nicht andersherum.

Callie verfiel in eine anhaltende Nervosität und schlief die nächsten Nächte nicht besonders gut. Ihr Gewissen quälte sie bis spät in die Nacht hinein. Die kleine, verzagte Stimme, die darauf hinwies, dass sie immerhin dafür gesorgt hatte, dass Hank sich gut fühlte und wie sehr er das gebraucht hatte, konnte sich nicht durchsetzen.

Was sie getan hatte, war trotzdem nicht okay. Und sie hörte es wie ein monotones Trommelschlagen in ihrem Kopf. *Nicht okay. Nicht okay.*

Die darauffolgenden Tage hatte sie ein erschöpfendes Arbeitspensum zu bewältigen. Als sie nach einem weiteren anstrengenden Krankenhaustag abends nach Hause kam, fand sie Hank vor, der auf einer Bank vor ihrer Wohnung saß und wartete.

Sie versuchte, ihre Gesichtszüge unter Kontrolle zu halten, aber sie war zu geschafft, um eine höfliche Unterhaltung zu führen.

„Hi", sagte er schnell. „Hast du eine Minute?"

Nicht wirklich. Callie hoffte, dass er nicht allzu lange auf sie gewartet hatte, denn sie musste sich jetzt möglichst schnell auf ihr Sofa werfen. „Was gibt's?", sagte sie, während sie sich neben ihn setzte.

„Naja", sagte er mit gesenkter Stimme. „Das letzte Mal, als ich zu dir gekommen bin, um mich zu entschuldigen, lief nicht so gut. Also wollte ich dir nur nochmal sagen, wie leid es mir tut, dich damals in Verlegenheit gebracht zu haben. Du hast keine Ahnung, wie viel du mir bedeutest." Er lachte nervös. „Naja, nach letztem Freitag weißt du es vielleicht."

Callie unterdrückte ein Seufzen. „Wir müssen darüber nicht reden. Ich hab's dir ja gesagt – ich bin nicht nachtragend."

Er griff nach ihrer Hand, die auf der Bank lag, und massierte sie kurz mit seiner warmen Handfläche. „Ich weiß, was du gesagt hast. Aber ich möchte trotzdem, dass du mich verstehst.

Die Reaktion, die ich an dem Tag hatte... normalerweise klappt das nicht mehr so gut bei mir. Ich lag die halbe Nacht wach und habe versucht, mich davon zu überzeugen, dass es wirklich passiert ist."

Callie musste diese Unterhaltung beenden und hineingehen. „Weißt du, es gibt Spezialisten, die sich ständig mit sowas befassen. Ich wette, die meisten Jungs im Therapieprogramm gehen zu einem Urologen."

„Ich weiß. Ich habe bereits einen Termin gemacht." Stille breitete sich zwischen ihnen aus, aber sie war nicht unangenehm. Schließlich sprach er weiter. „Meine Freundin hat mich direkt nach meiner Verletzung verlassen. Ich wurde vom..." Er hielt inne.

„Weiberhelden?", bot sie an.

Er verdrehte die Augen. „Ich bevorzuge den Begriff 'Player'. Jedenfalls wurde ich von dem Typen, dem die Mädels ihre Höschen nachwarfen zu einem Kerl, der keinen mehr hoch bekommt. Meine Freundin hat mich schon abserviert, als ich noch einen Katheter in meinem..." Er sah zu ihr hoch. „Sie sagte, 'Ich bin Sportlerin und brauche einen echten Mann', und dann war sie weg."

„Wie alt war sie?"

„Vierundzwanzig."

„Und warst du ein Inbegriff der Weisheit, als du vierundzwanzig warst?"

„Nur wenn ich bekifft war."

Callie seufzte. „Also hast du dir von einer vierundzwanzigjährigen Hexe einreden lassen, dass du nicht länger ein sexuelles Wesen bist?"

„Na, wenn du es *so* ausdrückst..." Jetzt seufzte er auch. „Hör zu, ich wollte dir nur nochmal sagen, wie leid es mir tut, dass die Dinge zwischen uns so schief gelaufen sind. Ich habe keine hohe Toleranzschwelle, was Demütigung angeht."

Callie verspürte das ungebetene Stechen von Tränen in ihrem Rachen. *„Komisch*, ich auch nicht."

Er räusperte sich. „Ich weiß. Es tut mir leid, dass ich dir das angetan habe."

„Ich weiß, dass es dir leid tut. Aber du bist nicht der Einzige hier, der kürzlich verlassen wurde und gesagt bekam, er sei nicht mehr sexy genug."

Seine Augen wurden groß. „Wer würde so etwas zu dir sagen?"

„Mein Freund, mit dem ich zusammengelebt habe. Er ist auch Arzt im Krankenhaus." Sie sah weg. „Ich habe ihn dabei erwischt, wie er mich mit einer jungen Krankenschwester betrogen hat."

„Warte... der dürre Typ mit der Brille? Der dich gefragt hat, ob du seine Schicht übernehmen kannst?"

Sie zuckte die Schultern.

„Moment mal, Mädchen. Also hast du den kleinen Scheißer in flagranti erwischt. Wenn er gesagt hat, du seist nicht mehr sexy genug, hat er nur versucht, die Schuld zu teilen. Er ist ein Feigling, Callie. Ich hoffe, das hast du ihm gesagt."

„Nicht wirklich. Stattdessen habe ich das Echo seiner Worte in meinem Kopf herumgetragen. Aber trotzdem..." Sie schluckte. „Trotzdem war ich bereit, mich auf dich einzulassen. Und du weißt ja, wie das ausging."

„Ich habe dich nicht *abgewiesen*, Callie."

„Ich weiß, dass du das denkst. Aber wenn du versuchen würdest, dich in jemand anderen hineinzuversetzen, könntest du vielleicht sehen, wie es für mich war."

„Scheiße. Es tut mir leid, okay? Ich hatte Angst."

„Ich weiß. Und jetzt habe ich auch Angst. Also, danke dafür." Ihre Stimme zitterte, als sie dies sagte, und sein Gesicht wurde lang. „Ich habe zwölf Stunden gearbeitet, Hank. Ich bin zu müde, um diese Unterhaltung zu führen und sie nicht mit..."

Beinahe hätte sie *Tränen* gesagt. „ ...mieser Laune enden zu lassen", sagte sie stattdessen.

Hank ergriff ihre Hand und führte sie an seine Lippen. Zärtlich küsste er ihre Handfläche. „Gibt es diese Woche auch Tage, an denen du keine zwölf Stunden arbeiten musst? Denn ich würde dich wirklich gerne zum Essen einladen."

Callie rutschte das Herz in die Hose. „Ich kann nicht *Ja* sagen", sagte sie leise. „Es wäre ethisch nicht vertretbar für mich, mit einem Patienten aus dem Therapieprogramm auszugehen. Ich hätte nie..." Sie räusperte sich. „Was ich neulich getan habe... das war falsch."

Seine Gesichtszüge entglitten. „Das ist nicht wahr. Denn was du an dem Tag gemacht hast, hat mich etwas fühlen lassen, was ich seit sehr langer Zeit nicht mehr gefühlt habe. Du hast mich aus meinem Kopf befreit und mich wachgerüttelt. Und es ist echt kacke zu hören, dass du dich deswegen jetzt schlecht fühlst."

Callie hatte einen Kloß von der Größe New Englands im Hals. Denn ihr wurde klar, dass hier noch etwas anderes vorging. Vielleicht fühlte sich Hank nur zu ihr hingezogen, *weil* sie eine Ärztin war. An wen würde sich ein gelähmter Mann wenden, wenn er Hilfe brauchte, seinen neuen Körper nach dem Unfall zu verstehen? An eine Ärztin. Und vorzugsweise an eine, die alles über Lähmungen gelesen hatte, was es auf dem Planeten zu lesen gab.

„Ich sollte gehen", flüsterte Callie. „Wir sehen uns im Krankenhaus."

Sie wagte einen Blick auf sein Gesicht und wünschte sich augenblicklich, sie hätte sich nicht getraut. Denn die Reue in diesen dunkelbraunen Augen schien bis in seine Seele hinab zu reichen. „Pass gut auf dich auf, Callie."

„Du auch", sagte sie mit schwerem Schlucken. Dann ging sie in ihre Wohnung.

12

In Hanks Träumen brauchte er nie einen Rollstuhl. Wenn seine Augen geschlossen waren, war es einfach, sich aus eigener Kraft zu bewegen. Jetzt träumte Hank davon, wie er durch die Flure des Krankenhauses ging, was keinen Sinn ergab, da er, als er noch laufen konnte, nie hier gewesen war.

Aber so war das in Träumen.

Er ging durch die Männerumkleide und dann zu der Tür, die zur Schwimmhalle führte.

Er trat in den dunstigen, nach Chlor riechenden Raum. Der Ort war so gut wie verlassen, das Wasser im Schwimmbecken spiegelglatt. Doch eine einzelne Gestalt saß alleine im Whirlpool. Eine gewisse Ärztin entspannte sich dort, den Kopf zurückgelehnt, die Augen geschlossen.

Während Hank auf den Rand des Whirlpools zuging, war das einzige Geräusch, das er hörte, das Blubbern des Wassers. Als er eine Hand auf den Rand legte, um hineinzuklettern, öffnete sie die Augen.

Wortlos ließ sich Hank ins Wasser gleiten. Und genauso lautlos zog er Callie an sich und küsste sie. Da dies hier ein Traum war, mussten keine Diskussionen geführt werden. Und als sie sich an seinen Körper schmiegte und sich auf ihn setzte, merkte er, dass keiner von ihnen Kleidung trug. Es gab nur Haut auf Haut, heiß, glitschig und erregt. Mit einem Stöhnen grub sich Hank in die Kurven ihres Körpers. Er griff nach ihr, versuchte, mehr von ihr in seine Arme zu bekommen, und dann wurde Hank...

Wach.

Er lag blinzelnd in seinem sonnenhellen Schlafzimmer und blickte sich um. Callie war nirgendwo zu sehen. Seit ihrer deprimierenden Unterhaltung war eine Woche vergangen und seine Träume waren der einzige Ort, in denen er sie in letzter Zeit noch sah. Eins musste er seinem Unterbewusstsein allerdings lassen: Die Sache mit dem Whirlpool war eine nette Ausschmückung. Zu schade, dass das einzig zutreffende Detail aus dem Traum seine fehlenden Klamotten waren. Hank hatte schon immer gerne nackt geschlafen und sein gebrochener Rücken hatte an dieser Gewohnheit nichts geändert.

Hank hob seine Bettdecke an und warf einen Blick auf seinen Körper. Sein Penis ragte als Halbsteifer über seinem Bauch. Hank ließ die Decke wieder sinken und lag einen Moment ruhig da. Er musste heute nirgendwo hin. Er könnte die Augen einfach wieder schließen und noch eine Weile länger dösen.

Stattdessen ließ er zögernd eine Hand seinen Körper hinab gleiten und streichelte sich. Sofort traten die Zweifel ein. Das würde wahrscheinlich nicht klappen. Und wenn er in ein paar Minuten wieder schlaff wurde, würde ihn das den Rest des Tages deprimieren. Mal wieder.

Mit einem Seufzen zog er seine Hand zurück.

Die Sache hatte eine gewisse Ironie an sich. Vor seinem Unfall hatte Hank praktisch jeden Tag damit verbracht, seinem Körper neue Tricks beizubringen. Ein Freestyle-Snowboarder zu sein bedeutete, sich ständig in die Luft zu katapultieren und daran zu arbeiten, diese zusätzliche halbe Drehung in den Trick einzubauen, bevor die Schwerkraft wieder gewann. Wenn Hank an einem neuen Trick gearbeitet hatte, war er mehrere dutzend Male hingeflogen, bevor er ihn beherrschte. Und sobald der Trick Teil seines Repertoires wurde, überlegte er sich den nächsten anstrengenden Kraftakt und arbeitete an diesem.

Hinfallen. Aufstehen. Hinfallen. Nochmal versuchen. So hatte er es gemacht, seit er mit sieben Jahren sein erstes Snowboard bekam. Selbst in Zeiten, in denen ihm Zweifel kamen, hörte er nie auf. Denn sein ganzes Leben drehte sich darum, mit seinem Snowboard Faxen zu machen. Damit aufzuhören wäre gar nicht möglich gewesen.

Zum ersten Mal in seinem Leben wurde er im Angesicht einer physischen Aufgabe verkrampft und angespannt.

Hank setzte sich im Bett auf. Er tippte auf die Handy-Dockingstation neben seinem Bett und rief die Pearl Jam-Playlist auf. Na, das hob doch die Stimmung. Er kletterte in seinen Stuhl und rollte ins Badezimmer. Doch anstatt die Dusche anzustellen, zog Hank eine Schublade vom Waschtisch auf und nahm eine Blisterpackung mit bunten Tabletten heraus. Der Urologe hatte sie ihm vor zwei Tagen gegeben. Er nahm eine Pille aus der Verpackung und studierte sie. Die Vorstellung, dass etwas so kleines seine Probleme lösen konnte, war ziemlich lächerlich. Aber der Arzt hatte sich sehr ermutigend geäußert. „Es ist, als würde man aufs Gaspedal treten", hatte er gesagt. „Ich wäre sehr überrascht, wenn die Ihnen nicht weiterhelfen."

Hank warf sich die Tablette in den Mund und spülte sie mit einem Glas Wasser herunter.

Aber was jetzt? Die Tablette brauchte eine halbe Stunde, um zu wirken. Er rollte zurück ins Schlafzimmer, wo gerade Eddie Vedders Gesang zu „Black" aus den exzellenten Stereolautsprechern drang, die er bei der Renovierung hatte einbauen lassen. Hank warf sich aufs Bett und streckte sich aus. Er ließ den Arm zwischen seine Beine fallen und nahm seinen Hodensack in die Hand. Mit geschlossenen Augen erinnerte er sich an den Traum, den er gerade gehabt hatte. Das warme Wasser. Callies nackter Körper.

Entspann dich einfach, sagte er sich. Der Arzt hatte ihm außerdem gesagt, er solle sich nicht verrückt machen, wenn der gewünschte Erfolg nicht gleich beim ersten Versuch eintrat.

Hank atmete tief durch und ließ sich zurück aufs Bett sinken. Er entspannte sich, stieß den Atem wieder aus und beruhigte seine Gedanken.

„Hank, bist du da hinten?"

Noch während sein Hirn die Stimme seiner Schwester registrierte, klopfte es an der Schlafzimmertür.

Hank riss die Bettdecke hoch. „Stella? Ich zieh mich gerade an."

Ihre Stimme wurde durch die Tür gedämpft. „Ich bin hier, um dich zum Brunch mit Mom abzuholen. Kommst du bitte mit uns?"

„Mom ist hier?" Hank stellte die Musik ab. Dann hievte er sich in seinen Stuhl und begann, sich anzuziehen.

„Nein, sie trifft uns im Maplewood Inn und ich hatte gehofft, dass du mitkommst. Ich weiß, ich hätte vorher anrufen sollen."

Vorsichtig zog Hank den Reißverschluss seiner Jeans zu. Obwohl seine Schwester ein schreckliches Timing hatte, freute er sich trotzdem, von ihr zu hören. Seine kleine Schwester hatte schon seit Ewigkeiten nicht mehr vorbeigeschaut. Und wenn sie ihn zum Brunch mitschleppen wollte, dann war er dabei.

Er rollte zu seinem Kleiderschrank und öffnete die Schranktür. „Hey, Stella? Kannst du kurz reinkommen und mir helfen ein Hemd zu finden, das ich zum Brunch mit unserer werten Mutter anziehen kann?"

Sie öffnete die Tür und musterte ihn kurz. „Jeans?"

Er zuckte die Schultern. „Ich komme nur mit, damit ich

einen Teil von Moms Missbilligung absorbieren kann, Stella. Was kümmert es dich, was ich anhabe? Außerdem sind wir hier in Vermont. Da gibt es keinen Dresscode, nicht einmal im Maplewood Inn."

„Schon gut, reg dich nicht auf." Stella ging um seinen Rollstuhl herum und stöberte durch seine Hemden. „Ich muss das nur wissen, damit ich was Passendes dazu aussuchen kann. Das hier habe ich immer gemocht." Sie hielt ein schwarz-weiß kariertes Flanellhemd hoch, damit er sein Einverständnis geben konnte.

Er gab ihr mit zwei Fingern ein zustimmendes Zeichen. Sie knöpfte es auf, um es vom Bügel zu nehmen und warf es ihm zu, als sie damit fertig war.

„Socken?", fragte sie, ging zu seiner Kommode und zog die unterste Schublade auf.

„Die hol ich mir schon. Du musst mich nicht bemuttern." Dabei war es gar nicht so lange her, dass Hank so bettlägerig war, dass er tatsächlich angezogen werden musste. Keine schöne Erinnerung. Er knöpfte sein Hemd zu und achtete darauf, dass er es nicht in die Hose steckte, sondern über seinen Schritt legte, für den Fall, dass die Pille doch besser wirkte, als er erwartete.

„Ich bemuttere dich nicht. Ich *hetze* dich. Das ist ein Unterschied."

„Gut zu wissen."

„Hank?" Mit der Hand an seiner Schlafzimmertür blieb sie stehen. „Danke, dass du mitkommst, obwohl ich dir vorher nicht Bescheid gesagt habe. Ich weiß ja, dass du nicht nur rumsitzt und Bonbons isst."

Oh, aber in letzter Zeit stimmte das sogar fast. Er war entweder im Krankenhaus oder hier. Klang das nicht armselig? „Zum Glück für dich habe ich heute frei", sagte er. „Und bin am Verhungern." Doch das war nicht der wahre Grund, warum er direkt zugesagt hatte, als Stella durch die Tür kam. Es war lange her, dass seine kleine Schwester seine Gesellschaft gesucht hatte.

Direkt nach dem Unfall war Stella klasse gewesen. Und als sie irgendwann nicht mehr vorbei kam, hatte Hank sich gesagt, dass sie ja auch ein eigenes Leben führte, mit dem sie weiter machen musste. Also hatte er keine große Sache daraus gemacht oder gar versucht, Schuldgefühle bei ihr zu wecken. Aber nach ihrer kleinen Unterhaltung im Ruperts hätte er begreifen sollen, dass sie auch in Schwierigkeiten steckte.

„Soll ich schon mal den Wagen anlassen?", fragte sie. „Mom ist so eine Fanatikerin, was Pünktlichkeit angeht."

„Ich gebe hier mein Bestes, Schwesterherz." Er legte ein Bein aufs Bett und zog sich seine Socke an. „Hey – gibt es irgendwelchen Klatsch und Tratsch, den du mir erzählen willst, bevor wir dort ankommen? Bearbeitest du Mom immer noch wegen dieses Trips nach Valdez?"

Sie schüttelte traurig den Kopf. „Ehrlich gesagt habe ich aufgegeben. Sie will, dass ich noch ein Jahr bleibe. Aber das ist nur ein Vorwand für ihre Hoffnung, dass ich etwas Besseres mit meiner Zeit anzufangen finde."

Es tat ihm leid, dass das Leben seiner kleinen Schwester genauso verkorkst war wie seins. Was für ein beschissenes Jahr das gewesen war. „Hast du zufällig mit Bear geredet?"

Da geschah etwas Seltsames mit dem Gesicht seiner Schwester. Ein eigenartiges Entsetzen huschte über ihre Gesichtszüge, bevor sie es wieder verscheuchen konnte. Stella räusperte sich. „Bear? Wieso?"

„Er will einen Film drehen. Er wollte mich als Erzähler dafür, aber ich habe abgelehnt. Naja, auf jeden Fall hat er Helikopter-Skifahren erwähnt, also weiß ich, dass er auf ein paar große Berge will, um dort zu drehen. Vielleicht fährt er irgendwohin, wo du noch nicht warst."

Sie brauchte einen Moment, bevor sie antwortete. „Wow. Okay."

„Da fällt mir ein, ich treffe mich nächstes Wochenende mit ihm. Er wollte mir noch weitere Details verraten. Dann frage ich ihn."

„Danke", flüsterte sie.

„Kein Problem, Schwesterchen. Ich weiß, dass Mom dich an der kurzen Leine hält – und das alles nur wegen mir."

„Aber das ist doch nicht deine Schuld", sagte sie mit leiser Stimme. „Hank, es tut mir leid, dass ich in letzter Zeit nicht hier war."

Oh. Hank hatte nicht vorgehabt, ihr Schuldgefühle zu machen. „Komm her." Stella kam auf ihn zu und Hank zog sie für eine Umarmung zu sich herab. „Wir sind immer noch im selben Team, richtig?"

„Immer", flüsterte sie und schlang die Arme um seine Schultern.

Hank drückte sie. Er war in letzter Zeit so mit seinem eigenen Elend beschäftigt gewesen, dass ihm Stellas Schwierigkeiten verborgen geblieben waren. Es war allerdings auch sehr kindisch von ihm gewesen, nicht zu erkennen, dass seine Verletzung jeden um ihn herum getroffen hatte.

„Schön, dass du wieder hier bist", sagte er mit rauer Stimme. „Dann lassen wir uns mal von Mom auf ein überteuertes Frühstück einladen. Kannst du meine Schlüssel vom Haken nehmen?"

„Darf ich deinen Porsche fahren?"

„Niemals", antwortete Hank wie aus der Pistole geschossen.

„Verdammt."

13

Am darauffolgenden Sonntag fuhr Callie an den Kürbisfeldern mit ihren Vogelscheuchen vorbei zum Krankenhaus. Es war ein perfekt sonniger Tag in Vermont und draußen waren es fast 15 Grad. Doch das wunderbare Wetter betrübte sie. Wieder war sie auf ihrem Weg zur Arbeit und übernahm eine halbe Schicht für niemand anderen als Nathan. Sie hätte schon aus Prinzip ablehnen sollen, aber sie hatte nichts Besseres zu tun. Und so gab es zumindest die Überstundenbezahlung, die sie aufmunterte. Callies Studentendarlehen stand noch in voller Blüte auf ihrem Konto, während ihr Privatleben so ausgedörrt war, wie die getrockneten Maiskolben, die überall in Vermont die Haustüren zierten.

Auf dem Weg in die Stadt wurde der Verkehr dichter und Callie erkannte wieso, als sie die Zelte auf der Stadtwiese sah. Heute fand das jährliche Erntefest statt. Während sie auf die Bremse trat und anhielt, um ein abfahrendes Auto in den Verkehr vor sich zu lassen, überlegte Callie sich, dass ein hausgemachtes Stück Kuchen sie bestimmt aufmuntern würde. Sie hatte noch zwanzig Minuten, bis ihre Schicht begann, also schnappte sie sich die gerade frei gewordene Parklücke und stellte den Motor ab. Wenn die Schlange beim Kuchen nicht zu lang war, konnte sie sogar noch ein paar Minuten der Band zuhören oder beim Bücherflohmarkt stöbern.

Das Festival war eine große Sache im kleinen Hamilton, also war das Essenszelt gerammelt voll. Callie zahlte für ein Stück Apfelstreuselkuchen und versuchte dann, sich wieder einen Weg nach draußen zu bahnen. Ihr Vorwärtskommen wurde von einem Mann behindert, der über irgendetwas stolperte. Eine Sekunde lang dachte Callie, er würde mit dem Gesicht zuerst im Gras landen, doch er fing sich wieder, murmelte eine hastige Entschuldigung zu jemandem in der Menge und machte sich vom Acker.

Als er zur Seite ging, erkannte Callie, dass der Mann über einen Rollstuhl gestolpert war. Und sein Besitzer, mit einer saucoolen, gespiegelten Sonnenbrille auf der Nase, sexy Bartstoppeln am Kinn und den vertrauten Tattoos auf den Armen, sah sie direkt an.

Mist. Zu spät für ein Ausweichmanöver.

Sie zwang sich zu einem Lächeln. „Hi, du.“

„Hi zurück.“ Hank warf einen leeren Pappteller in die Mülltonne und rollte zu ihr. „Kommst du oft hierher?“

Bei dem ironischen Gebrauch dieses abgelutschten Anmachspruchs musste Callie grinsen. „Klar. Und du?“

Hank nickte mit dem Kinn zur anderen Seite der Wiese. „Mein Freund Bear ist hier irgendwo – ich habe ihm gesagt, dass ich hierher kommen und ihn finden würde. Magst du ein Stück mit mir gehen?“

„Ein paar Minuten habe ich noch“, sagte Callie, froh darüber, eine, wenn auch lahme, Ausrede zu haben, die es ihr erlaubte gleich abzuhauen. „Ich übernehme gleich eine vier Stunden Schicht, als Gefallen für jemanden. Aber auf dem Weg zum Krankenhaus konnte ich nicht an diesem Apfelkuchen hier vorbei fahren.“

„Na gut. Iss du deinen Kuchen und dann stelle ich dir Bear vor."

Gemeinsam hielten sie am Rand der Menschenmenge vor der Konzertmuschel an, wo ein Sänger eine ruhigere Version eines Dave Matthews-Hits ablieferte. Callie verputzte ihren Kuchen und genoss das Gefühl der Sonne auf ihrem Gesicht. Sie hatte den heißesten Mann Vermonts an ihrer Seite und selbst wenn eine gewisse Anspannung zwischen ihnen herrschte, das Leben könnte schlimmer sein. Als das Lied zu Ende war, warf sie ihren leeren Teller in eine Mülltonne. „Ich sollte wohl bald los zur Arbeit, zusammen mit den anderen Losern."

„Komm noch mit und lern meinen Freund kennen, bevor du dir ein L auf die Stirn malst", zwinkerte Hank. Er rollte in Richtung eines ruhigeren Plätzchens inmitten der Feierlichkeiten und Callie trottete neben ihm her. „Bear war mit mir zusammen im Profiteam", sagte Hank. „Jetzt will er Filmemacher werden. Der Bundesstaat Vermont hat ihn engagiert, um einen Werbefilm für die nächste Herbstsaison zu drehen."

„Das ist ziemlich cool", meinte Callie.

„Das denkt er auch. Da vorne ist er, hinter dem Karren voller Kürbisse", sagte Hank.

Als sie um den malerischen Holzwagen und das davorgespannte Pferd herum gingen, entdeckte Callie eine wunderschöne, junge Frau mit blonden Haaren, die auf einem Heuballen saß, während sich eine andere Frau mit einer Puderquaste über sie beugte. Bei ihrem Anblick verschloss sich Hanks Gesicht. Als das hübsche Mädchen sein Kinn um ein paar Grad drehte, erkannte Callie sie wieder. Sie war die Freundin, die sich vor all diesen Monaten im Krankenhausflur die Augen ausgeheult hatte.

Die, die Hank nach seinem Unfall verlassen hatte.

Hank ließ seine Räder los und kam schnell zum Stehen.

Dann kam ein bulliger, bärtiger Typ auf sie zugeschlendert.

„Teufelskerl! Freut mich, dich zu sehen." Er hielt vor ihnen an, ein Lächeln auf den Lippen und fragende Augen, als er Callie ansah.

„Hi", machte sie den Anfang. „Ich bin Callie."

„Sorry", sagte Hank und riss sich aus seiner Benommenheit. „Callie, das ist mein Freund Bear. Bear, Callie ist eine Freundin aus dem Krankenhaus."

Callie und Bear schüttelten die Hände, aber Hanks Gesicht war immer noch wie versteinert. „Also, was ist mit..." Er nickte mit dem Kopf in Richtung der Blondine.

Bear sah schuldbewusst drein. „Schätze, ich habe vergessen zu erwähnen, dass sie in der Stadt ist."

„Komisch", murrte Hank. „Ich habe gar keine Erschütterung der Macht gespürt."

Eine kurze Stille trat ein, in der sie alle die keifende Stimme des Mädchens hören konnten. „Pass mit dem blauen Lidschatten auf", fuhr sie die Make-up Frau an. „Wir haben ja nicht 1975."

Doch Callie erkannte, dass dieses gereizte Mädchen selbst mit dem schlechtesten Make-up noch hinreißend aussehen würde. Das war doch nicht fair, dass eine Topathletin auch noch den sexy Schmollmund eines Models hatte!

Im Vergleich zu ihr fühlte sich Callie geradezu schäbig. Doch dies brachte ihr eine bestärkende Erkenntnis. Diese Blondine war die Sorte Frau, mit der Hank früher ausgegangen war. Und erst letzten Monat hatte er ihr gesagt, dass er es leid sei, seine Erwartungen herunterzuschrauben. Zu akzeptieren, dass von jetzt an alles in seinem Leben zweitklassig sein würde.

Wenn Callie nach einem Weg gesucht hatte, über Hank hinweg zu kommen, hier war er. Sie wollte nie jemandes Senke-deine-Erwartungen-Freundin werden. Sie hatte es nicht nötig, Hanks abgeschlagene zweite Wahl zu sein.

Das Mädchen stand auf und wandte ihnen das Gesicht zu.

Als sie Hank erblickte, erleuchtete ein Lächeln ihr Gesicht. Bevor Callie sich entschuldigen und verschwinden konnte, hüpfte sie schon auf sie zu.

„Hank!", schrie sie und rannte zu ihm, um ihm einen Kuss auf die Wange zu drücken. „Gut schaust du aus. Wie geht's dir?" Sie stellte sich direkt vor seinen Stuhl und richtete sich auf. Das zwang Hank dazu, den Kopf in den Nacken zu legen, um zu ihr hochsehen zu können.

„Danke Alexis, mir geht's okay", murmelte er. Callie konnte sehen, dass er den Drang bekämpfte, den Rollstuhl einen Meter zurückzusetzen, damit er das Kinn wieder senken und sie auf gleicher Höhe ansehen konnte.

Eine angespannte Stille breitete sich zwischen ihnen aus und Callie wünschte sich, sie hätte bereits die Biege gemacht. Der arme Hank, als wäre die Situation nicht schon unangenehm genug für ihn. Und war dieser Klunker am Finger des Mädchens etwa ein Verlobungsring?

„Callie muss jetzt los", sagte Hank. „Also werden wir mal..." Er nickte zum Parkplatz.

„Aber du bist doch gerade erst angekommen", protestierte Alexis. „Erzähl mir alles, Hank. Kommst du mit in den Westen, wenn Bear seinen Film dreht?"

„Ehm, ich bin mir noch nicht sicher." Er sah Callie in die Augen und versuchte zu lächeln, schaffte es aber nicht ganz.

Alexis warf ihr Haar zurück. „In Park City war es dieses Jahr ziemlich ruhig. Nach dem Terminplan von letztem Jahr halten sich alle etwas zurück. Die olympische Saison ist immer *so* anstrengend." Sie hatte ein strahlendes Lächeln aufgesetzt, aber Callie musste sich fragen, ob sie die Olympischen Spiele absichtlich erwähnte, um Hank weh zu tun, oder ob sie wirklich so unsensibel war. Dann wurde zu allem Übel die Spannung in der Luft durch den plötzlichen Schwall eines Kindergeschreis irgendwo hinter Callie noch verschärft. Alexis leckte sich über die Lippen und schien nervös zu sein, also entschied Callie, bei ihren Bedenken im Zweifel für die Angeklagte zu urteilen. Doch dann sagte Alexis etwas, das alles andere als liebenswert war. „Wieso schreit dieses Kind? Gott. Halt ihr mal einer die Klappe zu."

Callie drehte den Kopf, um den Ursprung des Lärms zu finden. Eine junge Familie stand nur drei Meter von ihnen entfernt. Die Mutter hielt ein kreischendes Kleinkind auf dem Arm. Das kleine Mädchen, vielleicht zwei Jahre alt, griff sich mit der pummeligen rechten Hand an ihr linkes Handgelenk. Ihre schrillen Schreie ließen vermuten, dass sie ernsthafte Schmerzen hatte.

„Ich hab sie nur herumgewirbelt", sagte ihr Vater mit rotem Gesicht. „Weißt du, so im Kreis. Und dann hat sie angefangen loszubrüllen." Er streckte die Arme aus, nahm seiner Frau das kleine Mädchen ab und wiegte es beruhigend auf seiner Hüfte. Doch das kleine Mädchen heulte nur lauter und hielt sich immer noch das Handgelenk.

Als ihre Ohren schon zu schmerzen begannen, wurde Callie klar, dass zwar manche Probleme auf der Welt schwer zu lösen waren, das dieser Familie aber nicht dazu gehörte.

Callie ließ Hank und seine Freunde stehen und ging über die Wiese auf das weinende Kleinkind zu. „Entschuldigung." Sie lächelte die strapazierten Eltern so herzlich an, wie sie nur konnte. „Hat sich Ihre Tochter schon einmal den Ellenbogen ausgerenkt?"

Der Vater zuckte zusammen, als das kleine Mädchen nahe an seinem Ohr aufschrie. Er schüttelte den Kopf.

Callie deutete auf die Arme des kleinen Mädchens. „Ein ausgerenkter Ellenbogen tut am Handgelenk weh und Kinder halten es dann oft so fest. Ich bin Ärztin und habe das schon mal in der Notaufnahme gesehen. Darf ich sie anfassen?"

Beide Eltern nickten heftig, während ihre Tochter weiterhin ihr beeindruckendes Lungenvolumen vorführte.

Behutsam nahm Callie den verletzten Arm des kleinen Mädchens in ihre Hand. Tränen strömten über das kleine Gesicht. Immer noch weinend sah sie Callie zu, doch der Eingriff an sich schien sie nicht zu stören. Mit einer fließenden Bewegung rollte Callie das pummelige Handgelenk herum, sodass die Handfläche nach oben zeigte. Dann bog sie den kleinen Arm am Ellenbogen und führte die Handfläche der Kleinen an deren Schulter. Dann wiederholte Callie diese Bewegung – rollte das Handgelenk und bog den Arm.

Urplötzlich wurde das kleine Mädchen ruhig und brach ihr Kreischen abrupt ab. Kurz darauf entspannten sich auch die Schultern ihrer Eltern.

„Drück meine Hand", sagte Callie zu dem kleinen Mädchen. Das Kind griff mit der rechten Hand nach ihr. „Nein... du Dummerchen!", lachte sie. „Mit der anderen Hand." Sie zeigte auf den zuvor ausgerenkten Arm.

Das kleine Mädchen griff nach Callies Hand und drückte zu.

„Oh mein Gott, vielen Dank!", platzte es aus der Mutter hervor. Der Vater starrte sie nur an, sein Mund stand ungläubig offen.

„Man nennt es eine Chassaignac-Lähmung, das passiert ständig", sagte Callie rasch. „Allerdings sind manche Kinder dafür anfälliger als andere. Achten Sie darauf, eine Weile lang nicht an ihrem Arm zu ziehen – so etwa zwei Wochen. In der Zeit ist sie besonders anfällig für eine erneute Verletzung."

Der Vater schüttelte nur den Kopf. „Ich werde sie nie wieder durch die Luft wirbeln."

Die Schuldgefühle des armen Kerls waren fast greifbar. „Tja, so ist das", zwinkerte Callie. „Keine gute Tat bleibt ungestraft."

Die kleine Familie hörte gar nicht auf, sich zu bedanken,

aber wenn Callie jetzt nicht sofort zur Arbeit ging, würde sie zu spät kommen. „Gern geschehen", sagte sie.

Als sie sich wieder abwandte, war das Erste, was sie sah Hank, der sie beobachtete. Er zwinkerte ihr zu.

Callie hätte herüber rennen und sich von ihm verabschieden sollen, aber das wäre vermutlich nur peinlich geworden. Stattdessen zeigte sie auf ihre Armbanduhr und dann zum Parkplatz. Dann bildete sie mit Daumen und Zeigefinger ein L und hielt es sich an die Stirn.

Mit einem herzlichen Lächeln nickte er ihr zu. Sie winkte ihm kurz und wandte sich dann ab. Als sie zu ihrem Wagen ging, sah Callie, dass sich die junge Familie, der sie geholfen hatte, in der Schlange für das Softeis mit Ahornsirup anstellte.

Naja, wenigstens bin ich für etwas *gut*, dachte Callie sich, während sie in ihrer Tasche nach den Autoschlüsseln kramte.

～

Im Krankenhaus führte Callies erster Gang in den Pausenraum, wo sie Nathan über dem Kreuzworträtsel der Sonntagsausgabe gebeugt vorfand. „Hey!", sagte er und lächelte sie an. „Der Rand vom Gewebe. Acht Buchstaben."

„Webkante", sagte Callie sofort. Ohne nachzudenken zog sie den anderen Stuhl hervor und setzte sich ihm gegenüber. Sie hatten immer das Kreuzworträtsel zusammen gemacht. Gott, sie vermisste es wirklich, jemanden in ihrem Leben zu haben. Diese kleinen Rituale einer Partnerschaft hatten ihr gut getan und ihr geholfen, sich nützlich zu fühlen.

„Darauf wäre ich im Leben nicht gekommen", gab Nathan zu und trug es mit Kugelschreiber ein. „Wie sieht's mit Pavarottis Geburtsort aus? Ich habe Verona versucht, aber das V kann nicht stimmen."

Callie schloss die Augen. „Modena?"

„Ah!", kritzelte er. „Du bist echt ein Schatz."

Für eine halbe Sekunde heiterte sie dieser Krümel von Kompliment auf. Doch dann stieß Nathan seinen Stuhl zurück und stand auf. „Ich muss los. Danke, dass du reingekommen bist. Bis jetzt war hier alles ruhig."

„Beschrei es bloß nicht, indem du das R-Wort benutzt", warnte Callie ihn.

Nathan grinste sie an. „Sorry."

Callie schüttelte ihre Enttäuschung ab und zog ihren Arztkittel an. „Falls du mir nicht noch irgendwelche Patientenakten zeigen musst, kannst du abhauen. Weitere Hochzeitsplanungen?"

Sein Lächeln erlosch. „Nein. Ich lade meine Mutter zu einem späten Mittagessen ein, um ihr zu sagen, dass die Hochzeit abgesagt ist."

„Was?" Callie schaffte es nicht, ihre Überraschung zu verbergen.

Er schüttelte den Kopf, die Augen auf den Boden gerichtet. „Shelli hat mich für einen jüngeren Arzt aus New Hampshire verlassen. Jetzt kannst du mir gerne so oft 'Ich hab's dir ja gesagt' an den Kopf werfen, wie du willst."

Ohne Scheiß? Nathans Eingeständnis war erstaunlich. Es brauchte übermenschliche Kräfte, aber Callie verkniff sich alle naheliegenden Kommentare. „Das tut mir leid, Nathan."

„Ja, naja. Das habe ich mir wohl selbst zuzuschreiben."

Auf einmal wusste Callie nicht mehr, wohin sie ihre Augen richten sollte. In der letzten halben Stunde hatte ihr Handy mehrfach in ihrer Handtasche gebrummt, also wählte Callie diesen Moment, um einen Blick darauf zu werfen.

Sie hatte eine Sprach- und zwei Textnachrichten, alle von Willow. *Ruf mich an,* stand im ersten Text. *Ich habe eine ÜBERRASCHUNG!,* stand im zweiten. Hmm... eine Überraschung?

„Callie?"

Callie sah auf und Nathan stand direkt vor ihr. Bevor sie wusste, wie ihr geschah, trat er an sie heran und küsste sie zärtlich auf die Lippen. „Es tut mir leid, dass ich so ein Arsch war." Zu perplex, um zu antworten, stand Callie einfach nur da und starrte ihn an.

Nathan legte ihr seine Hände auf die Schultern und drückte sie leicht. „Tut mir leid", sagte er nochmal. „Ich habe was wir hatten weggeworfen für eine... Ablenkung. Das war das Dümmste, das ich je gemacht habe."

„Was willst du damit sagen?", fragte Callie mit vor Überraschung rauer Stimme.

„Ich hätte wissen müssen, dass Shelli und ich nicht lange zusammenbleiben würden." Er lachte nervös. „Du weißt ja – dreißig werden und denken, dass einem nie wieder etwas Aufregendes passieren wird. Ich habe mich gefühlt, als hätte ich mein Leben im Arztkittel verbracht."

Callie ließ ihren Kopf kreisen und versuchte, das Gefühl der Benommenheit abzuschütteln. „Wir haben wohl beide dieselbe Midlife-Crisis", gestand sie flüsternd.

Daraufhin lächelte Nathan und in diesem Moment war sein Gesicht offener und verletzlicher, als sie es je zuvor gesehen hatte. „Willst du die Krise gemeinsam haben?", fragte er.

Ohne eine Antwort abzuwarten, legte Nathan eine Hand unter Callies Kinn. Er hob es an und gab ihr einen langen, warmen Kuss. Callie spürte, wie sie vollkommen ruhig wurde und den Moment mit jeder Faser ihres Seins aufsaugte. Sie hatte so lange darauf gewartet, dass Nathan den Albtraum seiner plötzlichen Ablehnung rückgängig machte. Doch ehrlich gesagt hatte sie nach all der Zeit nicht mehr daran geglaubt, dass es noch geschehen würde. Was sie jetzt fühlte, war mehr Überraschung als Freude.

Anstatt sich in dem Kuss zu verlieren, wurde sie von der Erkenntnis abgelenkt, dass Rechtfertigungen nicht so sexy waren, wie sie sein sollten. Noch schlimmer, ein gewisses Paar schokobrauner Augen und gut geformte Schultern stiegen tief aus ihrem Unterbewusstsein hervor. Und damit auch der Schmerz der Enttäuschung, den Nathan einst bei ihr ausgelöst hatte.

Callie trat zurück und brach den Kuss ab. „Nein", keuchte sie. „Nathan, ich kann das nicht."

„Wieso nicht?"

Sie wusste nicht einmal, was sie sagen sollte. „Ich hänge noch an jemand anderem. Das hier wäre also weder dir noch mir gegenüber fair." Das war die Wahrheit, selbst wenn sie und Hank keine Zukunft zusammen haben sollten. Sich jetzt mit Nathan einzulassen, wäre sich mit weniger zufrieden zu geben.

Seine Augen wurden groß. „Callie, wir waren wirklich gut zusammen. Das hast du doch selbst gesagt."

„Du hast es beendet", flüsterte sie. „Vor fast zwei Jahren. Ich habe damit abgeschlossen." *Zumindest habe ich es versucht.*

Still stand Nathan einen Moment lang da und drehte seine Armbanduhr um sein Handgelenk. Und dann nahm er ohne ein weiteres Wort seine Jacke vom Stuhl und verließ den Raum.

Callie ließ sich auf ihren Stuhl fallen und versuchte zu verstehen, was hier gerade passiert war. *Wir waren wirklich gut zusammen.* Als sie das vor all diesen Monaten gesagt hatte, hatte sie es geglaubt. Vielleicht war es sogar wahr gewesen. Es war nur so, dass „gut" nicht mehr so überzeugend klang wie damals. Und dieser kleine Keim einer Idee – eine winzige Zelle – grub sich seinen Weg in ihr Bewusstsein. Das ganze Treffen mit Nathan lud sicherlich zum Nachdenken ein. Doch das würde sie später machen müssen, sie musste ihre Patienten besuchen und Medikationen kontrollieren.

Mit einem verwirrten Kopfschütteln zog Callie ihren Arztkittel an und machte sich an die Arbeit.

Am Ende ihrer Schicht nahm sich Callie einen Moment Zeit für sich und setzte sich an den Krankenhauscomputer. Zum ersten Mal an diesem Tag loggte sie sich in ihr privates E-Mail-Konto ein. Und als sie eine neue Mail vom Marin Krankenhaus im Posteingang entdeckte, machte ihr Magen einen nervösen Satz. „Sehr geehrte Frau Dr. Anders, mit großem Interesse haben wir Ihr Anschreiben gelesen. Leider..." Callies Magen sackte herab, als sie dieses Wort las. Warum endeten bloß alle Dinge in ihrem Leben mit dem Wort *leider*? Doch als sie weiterlas, merkte sie, dass es gar nicht so schlimm stand.

„Leider haben wir für den Rest dieses Kalenderjahres einen Einstellungsstopp, jedoch gehen wir davon aus, dass diese Beschränkung am 1. Januar endet. In der Zwischenzeit können Sie Ihre Bewerbungsunterlagen an Dr. Johnson weiterleiten, wir setzen Sie ganz oben auf die Terminliste für die Vorstellungsgespräche im kommenden Januar."

Naja, das war ein Fortschritt. Callie meldete sich geflissentlich vom Computer ab, damit niemand von ihrem jetzigen Arbeitgeber dahinter kam, dass sie einen Jobwechsel in Betracht zog.

Doch das würde ein Problem werden, oder nicht? Wenn sie ihre Unterlagen an ein Krankenhaus in Kalifornien weiterleitete, würde es ihnen auffallen. Aber sie konnte nicht allzu lange damit warten, den Prozess ans Laufen zu bringen, denn die Beantragung einer Lizenz, um in Kalifornien praktizieren zu können, würde mehrere Wochen dauern. Vielleicht Monate.

Natürlich wechselten Leute ständig den Job, doch ihre FES-Studie lief noch zehn weitere Monate. Wie auch immer sie ihren Abgang gestaltete, es musste so sein, dass die Übergabe einwandfrei verlief. Und da Hank ihre Teilnahme zu einer seiner Bedingungen gemacht hatte, würde Callie ihm ihre

Entscheidung mitteilen müssen und ihn bitten, dem Wechsel großzügigerweise zuzustimmen. Nach allem, was zwischen ihnen vorgefallen war, war sie zuversichtlich, dass er kein allzu großes Aufheben um die Sache machen würde. Dafür war er ein zu guter Kerl.

Ach, Mist. Sie musste aufhören, warme, kuschelige Gedanken an ihn zu hegen.

Doch es war nur fair, dass sie es ihm zuerst mitteilte. Es würde nicht einfach werden, doch sobald sie dieses sprichwörtliche Pflaster abgerissen hatte, würde sie sich freier fühlen, das nächste Kapitel in ihrem Leben zu planen.

Am Ende ihrer Schicht holte Callie ihre Jacke aus dem Spind. Als sie zum Ausgang ging, kam ihr Dr. Fennigan entgegen, die gerade das Krankenhaus betrat. „Callie!", rief die andere Frau. „Wie war dein Wochenende?" Sie zwinkerte in Anerkennung der Tatsache, dass sie beide hier im Krankenhausflur standen, anstatt irgendwo anders zu sein, wo es erholsamer war.

„Ehm, gut. Bis jetzt war es gut." Sie fühlte sich nervös, als ob Dr. Fennigan ihr an der Nasenspitze ansehen könnte, dass sie vorhatte, an die Westküste zu flüchten.

„Freut mich zu hören. Ich bin vorhin zufällig Hank Lazarus auf dem Erntefest begegnet."

„Oh?" Eine schuldbewusste Röte brach auf ihrer Haut aus. Callies Sünden mit Hank übertrafen ihr Vorhaben, vorzeitig von Bord zu gehen, bei Weitem. Wenn Dr. Fennigan wüsste, was sich zwischen ihnen zugetragen hatte, würde sie sie womöglich sogar dazu ermutigen, sich anderswo zu bewerben.

„Er sagte, du hättest das Handgelenk von einem kleinen Kind wieder hingebogen."

„Es war nur..."

„... eine Chassaignac-Lähmung", beendete Dr. Fennigan den Satz für sie. „Das dachte ich mir schon. Aber Mr. Lazarus denkt, dass du ein Wunder vollbracht hast. Er bekommt so einen gewissen Gesichtsausdruck, wenn er von dir redet." Die ältere Frau lächelte jetzt und Callie spürte, wie ihr der Schweiß ausbrach. „Gut, dass ihr beiden kein Arzt-Patienten-Verhältnis habt."

Was?

Mit hochrotem Kopf zwang sich Callie dazu, Dr. Fennigan in die Augen zu sehen. Diese kleine Feststellung hatte ihr Interesse mehr als alles andere geweckt, das die Ärztin je zu ihr gesagt hatte. Doch etwas hielt Callie davon ab, sie um eine Erläuterung zu bitten. Nach dem Chaos, das sie schon angerichtet hatte, wäre dies einfach zu riskant.

Die Direktorin zwinkerte. „Ich gehe lieber weiter und mache mich an die Arbeit. Anscheinend gibt es schon zwei, drei Feuer zu löschen, bevor die neue Woche überhaupt angefangen hat." Eine Hand auf Callies Arm gelegt, wünschte sie ihr eine gute Nacht.

Mit wirbelnden Gedanken ging Callie nach draußen, wo es bereits dunkel war. Die kalte Luft war vom trockenen Geruch gefallener Blätter erfüllt. Vermont war ein wunderschöner Ort, aber Callie wusste, dass es an der Zeit war, loszulassen. Sie kramte ihr Handy und den Pager aus ihrer Handtasche. Willows Nachrichten warteten auf sie. Sie sollte sich zurückmelden, aber Callie würde den Anruf tätigen, nachdem dieses schwierige Gespräch hinter ihr lag.

Stattdessen tippte Callie also Hanks Nummer in ihr Handy, bevor sie die Nerven verlor. Wenn er zu Hause war, würde sie ihm noch heute Abend von ihrem Karrieredilemma erzählen, bevor sie der Mut verließ.

14

Nachdem er Callies unerwarteten Anruf entgegengenommen hatte, war Hank verdammt froh darüber, dass er den Nachmittag damit verbracht hatte, sein Haus zu putzen. Er hatte keine Ahnung, worüber sie mit ihm reden wollte, aber er hatte sie trotzdem eingeladen, zu ihm zu kommen.

Hank regelte die Lautstärke der Musikanlage im Wohnzimmer herunter und überprüfte den Vorrat an Feuerholz. Da er später noch Gäste erwartete, war er darum bemüht, das Haus freundlicher und weniger einsam als sonst wirken zu lassen. Es standen mehrere Sorten Bier im Kühlschrank und ein großer Topf Chili köchelte auf der Herdplatte vor sich hin.

Während er die letzten Stunden das Haus aufgemöbelt hatte, hatte Hank die Szene vom Erntefest immer wieder in seinem Kopf durchgespielt. Verdammte Alexis. Gab es irgendwo auf der Welt eine noch oberflächlichere Person? Es verursachte ihm beinahe körperlichen Schmerz, daran zu denken, wie viele Monate er ihr nachgetrauert hatte. Was für eine Verschwendung.

Als sie noch zusammen waren, verließen liebevolle Worte

nur dann ihren Mund, wenn sie sie im Bett stöhnte. Den Rest der Zeit verbrachte sie damit, herumzunörgeln.

Bis heute hatte er das vergessen.

Er musste sie nicht einmal nebeneinander stellen, um zu wissen, dass Alexis Callie nicht das Wasser reichen konnte. Während sich Alexis das Maul über das weinende Mädchen zerriss, war Callie herüber gegangen und hatte sie *geheilt*, wie eine aufgeweckte, vollbusige Superheldin. Callie war wirklich das komplette Paket, in einer besonders hübschen Verpackung.

Wahrscheinlich hatte er seine Chance bei ihr versaut. Doch jetzt gerade war sie auf dem Weg zu ihm nach Hause, weil sie ihm etwas sagen wollte. Er hatte keine Ahnung, was das war. Aber er würde ihr einen Drink machen und zuhören.

Und auf eine Gelegenheit warten.

Sich selbst ein Liedchen pfeifend, fuhr Hank an der Küche vorbei in sein Schlafzimmer. Als er in das großzügige, anliegende Badezimmer kam, begrüßte ihn sein Gesicht im Spiegel. Anstatt wegzusehen wie er es normalerweise tat, musterte Hank sich von oben bis unten. Und es war nicht alles schlecht. All die mühsame Physiotherapie zeigte sich in Form von zusätzlichen Muskeln und seine Gesichtsfarbe war seit seinem Unfall noch nicht besser gewesen.

Wie seltsam, dass ihn der alte Hank aus dem Spiegel ansah, obwohl er sich nicht mehr wie dieselbe Person fühlte. Doch das wusste der Spiegel nicht. Abgesehen von dem Rollstuhl sah er wie der Typ aus, der drauf und dran war, ein Snowboard in seinen alten SUV zu schmeißen und in einen Flieger nach Breckenridge oder Tahoe zu steigen.

Hank öffnete die Tür seines Medizinschranks. Draußen hörte er das Geräusch von Autoreifen in der Schotterauffahrt. Das Klopfen an der Haustür ertönte, während er noch durch seine Medikamente kramte.

„Komm rein", rief er. „Ich bin in einer Minute bei dir." Er hörte, wie sich die Tür öffnete.

„Lass dir Zeit", rief eine süße Stimme.

Hank fand die Tablette, nach der er gesucht hatte. Er drückte sie aus der Blisterfolie und ließ sie in seine Hand fallen. Dort lag sie und die hellblaue Beschichtung schimmerte vielversprechend.

Jeder ist seines eigenen Glückes Schmied...

Es war einfacher, Klischees von sich zu geben, als seine Ängste zu besiegen. Aber seit wann schüchterte eine körperliche Herausforderung ihn so dermaßen ein? Früher hatte er sich doch auch hundertmal auf den Arsch gesetzt, bevor der Trick richtig einstudiert war. Und sobald man einen Trick gemeistert hatte, fing man mit dem nächsten Ding an. Hank führte die Tablette an seinen Mund und schluckte sie trocken runter.

Doch das Problem lag woanders. Wenn man einen Snowboardtrick vergeigte, konnte man sich dabei ziemlich weh tun. Hank wusste das besser als sonst jemand. Aber wenn man im Schlafzimmer versagte, lief man Gefahr, auch anderen Menschen weh zu tun. Es war höllisch kompliziert und er hasste das. Aber trotzdem war es das Risiko wert. Die guten Dinge waren das immer.

Callie nutzte die Minute, die sie allein war, um neidische Blicke durch das unglaubliche, offen gestaltete Haus schweifen zu lassen. In der Ecke gab es einen großen gemauerten Kamin, wo ein Holzscheit hinter dem Kaminrost glimmte. Nahe bei umgab ein riesiges, L-förmiges Sofa einen Couchtisch. Die hölzerne Tischoberfläche war niedrig und ungewöhnlich, die ungehobelten Bretter wurden von einem kalt gehämmerten Stahlrahmen eingefasst. Überall wo sie hinsah entdeckte sie maskuline, maßgefertigte Details. Hinter dem Wohnbereich erstreckte sich eine lange Bar vor einer gepflegten Küche. Weiter zu ihrer Rechten befand sich eine Essnische, die von raumhohen Fenstern eingerahmt wurde.

Wow.

Irgendwo aus der Nähe drang leise Musik aus versteckten Lautsprechern. Neben der Tür stand ein Schuhregal. Sie verstand den Wink und streifte ihre Lederclogs gerade in dem Moment ab, als Hank ins Wohnzimmer zurück kam. Seine Schultern sahen so breit und kräftig aus, dass sie sich fragte, wie er überhaupt durch die Tür passte. Darüber hatte er ein umwerfend gutaussehendes Lächeln aufgelegt. „Hallo du."

„Hi." Leicht befangen erwiderte Callie sein Lächeln. „Bist du... hast du Gäste?" Sie roch frisch gekochtes Essen und hoffte, dass sie ihn nicht störte.

Er zögerte einen Sekundenbruchteil, bevor er den Kopf schüttelte. „Nein. Ich wollte mir nur gerade einen Cocktail mixen. Magst du auch einen?"

Jetzt war es an Callie, zu zögern. Das hier sollte eigentlich kein privater Besuch sein. Aber es musste ja auch nicht strikt geschäftlich zugehen und sie war eh noch nicht bereit, ihr Anliegen vorzubringen. *Bitte bring die Studie nicht in Schwierigkeiten, falls ich nach Kalifornien gehe.* Sie atmete tief durch. „Ein Cocktail wäre herrlich, danke." Sie würde ihm ihre Bitte als Freundin stellen und es gab keinen Grund, warum Freunde keinen Cocktail zusammen trinken konnten.

Er fuhr in seine Küche und griff nach oben, um zwei Gläser aus ihrer Überkopf-Halterung zu nehmen, an der sie unter einem Küchenschrank hingen. Es war sowohl zugänglich als auch machomäßig und hatte Ähnlichkeiten mit der Bar im Ruperts. „Wir können einen Gin Tonic trinken, oder Bier. Oder einen Snake Bite?"

„Snake Bite", sagte Callie. „Ich liebe die."

Hank öffnete den Kühlschrank unter der Anrichte und nahm zwei Flaschen heraus. Er öffnete sie an einem Flaschenöffner, der an die Wand geschraubt war, dann teilte er das Bier und den Apfelwein sorgsam zwischen ihren beiden Gläsern auf. „Nimm du die doch schon mal mit ins Wohnzimmer und setz dich", sagte er. „Ich bin sofort bei dir."

Callie nahm die Gläser und trug sie zum Sofa herüber. Eine Minute später kam er mit einem Brett Käse und Crackern nach. Er stellte das Brett auf dem Couchtisch ab und hüpfte dann geschmeidig von seinem Rollstuhl neben sie aufs Sofa. Er steckte sich einen Cracker in den Mund und grinste sie an.

Sie reichte ihm ein Glas. „Prost."

Sie stießen an und Callie nahm einen Schluck, während sie ihm in die Augen sah. Da war es wieder – ihr Gefühl, einer Situation nicht gewachsen zu sein. Dieser sexy Mann in seiner Junggesellenbude, mit seinen durchdringenden, dunklen Augen, schaffte es, dass sie sich wieder wie in der siebten Klasse fühlte. Sie war es nicht gewohnt, an einem Tisch mit den coolen Kids zu sitzen.

Er sah sie über den Rand seines Bierglases hinweg an, während er einen großen Schluck nahm. „Was geht dir durch den Kopf, Lady?"

Sie nahm noch einen Schluck und überlegte, wie sie es ihm am besten sagen konnte. „Nun ja, vor ein paar Monaten, kurz bevor du meinen Job im Krankenhaus umgekrempelt hast, stand ich eigentlich vor einer Veränderung."

Er legte seinen Ellenbogen auf die Couchlehne und stützte den Kopf auf seiner Hand ab. Seine braunen Augen bohrten sich in ihre und sie bekam das Gefühl, als könnte ihr niemand besser zuhören als er, in genau diesem Moment. Callie war sich sicher, dass sie noch lange nachdem sie Vermont verlassen hatte, sich an den rührenden Blick erinnern würde, mit dem er sie ansah. Als wäre sie der einzige Mensch auf dem Planeten.

Sie zwang sich, weiterzureden. „Ich bin eine junge Ärztin und da sind Empfehlungen besonders wichtig. Ich wollte nach Kalifornien ziehen, aber dort kann ich nur einen Job bekommen, wenn meine Bewerbungsunterlagen makellos sind." Sie nahm einen weiteren Schluck und der Apfelwein und das Bier bildeten einen herrlich herben Geschmack, den sie immer mit Vermont in Verbindung bringen würde. Hank betrachtete sie wortlos, was anfing, an ihren Nerven zu zerren. „Also hatte ich gehofft, dass es für dich in Ordnung ist, wenn das Krankenhaus jemand anderen die Studie weiterleiten lässt. Denn ich muss dafür sorgen, dass meine Chefin ihre Förderung auch dann behält, wenn ich verschwinde."

So. Jetzt hatte sie es gesagt.

Hank sah sie immer noch an. Sie starrte zurück und versuchte, nicht in den dunklen Tümpeln seiner Augen zu versinken. Endlich sprach er. „Du bist hierher gekommen, um mir zu sagen, dass du nach Kalifornien ziehen willst."

Sie nickte. „Ich denke schon seit fast einem ganzen Jahr darüber nach."

Er sagte nichts weiter, kein einziges Wort. Stattdessen griff er nach dem Glas in ihrer Hand und stellte es auf den Couchtisch. Dann rutschte er näher zu ihr und nahm ihr Gesicht in seine Hände. Die braunen Augen wurden größer, während sie näher kamen. Und dann schlossen sie sich, als seine Lippen über ihre strichen.

Ver. Dammt. Noch. Mal.

Callies Herz begann zu klopfen, als Hanks Daumen sanft über ihren Kiefer fuhren. Sie sollte vor ihm zurückweichen. Sie wusste, dass sie das sollte. Doch ihr Körper wurde absolut ruhig und weigerte sich, sich zu rühren.

Sein nächster Kuss war so leicht und zärtlich wie ein Flüstern. Danach sahen sich beide einen Herzschlag lang schweigend in die Augen, bevor sich seine Lippen wieder weich und feucht auf ihre senkten. Seine Zunge fuhr über ihre Unterlippe und das süße Lecken an ihrem Mund brachte sie dazu, scharf die Luft einzuziehen. Als sie den Mund für ihn öffnete, entwich ein kleiner Laut der Zustimmung Hanks Kehle. Es war eine Mischung aus Stöhnen und Grunzen, aber was immer es war, der Laut rauschte durch ihren Körper. Ohne es zu wollen, beugte sich Callie zu ihm, ihr Körper ignorierte die Befehle, sich nicht vom Fleck zu rühren. Das Gleiten seiner Zunge über ihrer wurde eindringlicher und seine festen, vollen Lippen brachten Callie dazu, ihren Schutzpanzer abzulegen.

Verdammt, dieser Mann konnte küssen.

Sie wurde schwach und gab nach, griff nach ihm, hielt sich an ihm fest. Im nächsten Moment war sie kurzzeitig in der Luft, als seine kräftigen Arme sie an der Hüfte hochhoben und auf seinen Schoß setzten. Ihr Gesicht war jetzt direkt vor seinem, während sie im Reitersitz auf ihm saß. Doch es gab keine Zeit, über die Konsequenzen nachzudenken, da seine Zunge ihre freundliche Invasion fortführte (und um ehrlich zu sein auch ihre Fähigkeit, Entscheidungen zu fällen, außer Kraft setzte). Inzwischen fuhren Hanks Hände ihren Rücken herab und legten sich unten auf ihre Taille.

Um sich abzustützen legte Callie ihre Hände auf seine Brust. Doch die harten Muskeln unter ihren Handflächen luden zu einer Erkundung ein – sie strich mit den Fingerspitzen über seine Brustmuskeln und seine Seite entlang, bis er stöhnte. „Callie", flüsterte er gegen ihren Mund.

Doch sie wollte nicht hören, was er als Nächstes sagen würde. Vielleicht würde er vorschlagen, es doch besser sein zu lassen, oder vielleicht das Gegenteil – möglicherweise wollte er sie auch fragen, ob er einen Schritt weiter gehen durfte. Beide Vorschläge waren beängstigend. Also tat Callie das einzig

Vernünftige: Sie legte die Hände in seinen kräftigen Nacken und küsste ihn fester.

Hank hatte nichts dagegen. Er zog sie nur noch enger an sich, seine stählernen Arme umschlossen sie mit festem Griff. Ihr Busen strich über seine Brust und die Berührung war zum Verrücktwerden. Und wie irre, dass er schon der zweite Mann war, den sie heute küsste. Das passierte ihr zum ersten Mal im Leben. Und die beiden waren nicht einmal ansatzweise zu vergleichen. Hanks Küsse waren wie Magie.

„Callie", flüsterte er wieder an ihrem Mund. „Ich nehme dich jetzt mit ins Bett."

Daraufhin atmete sie tief und zittrig ein. Ihr benommener Verstand entpackte diese kurze Ankündigung und bemerkte, dass er keine Frage, sondern eine Tatsache geäußert hatte.

Jeder Arzt, der einmal in der Notaufnahme gearbeitet hat, lernt dabei, schnelle Entscheidungen zu fällen, selbst wenn die Konsequenzen gewaltig sein sollten. Im folgenden Sekundenbruchteil schätzte Callie die möglichen Auswirkungen ab, sollte sie Hank ins Schlafzimmer folgen. Auftretende Nebenwirkungen könnten Schwindel, Verlust der Würde und Verwirrung beinhalten. Ganz zu schweigen von der Gefahr eines weiteren, für beide Seiten peinlichen Zwischenfalls.

Aber mal im Ernst. Würde sie wirklich dankend ablehnen? *Natürlich nicht.* Und vielleicht kam sie ja so auch über ihn hinweg.

Während ihr lustbenebelter Verstand sein Bestes gab, die Konsequenzen aufzulisten, stellte Hank sie auf ihre Füße. Bevor sie sich keuchend von ihrer Überraschung erholen konnte, beförderte er sich auf die ihm eigene, sportliche Weise in seinen Stuhl, wie ein knallharter Turner, der sich von einem Gerät aufs andere schwang. Dann griff er nach ihren Händen und zog sie auf seinen Schoß. Sie lehnte sich an seine Brust, während er in Richtung des Schlafzimmers fuhr. „Ich hatte noch nie eine Mitfahrerin", flüsterte er ihr ins Ohr, bevor er daran knabberte.

Sie drehte den Kopf, um in seine lachenden Augen zu sehen. Also küsste er sie erneut und Callie war nur ein bisschen überrascht, dass er es problemlos schaffte, den ganzen Weg an sein Bett zu fahren, während sie heiße Küsse austauschten.

„Wir sind da", flüsterte er. Seine kräftigen Arme hoben sie hoch und warfen sie auf das niedrige, modern anmutende Bett. Ein weiteres Mal drückte er sich mühelos von den Armlehnen seines Stuhls ab und schwang seinen Körper neben sie. Dabei nutzte er einen Arm, um seine Beine ebenfalls aufs Bett zu hieven. Dann umschlang er Callie und begann, ihren Hals mit Küssen zu bedecken. Sie ließ die Arme um seinen Oberkörper gleiten und all die festen Muskeln unter ihren Händen machten sie geradezu euphorisch.

„Du fühlst dich so gut an", sagte er in den V-Ausschnitt ihres Oberteils. „Wenn ich verspreche, nicht wieder die Nerven zu verlieren, darf ich dir dann ein paar Klamotten ausziehen?"

Sie neigte den Kopf, um seine Lippen zu finden. Sein Kuss war heiß und fordernd, doch sie unterbrach ihn, um antworten zu können. „Vielleicht solltest du dich zuerst ausziehen, als Garantie."

Seine Augen lächelten zu ihr hoch. „Wie wär's, wenn wir es abwechselnd machen?"

Callie atmete tief durch und gab sich eine letzte Chance, zur Vernunft zu kommen. Doch auch die ließ sie ungenutzt. „Abgemacht", sagte sie stattdessen.

Mit einem Grinsen machte er einen Sit-up, zog sich das T-Shirt über den Kopf und legte seine wunderbare Brust frei. So lange hatte sie sich danach gesehnt, ihn dort zu berühren. Jetzt tat sie es und ließ ihre Finger über das Sonnen-Tattoo auf seiner Brust wandern. Genussvoll schloss er die Augen.

Als sie begann, eine Spur über seine Brust zu küssen, drang

ein gieriger Laut aus seiner Kehle. „Jetzt bist du dran", raunte er und knöpfte ihre Bluse auf. Als das Oberteil abfiel, griff er nach ihrem BH-Träger.

„Warte mal", tadelte sie ihn. „Ich dachte, wir machen das abwechselnd?"

„Spielverderberin", flüsterte er. „Dann, machen wir es eben so, wie du willst." Er steckte seine Nase zwischen ihre Brüste und leckte eine Linie entlang ihres BHs, wo dieser ihn davon abhielt, mehr von ihr zu erreichen. Ihre Brustwarzen wurden schon bei der Andeutung hart und Callie schaffte es nicht, ein Wimmern zu unterdrücken.

Sie weiter quälend setzte er seinen Mund auf eine ihrer seidenbedeckten Brustwarzen und saugte leicht daran. Die Wärme seiner Zunge durch den befeuchteten Stoff machte sie rasend. „Okay, zieh ihn aus", flehte sie.

„Regeln sind Regeln", schmunzelte Hank.

„Du hast dein ganzes Leben lang keine Regeln befolgt", gab Callie zurück und drückte den Rücken durch, um mehr von ihrer Brust in seinen Mund zu bekommen.

„Gutes Argument." Eine halbe Sekunde später hatte er ihren BH ausgezogen und seine Zunge auf ihre Brust gedrückt. Mit weit geöffnetem Mund saugte er ihren Nippel tief ein.

„Oh Gott, ja", seufzte Callie. Das Wirbeln seiner Zunge auf ihrer empfindlichen Spitze schickte ein knisterndes Verlangen bis in ihr Innerstes. Wie schon zuvor brachte Hank sie blitzartig von Null auf Neunzig. Angesichts ihrer gemeinsamen Vorgeschichte kam ihr in den Sinn, dass sie etwas zurückhaltender sein sollte. Aber es fühlte sich alles viel zu gut an, um sich Sorgen zu machen.

Mit zitternden Fingern griff sie an seinen Reißverschluss, hielt aber mit einer Hand an seinem Jeansknopf inne. „Jetzt oder nie", flüsterte sie.

„Mach es", sagte er. Ungeduldige Hände griffen herab, um

ihr zu helfen. Er streifte seine Jeans ab, ließ dabei aber seine enganliegenden Retroshorts noch an. Callie griff nach dem Gummibund, aber er hielt ihre Hand fest. „Noch nicht, okay?"

Fragend sah sie hoch in seine Augen. Aber er betrachtete sie mit einem warmen Blick. „Ich mache keinen Rückzieher, es braucht nur einen Schritt mehr als früher." Er küsste sie. „Seit unserem Desaster bei Willow habe ich einige... Hausaufgaben gemacht."

Callie grinste zu ihm hoch, sprachlos bei der Vorstellung, wie Hank sich selbst befriedigte.

„Vertrau mir, das sind die einzigen Hausaufgaben, bei denen ich jemals gut war." Er küsste sie erneut und sein Mund brachte ihren zum Schmelzen. Es lagen jede Menge Entschlossenheit und Verlangen in diesem Kuss. Sie protestierte nicht, als er sie als Nächstes aus ihrer Jeans befreite, worauf sie nur noch in einem Seidenhöschen dalag. Dann rollte er sich so auf sie, dass ihre Hüften aufeinander lagen. Mit Küssen, deren Intensität die Ostküste mit Energie hätten versorgen können, bewegte er sich auf ihr. Sie spürte, wie er an ihrem Körper hart wurde und sein Verlangen zwischen ihren Beinen wuchs.

Sie griff nach unten und strich mit den Fingern über die Wölbung in seiner Shorts, streckte sich noch weiter, um über seine Hoden zu streicheln. Er stieß ein Stöhnen aus. Die Art und Weise, wie sich seine Augen schlossen, als sie ihn berührte, schien darauf hinzuweisen, dass er ziemlich viel Gefühl in dieser Gegend hatte.

Es war schwer abzustellen, mal nicht wie eine Ärztin zu denken. Selbst hier.

Doch dann brachte ein weiterer seiner wirkungsvollen Küsse sie dazu, den geistigen Arztkittel auszuziehen. „Ich will dich anfassen", flüsterte sie.

„Jetzt gehöre ich ganz dir", sagte er und griff an seinen Gummibund. Vorsichtig befreite er sich aus der Shorts, die

Hand um seinen Schaft gelegt. Langsam massierte er ihn der Länge nach und Callie spürte, wie ihr beim Anblick die Röte ins Gesicht schoss. Er war dick und prachtvoll. Sie drückte seine Hände zur Seite und übernahm für ihn.

„Oh ja", sagte er und rollte sich auf den Rücken. Er zog sie zu sich, um sie zu küssen. Sie kroch auf ihn und das seidene Dreieck ihres Höschens rieb an seinem Schwanz.

Sie ließ ihre Hüfte kreisen und rieb über ihn, bis er aufstöhnte. „Kannst du das spüren?", fragte sie.

„Ich denke schon. Doch um sicherzugehen, solltest du das besser nochmal machen", grinste er.

Sie glitt über ihn und quälte sie beide damit, bis er sie auf die Seite rollte, ihr Höschen packte und es runter riss. Während er sie weiter hungrig küsste, glitt seine Hand zwischen ihre Beine. Als seine Finger die tiefe Spur von Feuchtigkeit dort fanden, stöhnte er in ihren Mund. „Gottverdammt." Er ließ sie kurz los, griff hinter sich und zog ein Kondom aus seiner Schublade.

Callie stoppte ihn. „Du kannst das benutzen, wenn du willst, aber..."

Er sah sie an, während er die Verpackung zwischen den Fingern drehte. „Wir brauchen das nicht?"

Sie schüttelte den Kopf. „Ich bin gesund und verhüte und du hattest jeden erdenklichen medizinischen Test. Und ich dachte... " Sie räusperte sich. „Die schmälern das Empfinden."

Mit einem Lachen schleuderte er das Kondom durch den Raum. Dann rollte er sich auf sie, so dass seine Stirn an ihre drückte. „Callie, ich habe vorhin etwas wirklich Anmaßendes gemacht."

„Was denn?"

„Ich habe eine Pille genommen." Sein schiefes Grinsen war verrucht.

„Ich schätze mal, es war keine Aspirin?"

Seine dunklen Augen blitzten auf und er küsste sie. „Nein."

„Etwas, das dein Urologe dir verschrieben hat?"

„Mmm-hmm", sagte er und seine Zähne knabberten an ihrer Unterlippe. „Und für den optimalen Effekt muss ich es noch etwa zehn Minuten wirken lassen. Ich frage mich, ob mir bis dahin ein guter Zeitvertreib einfällt?" Er schob sich etwas weiter ihren Körper herab und ließ ihren Brustwarzen noch mehr von seiner Verehrung zuteil werden.

Hitze breitete sich zwischen ihren Beinen aus und sie presste ihre Hüfte an ihn.

„Weißt du", er brach ab, um noch weiter runter zu rutschen, und küsste ihren Bauch. „Es gibt einen Teil von mir, der nie verletzt war."

„Welchen?", keuchte sie und genoss das köstliche Gefühl seines Körpers auf ihr.

„Meine Zunge." Er begann, einen Pfad an ihrem Bauchnabel vorbei zu küssen und seine Lippen hielten an, um sich um ihren Hüftknochen zu schließen. Und dann glitten sie tiefer auf die Innenseite ihres Oberschenkels.

„Oh Gott", keuchte sie. Sie merkte, wie sie sich anspannte.

Er hob den Kopf. „Kein Fan?"

Callie saugte Luft ein. Sie sah herab, überwältigt vom Anblick dieser umwerfenden, braunen Augen, die zwischen ihren Beinen zu ihr hoch sahen und diesen kräftigen, tätowierten Schultern, die über ihren Knien schwebten. Sie ließ den Kopf zurück aufs Kissen sinken. „Ich... ich habe ehrlich gesagt keine Ahnung, ob ich ein Fan bin." Nathan hatte nie angeboten, sie dort zu küssen. Und was für betrunkene Erlebnisse sie auch immer während ihrer Unizeit gehabt hatte, waren längst vergessen.

An der Innenseite ihres Oberschenkels gab Hank einen schnalzenden Laut von sich. „Na, dann denk darüber nach, während ich dich schmecke. Du kannst mir deine Meinung sagen, wenn ich fertig bin."

Callie zwang sich dazu, ihren Rücken aufs Bettlaken zu drücken. Zunächst liebkoste sein Mund nur die empfindliche Haut auf der Innenseite ihres Schenkels, also entspannte sie sich. Aber während er zärtlich an ihrem Oberschenkel saugte, glitt sein Daumen herüber und beschrieb einen langsamen Kreis um ihre empfindliche Knospe. Mit einem heftigen Keuchen verließ sie ihr Atem. Dann, während sein Daumen einen glitschigen Pfad um ihre Öffnung malte, führte er seine Lippen zum oberen Ende ihres Hügels, wo seine sanften Küsse sie vor Erregung beben ließen. Einer seiner entzückenden Finger fand seinen Weg in ihr Inneres und gerade als sie genoss, wie wunderbar sich das anfühlte, glitt seine Zunge über ihre Klitoris.

„Oh, mein Gott", keuchte sie.

Sein Lachen wurde gedämpft von ihrer... *Himmel.* Doch sie saugte ihre Lungen erneut mit Luft voll und entschied, dass sie sich später noch deswegen schämen konnte. Er zog sich kurz zurück, während sie nach Atem rang. Doch dann krümmten sich seine raffinierten Finger tiefer in sie hinein und sein Mund liebkoste erneut ihren Körper. Vor ihren geschlossenen Augenlidern tanzten Sterne.

„Oh, ist das gut...", hauchte sie.

„Das stimmt", sagte er beim Lecken. „Mmh."

Sie erbebte, jedes Nervenende ihres Körpers schien unter Strom zu stehen. Ihre Hüfte rollte zu ihm – es wäre unmöglich gewesen, sie still zu halten. Hanks Mund nahm eine prickelnde Geschwindigkeit an und ertränkte sie in einem Sinnesrausch. Nach nur einer Minute war sie kurz davor, zu kommen. Warum war er nur so gut darin? Diese Frage brachte ihren Genuss ins Stocken. Sein Spitzname verriet doch alles, oder nicht? Dieser Teufelskerl würde ihrem Herzen höllische Schmerzen zufügen.

Doch dann tat er etwas, das sie diesen sorgenvollen Nadelstich vergessen ließ. Er schloss die Lippen um ihre Klitoris und saugte zärtlich daran.

Ein Schrei blieb ihr im Halse stecken, als ihr Körper sich plötzlich um Hanks Finger presste. In Ekstase rollte Callie ihre Hüften, während der Höhepunkt sie überkam und in Wellen durch sie pulsierte. Als sie es nicht mehr länger aushalten konnte, lockerte er seine Berührung. Seine beiden Daumen glitten langsam über ihren feuchten Hügel. Dann senkte er seine Lippen für einen letzten zärtlichen Kuss auf ihren Körper.

Erschöpft lag Callie still da, während er sich zu ihr hoch zog, um sich neben sie zu legen. Mit dem Ballen eines feuchten Daumens streichelte er ihre Wange. „Ich war dir noch was schuldig von dem wahnsinns Orgasmus, den du mir auf dem Massagetisch verpasst hast." Er lachte. „An den Tag denke ich *immer* noch."

Sie lächelte ihn an, aber im Herzen verspürte sie einen schmerzhaften Stich. Für Hank drehte sich alles um Befriedigung – um rasende Herzen und Orgasmen. Doch Callie wusste, dass sie diese Nacht nie wieder aus dem Kopf bekommen würde, oder ihrem Herzen. Die funkelnden, dunklen Augen und dieses schiefe Bad-Boy-Lächeln würden für immer in ihr Herz eingebrannt sein. Genauso wie der Anblick seiner wohlgeformten Schultern zwischen ihren Schenkeln.

Kein Anderer würde da jemals heranreichen. Die Nathans dieser Welt würden nie wieder genug sein.

Callie strich mit den Händen über Hanks makellose Brust und versuchte, nicht zu betrübt darüber zu sein.

∼

Hank zog Callie an sich und streichelte ihr über den Rücken, während sie sich erholte. Süß und mit geröteten Wangen lag sie in seinen Armen und er genoss jeden Moment. Er hatte seit fast einem Jahr keinen Sex mehr gehabt und er platzte fast vor Vorfreude. Aber was waren schon weitere zehn Minuten unter Freunden? Heute Nacht würde er ins Ziel kommen. Und wenn es aus irgendeinem Grund nicht klappen sollte, würde er sie dazu überreden, es morgen nochmal zu versuchen. Er war fertig damit, sich Sorgen zu machen.

Und überhaupt war Callie eine Frau, mit der man es langsam anging. Mit der man die Zweisamkeit richtig auskostete. Die Zeiten, in denen er ein fremdes Mädchen auf der Toilette einer Bar bumste, waren vorbei und er hatte fast ein Jahr gebraucht, um zu erkennen, dass ihn das nicht einmal störte. All diese Zeit ohne Intimität – und seiner Angst, dazu nicht imstande zu sein – war ein todsicherer Weg, um sich daran zu erinnern, worum es dabei wirklich ging. Wenn man es richtig machte, kam man beim Sex einem Menschen so nah wie nur möglich. Und hier im Bett lag die Frau, der er am liebsten nahe sein wollte. Er drückte sein Gesicht in Callies Haar und atmete tief ein.

Nach einer Weile verlagerte sie ihre Position und glitt mit ihrer Hand herab, um seinen Schwanz zu streicheln, der wundersamerweise immer noch hart war. Hank schickte ein stilles Stoßgebet des Dankes an das große Pharmaunternehmen, welches heute Abend Unterstützung leistete.

Keine Angst, ermahnte er sich. Vor letztem Dezember hatte er sich nie Sorgen gemacht, dass ihn seine Courage verlassen könnte. Das Scheitern war sein Verbündeter. Für jeden Trick, den Hank in einem Wettbewerb gelandet hatte, hatte er sich vorher mindesten zwei Dutzend Mal aufs Maul gelegt. Und das war immer in Ordnung für ihn gewesen. Wenn er eine Grenze fand, die sein Körper nicht überschreiten zu wollen schien, wurde er nur noch entschlossener, es irgendwie zu schaffen.

Bis vor Kurzem.

Er hatte seinen Schock und die Angst gewinnen lassen. Und die Konsequenz dessen war eine reine Katastrophe gewesen. Die Furcht hatte ihm keinen Gefallen getan. Tatsächlich hatte er sich aufgrund dieser Furcht wie ein Arsch benommen.

Aber nicht länger. Hank schloss die Augen und versank in dem Genuss von Callies Berührung. Es fühlte sich nicht mehr genauso an wie vor seinem Unfall, aber jetzt wo er deswegen nicht mehr in Panik geriet, musste er zugeben, dass es sich immer noch verdammt gut anfühlte. Diese neue Art der Erregung war eher wie ein langsames Glimmen anstelle eines Pulverfasses. So oder so, er war scharf auf sie und spannte vor freudiger Erwartung seine Bauchmuskeln an, während ihre weiche Hand ihn streichelte.

„Mmm", sagte er und nahm ihr Streicheln als Einladung. Er rollte sich rüber und bedeckte ihren Körper mit seinem.

„Du fühlst dich gut an da oben", hauchte sie.

Er küsste sie langsam und schob seine Hüfte auf ihre. Die Luft zwischen ihnen knisterte vor Anspannung. „Ich will dich, Callie. Darf ich?"

Sie nickte und legte ihm die Hände in den Nacken.

Er brauchte einen Moment, um seine widerspenstigen Beine zwischen den ihren zu ordnen. Dann drückte er sich mit einem Arm hoch, während er seine andere Hand dazu benutzte, ihn einzuführen. Wie viele Male hatte er das in seinem Leben schon getan? Er hatte keine Ahnung. Er wusste nur, dass er es noch nie so genossen hatte, wie er es genau jetzt tat. „Callie", flüsterte er, als seine Eichel in sie einsank. Ohne ein Kondom schien die feuchte Seide ihres Körpers ihn begierig in sich aufzunehmen.

Ihr sexy, verschleierter Blick hielt seinen fest, während er sich langsam in sie drückte. Sie war so warm und eng, dass er die Augen schließen und einmal durchatmen musste. Sie spreizte die Beine, um ihn ganz aufzunehmen, und er dehnte sie, bis er so nah wie nur möglich an ihrem Körper war.

Und dann ließ er sein Gesicht überwältigt in die Geborgenheit ihrer Haare fallen.

„Hallo Hübscher", gurrte sie und streichelte mit einer Hand seinen Nacken. Dann fuhren beiden Hände seinen Rücken herab. Er spürte, wie ihre Fingerspitzen in Richtung seines hypersensiblen Bereichs an der Taille wanderten und erbebte in ihren Armen. So langsam, dass es fast quälend war, wiederholte sie es.

Gott, es gab nichts Besseres als das hier.

Mit einem Stöhnen bäumte er sich auf, um seinen Mund an ihren zu drücken und sie mit seiner Zunge zu schmecken. Er drückte seine Unterarme aufs Bett und nutzte seinen Trizeps, um seinen Körper über ihrem vor und zurück zu wiegen, bis sie vor Lust zu wimmern begann.

„Callie", raunte er. „Ich glaube nicht, dass ich langsamer werden kann. Das erste Mal wird schnell und schwitzig."

„Tu es", keuchte sie.

„Tu was, Süße?" Er sah ihr in die Augen und lächelte. Wenn er sie nochmal dazu bringen konnte, „Fick mich" zu sagen, würde er es dieses Mal nur allzu gerne befolgen.

Doch sie kniff nur die Augen zusammen und streckte dann eine Hand nach unten, um ihm auf den Arsch zu hauen.

Mit einem Lachen setzte er einen schnellen Kuss auf ihren Schmollmund. „Na gut, selbst wenn du nicht fragst, ich bringe dich trotzdem dazu, meinen Namen zu schreien." Ihre Augen wurden etwas weiter und ihre Wangen erröteten pink. Gott, sie war fantastisch. Und sie war wunderschön und er der Glückspilz, der tief in ihr eingebettet war. Unglaublich.

Hank streckte einen Arm über den Kopf und griff nach der Leiste am modernen, eisernen Kopfende seines Bettes. Dort hielt er sich fest, stieß sich tiefer in sie und erhöhte seine Geschwindigkeit. Unter ihm kam Callies Atem nur noch als

Stöhnen hervor. Er wurde sanfter und verlangsamte seine Bewegungen. „Zu viel?"

„Nein, hör nicht auf", keuchte sie und drückte ihre Hüften hoch.

Er konnte nicht anders, als ein lautes, glückliches Stöhnen von sich zu geben. Seinen Arm wieder beugend drang er tief in sie. Jeder Stoß fühlte sich besser an, als der vorherige. Endlich war Callie hier in seinem Bett und hielt ihn mit jedem Teil ihres Körpers, ihr süßer Atem legte sich auf seine Haut, ihre Wärme sickerte in seine Seele.

Es hatte nie zuvor einen so perfekten Moment in seinem Leben gegeben. All sein Frust fiel von ihm ab, ersetzt durch einen mächtigen Cocktail aus Zuneigung und Triumph. Jeder Teil von ihm – selbst die Narben, die er auf seinem Körper und seinem Herzen trug – erwachte in diesem Moment zum Leben. All sein bisheriges Leiden war ebenfalls mit ihm hier und jedes Bisschen davon nährte und schürte das heutige Glücksgefühl noch. Bis jetzt hatte er nicht verstanden, dass das eine das andere so viel süßer machte.

Während er sich bewegte, legte Callie ihre gespreizten Finger an die Seiten seines Oberkörpers. Jedes Gleiten seines Körpers brachte ihre Fingerspitzen dazu, wie Harken über seine sensible Taille zu fahren. Das Gefühl ließ ihn erbeben. „Fester", stieß er zwischen den Zähne hervor. Ihre Fingerspitzen wurden zu Fingernägeln und er hätte vor Erregung beinahe aufgeschrien.

„Gott, küss mich", hauchte sie.

Er tauchte seine Zunge in ihren Mund und sie drückte sich mit einem Stöhnen vom Bett hoch. Ihr Atem wurde zu einem unregelmäßigen Keuchen. Er hielt seinen Teil ihres wundervollen Paktes ein, pumpte gegen ihren fabelhaften Körper und küsste sie, als hinge sein Leben davon ab. Und auf eine gewisse Weise tat es das auch. Irgendwie war er an diesem Punkt angekommen, trotz seiner eigenen Angst und Sturheit. Callie gab ihm sein Leben zurück und er hatte es nicht einmal verdient.

Dann klammerte sie sich an ihn und schrie bei jedem Stoß auf. Und der Laut ihrer Lust ließ ihn explodieren. Er spürte, wie sich seine Hoden zusammenzogen und seine Hüften bockten, während sich ein wildes Kribbeln in seinem Becken ausbreitete. Und dann ergoss er sich zum ersten Mal seit fast einem Jahr in eine Frau. „Oh, Gott", keuchte er. „Endlich." Er spannte sich wieder und wieder an, bevor er schließlich auf seine Unterarme fiel und in Callies Halsbeuge keuchte.

Und dann war alles still, die einzigen Laute waren ihr beider schneller Atem. Immer noch in ihr, leckte er einen Schweißtropfen von Callies Schlüsselbein. Sie legte eine Hand auf ihr Gesicht und drehte den Kopf. Aber er hob ihn an und sah ihr in die Augen. „Bist du noch bei mir, Hübsche?"

Callie lächelte und atmete schwer. „Das war intensiv."

Sanft drückte er seine Lippen auf ihre. „Ich glaube, das haben wir beide gebraucht. Sehr, sehr dringend." Widerwillig zog er sich aus ihr zurück und glitt an ihre Seite, nahm sein Mädchen in den Arm und hielt sie fest. „Callie. Es gibt keine Worte dafür, wie ich mich gerade fühle."

Als Antwort gab sie lediglich ein glückliches Seufzen von sich.

Hank schloss die Augen und fühlte einen inneren Frieden, den er schon sehr lange Zeit nicht mehr verspürt hatte.

15

In Hanks Arme gekuschelt, fühlte sich Callie überglücklich. Mit seinen Fingerspitzen malte Hank sanfte Kreise über ihren Rücken. Irgendwann fuhr seine Hand an ihrer Taille entlang, unterhalb ihres Bauchnabels. Ein wohliger Schauer durchfuhr sie. „Genau da", sagte er mit rauer Stimme. Seine Finger zeichneten eine waagerechte Linie über ihren Bauch. „Es ist absolut verrückt, wenn du mich da berührst, drehe ich fast durch. Das ist mir fast schon peinlich." Sie verschränkte ihre Finger mit seinen. „Als sexuelle Vorliebe ist an der Taille gekitzelt zu werden nicht so ausgefallen. Nicht wenn man bedenkt, dass andere Leute Peitschen und Ketten benutzen. Oder sich Früchte in ihre Körperöffnungen einführen."

„*Früchte?* Machst du Witze?"

„Wenn man jahrelang neben der Notaufnahme arbeitet, bekommt man einiges mit."

Er lachte und sie kuschelte sich an seinen Körper. Seine Finger spielten mit einer Locke ihres Haares, die auf seiner Brust lag. „Ich habe mich immer gefragt, wie sich dein Haar dort wohl anfühlen würde", murmelte er. „Die Antwort ist: fantastisch."

Doch Callie hatte sich durch den Gedanken ans Krankenhaus ablenken lassen. „Hank", flüsterte sie. „Diese Stelle, für die ich mich in Kalifornien..."

Da bewegte er sich plötzlich blitzschnell. Bevor sie wusste, wie ihr geschah, hatte er seine Lippen wieder auf ihre gepresst. Nach einem langen, gefühlvollen Kuss, sagte er: „Jedes Mal, wenn du davon anfängst, werde ich dich einfach wieder küssen."

Sie erwiderte seinen Kuss und verstand den Wink. Jetzt war wirklich nicht die Zeit, das zu diskutieren. Sie hatte gerade den besten Sex ihres Lebens gehabt und die wichtigen Gespräche konnten noch ein paar Stunden warten.

Draußen vor Hanks Fenster war der Himmel dunkel geworden und sie waren immer noch in diesem wundervollen Kokon eingepackt, den sie füreinander gemacht hatten. Sie genoss das Gefühl seiner Lippen, die über ihre Augenbrauen strichen, und die steinharten Muskeln seiner bemalten Brust, an die sie sich kuschelte. Doch dann, selbst durch den Nebel ihrer erschöpften Glückseligkeit, war sich Callie sicher, dass sie Schritte auf der anderen Seite der Schlafzimmertür hörte. „Ehm, Hank...?"

Rasch setzte er sich auf und zog die Bettdecke über sie. Callie erstarrte, als sie ein kurzes Klopfen, gefolgt von einer Männerstimme hörte. „Hank? Bist du da drin?"

Hank hob den Kopf, um zu antworten. „Gib uns noch ein paar Minuten, Kumpel."

„Oh, Mann!", sagte eine seltsam vertraute Stimme. „Typischer Teufelskerl." Sie hörte, wie sich ein Kichern von der Tür entfernte.

„Was war das denn?", flüsterte Callie. „Hast du Gäste eingeladen, Hank? Wieso hast du nichts gesagt?"

Er wackelte mit den Augenbrauen. „Weil ich versucht habe,

dich ins Bett zu bekommen, Callie. Welcher Trottel würde da Gäste erwähnen?"

Sie wusste nicht, ob sie lachen oder weinen sollte. „Das wird ganz schön peinlich. Gibt es eine Hintertür, durch die ich mich schleichen kann?"

„Wag es ja nicht", kicherte er. „Wir sind alle Freunde hier."

Sie sah über seine Schulter hinweg zur Tür, aber die war geschlossen. „Wie kommst du darauf?"

Hank beugte sich vor und berührte ihre Stirn mit seiner. „Du weißt, wer das war, oder?"

Sie schüttelte den Kopf.

„Das war Dane. Sie übernachten bei mir."

„Was?" Sie rutschte unter ihm hervor und setzte sich auf. „Willow ist auch hier? Warum weiß ich davon nichts? Oh..." Sie schlug die Hand an die Stirn. „Sie hat drei Textnachrichten geschickt und mir auf die Mailbox gequatscht."

Hank lachte laut auf. „Die gute Frau Doktor ist mit ihren Nachrichten im Verzug."

„Ich war etwas beschäftigt."

„Womit?" Er hob den Kopf und saugte an ihrer Brustwarze.

„Oh, mein Gott." Callie ließ sich zurück auf die Kissen fallen. „Bitte hör auf damit, ich kann nicht klar denken, wenn du das tust."

„Denken wird überbewertet." Er verwöhnte ihre andere Brust auf die gleiche Art, bevor er sich vollständig aufsetzte. „Ich schätze, es wäre unhöflich, wenn ich unsere Gäste nicht begrüßen würde. Obwohl ich vermute, dass Dane das Bier bereits gefunden hat."

Callie schlug die Hände vors Gesicht. „Kann ich kurz unter deine Dusche hüpfen? Oder auch für drei Stunden? Ich glaube, so lange brauche ich, bis ich mich gesammelt habe."

Er schlang die Arme um ihre Taille. „Nur wenn du

versprichst, heute Nacht hier zu bleiben. Ich bin noch nicht so weit, dich gehen zu lassen."

Hank wartete, bis er das Prasseln der Dusche hörte, bevor er sich in seine Jeans zwängte. Nachdem er angezogen war, rollte er sich ins Wohnzimmer. „Sorry wegen gerade."

Dane grinste ihn über den Rand einer Heady Topper Dose hinweg an. „Du musst dich nicht entschuldigen, Mann. Ich hätte es besser wissen müssen, als einfach an irgendwelche Türen zu klopfen. Ich vergaß, mit wem ich es hier zu tun habe."

„Offensichtlich hast du das!" Hank konnte sich diese kleine Prahlerei nicht verkneifen, obwohl Dane jeden anderen Tag der letzten elf Monate in sein Schlafzimmer hätte kommen können und nur seinen einsamen Arsch dort vorgefunden hätte. „Hey Dane, sei cool zu ihr, ja? Die Sache ist noch ganz frisch."

„Wann bin ich denn mal nicht cool?", zwinkerte Dane.

In dem Moment kam Willow durch die Haustür, ein sehr müdes Kleinkind auf dem Arm. „Sie wollte nicht aufwachen. Hi, Teufelskerl!" Sie ging zu ihm und drückte ihm einen Kuss auf die Wange. Dann sah sie sich um. „Wo ist Callie? Ich habe ihren Wagen in der Auffahrt gesehen."

Dane verschluckte sich an seinem Bier.

„Alles in Ordnung?" Willow eilte zu ihrem Mann herüber und klopfte ihm auf den Rücken, doch der fing schon an zu grinsen, noch während er das Bier ausspuckte.

„Callie?", hustete Dane.

Hank schüttelte den Kopf. „Ich hab dir doch gesagt, du sollst cool bleiben, Alter."

Dane warf den Kopf in den Nacken und lachte. „Es sind immer die Stillen."

„Was ist so lustig?", wollte Willow wissen. „Wo ist Callie?"

„Vielleicht siehst du mal im Schlafzimmer nach", grinste Dane und zeigte mit seiner Bierdose in die Richtung.

Willows Augen wurden groß, als sie begriff. Wortlos überreichte sie Dane das kleine Mädchen, welcher es mit einem Arm festhielt. Dann ging sie zur Schlafzimmertür. „Callie?", sagte sie und klopfte zweimal. Dann öffnete sie die Tür und verschwand dahinter.

Als Callie aus Hanks Badezimmer kam, saß Willow auf der Bettkante, nur einen halben Meter von dem Ort des Geschehens entfernt. „Callie", sagte sie. „Als wir das letzte Mal miteinander gesprochen haben, fragte ich dich 'Was gibt's Neues?' und du hast 'Nichts' gesagt. Es macht dich nicht gerade zur Top-Kandidatin der Freundin des Jahres, wenn du den guten Stoff verschweigst." Callie konnte sehen, dass sie gegen ein Grinsen ankämpfte.

„Zu meiner Verteidigung", sagte Callie und kämmte sich die nassen Haare, „als wir das letzte Mal gesprochen haben, gab es noch keinen guten Stoff zu erzählen."

„Das ist keine Entschuldigung", grinste Willow. „Wenigstens weiß ich jetzt, warum du zu beschäftigt warst, meine Nachrichten zu beantworten. Ich bin nicht mal beleidigt. Also... du und Hank seid zusammen. Das habe ich wirklich nicht kommen sehen."

„Ich würde nicht sagen, dass wir zusammen sind." Callie spürte, wie ihre Wangen heiß wurden. „Es ist noch ganz ungezwungen."

Eine Sekunde lang sagte ihre Freundin nichts. „Da muss ich ein Veto einlegen. Nichts, was du tust, ist ungezwungen, Callie."

Das klang nicht fair. „Vielleicht will ich nicht mehr dieses langweilige Mädchen sein."

„Hey! Ich habe nicht gesagt, dass du langweilig bist." Willow legte eine Hand auf Callies Ellenbogen. „Du bist klug. Du bist fürsorglich. Und du bist loyal. Also, wenn du mir erzählen willst, das Hank nur eine Affäre für dich ist, dann kann ich das schwer glauben.“

Callie strich ihr T-Shirt glatt und versuchte, nachzudenken. „Ich mag Hank wirklich sehr“, gab sie zu. „Aber wir haben noch nicht über eine Beziehung gesprochen.“ Und warum sollten sie das auch? „Er ist noch dabei, sein neues Leben auf die Reihe zu bekommen. Das ist nicht der richtige Moment, ihn unter Druck zu setzen und eine Verpflichtung zu verlangen. Außerdem hast du mir selbst gesagt, dass er ein Playboy ist und nicht gerade der Beziehungstyp.“

Willow zuckte die Achseln. „Er hatte eine Beziehung, oder nicht?“

„So wie die geendet ist, warum sollte er da eine neue wollen?“

Ihre Freundin warf die Arme in die Luft. „Callie, das weißt du erst, wenn du ihn fragst.“

„Das stimmt“, gab Callie zu. Aber großartiger Sex machte noch keine gute Beziehung. Und es schien nicht fair, ihn jetzt schon danach zu fragen. „Hey, wo ist Finley?“

„Ich hab sie Dane gegeben.“

Callie legte eine Hand auf die Klinke der Schlafzimmertür. „Dane wird mich das nicht vergessen lassen, oder?“

„Nö!“, sagte Willow heiter. „Also kannst du die Suppe auch gleich jetzt auslöffeln.“

Hank hatte das Kaminfeuer geschürt und nach dem Chili gesehen. Dann hatte er Dane ein neues Bier gebracht und sich am anderen Ende des Sofas niedergelassen. Das Baby saß zurückgelehnt in Danes Schoß, als wäre ihr Vater eine Chaiselongue. Sie trank ihr eigenes Getränk aus einem Fläschchen, während ihre großen, verträumten Augen zu Dane hochsahen und sie seiner Stimme durch die Vibration seines Brustkorbs lauschte.

Die gemütliche Art, wie die Hand seines Freundes auf ihrem pummeligen Bein lag, war für Hank aus irgendeinem Grund schwer anzusehen. Die Jungs im Snowboardzirkus trauerten um jeden aus ihrer Gruppe, der heiratete und sesshaft wurde. Doch Dane sah glücklicher aus, als Hank ihn je zuvor gesehen hatte.

Hank lenkte sich ab, indem er seine Beine auf den Couchtisch hievte und seinen Quadrizeps streckte. Seine Beinmuskeln waren dabei, sich zu verkrampfen. Der Reflex war mit aller Wahrscheinlichkeit auf all die Action vorhin im Bett zurückzuführen.

Das war es absolut wert gewesen.

„Ich hoffe, Willow kann Callie überreden, hier raus zu kommen", schmunzelte Hank und nickte mit dem Kopf in Richtung Schlafzimmertür.

Dane grinste. „Aber wie sollen sie dann über dich reden?"

„Gutes Argument." Hank nahm einen Schluck von seinem Bier und weigerte sich, diesbezüglich beunruhigt zu sein.

Die Schlafzimmertür öffnete sich und beide Frauen traten heraus.

„Oh, mein Gott, ist die gewachsen!", rief Callie aus und rannte auf Finley zu. Sie setzte sich zwischen Dane und Hank auf das große Sofa und drückte Baby Finleys kleine Füßchen.

Dane hob eine Hand für ein High Five mit Callie. „Schön, dich zu sehen", sagte er. Und nachdem sie einklatschte, fügte er „... mit deinen Klamotten an." hinzu.

„*Dane*", warnte sie, während er lachte.

Hank beugte sich vor, legte seine Hände auf Callies Hüften und hob sie über das Sofa zurück, sodass sie nah bei ihm saß. „Hör nicht auf ihn", sagte er und legte einen Arm um ihre Taille.

„Ich versuche es", sagte sie mit gesenkter Stimme. Er wollte, dass sie sich zu ihm umdrehte, ihn anlächelte. Aber das tat sie nicht.

„Wer braucht noch was zu Trinken?", fragte Willow.

„Callie braucht einen neuen Snake Bite", sagte Hank. „Ich habe ihr vorhin einen gemacht und sie ihn dann nicht trinken lassen."

„*Hank*", flüsterte sie.

„Tut mir leid." Aber das tat es nicht, nicht wirklich. Am liebsten hätte er sich vor Triumphgefühlen auf die Brust getrommelt. Diese sexy, intelligente Frau in seinen Armen war endlich mit ihm zusammen. Und er war so kurz davor gewesen, die ganze Sache zu verbocken. Sachte legte Hank eine Hand unter ihr Kinn und drehte ihren Kopf, um ihr in die Augen zu sehen. Doch in ihrem Blick zitterte eine leichte Unsicherheit. „Hey, alles in Ordnung?"

„Klar", sagte sie und ihr Blick glitt wieder weg.

Hank hob eine ihrer Hände an und gab ihr einen kleinen Kuss auf die Handfläche. Wenn sie wegen dem, was heute Abend zwischen ihnen vorgefallen war, etwas scheu war, war das nur verständlich. Vielleicht konnte er später in einem ruhigen Moment unter vier Augen mit ihr reden. Sollte er die Chance bekommen, würde er ihr ein Dutzend Mal sagen, wie viel es ihm bedeutete, sie heute Nacht bei sich zu haben.

Willow holte ein Bier für Callie und eine Limo für sich, dann ließ sie sich am anderen Ende vom L-Stück des Sofas nieder, was bedeutete, dass jetzt vier – nein, *fünf* – Freunde auf der großen Couchgarnitur saßen. Es war lange her, dass sein kleines, einsames Haus so viele zufriedene Gesichter beherbergt hatte. Hank holte sich einen neuen Drink und fühlte sich zum zehnten Mal innerhalb einer Stunde überglücklich.

Von draußen drang das Geräusch von Autoreifen auf Schotter zu ihnen. Willow ging mit der Limo in der Hand ans Fenster und sah hinaus. „Du hast Gäste. Zwei Autos sogar."

„Das ist wahrscheinlich Bear“, sagte Hank. „Ich habe ihm erzählt, dass ihr beiden heute hier seid. Und vielleicht meine Schwester? Ich hab ihr vorhin noch eine Nachricht auf die Mailbox gequatscht.“

Auf der Rampe draußen hörte man eine Reihe schneller Schritte. „Hey, Leute!“ Bear kam herein und seine Augen suchten sofort Hank. „Ich hoffe, du hast nichts dagegen, dass ich den Star meines Werbefilms mitgebracht habe“, sagte er rasch. „Sie wohnt gerade bei mir.“

„Das kann nicht dein Ernst sein“, fauchte Hank.

Bear sah schuldbewusst drein. „Ich hätte wohl vorher anrufen sollen.“

„Jetzt ist es zu spät“, knurrte Hank.

Callie sah hilflos zu, wie Hanks Exfreundin hereinstolziert kam. Ohne den Stapel Schuhe neben der Tür zu beachten, stakste Alexis in High Heels über den Holzboden. „Hallo zusammen!“ Sie hielt vor Hank an und beugte sich herab, um ihm einen kurzen Kuss zu geben. Auf den *Mund*. Callie verspürte einen Anflug von Ärger, aber dann ging die Ski-Barbie schon weiter. „Dane, was für ein süßes Baby!“, rief sie.

„Wie geht’s dir, Alexis?“, sagte Dane. Da sie beide im U.S. Ski Team waren, kannten sie sich natürlich. Obwohl Callie auffiel, dass Danes Begrüßung ein gewisses Maß an Begeisterung vermissen ließ.

„Mir geht’s großartig! Mein Gott, Hank. Ich *liebe* die neue Einrichtung.“ Sie stolzierte in die Küche. „Ich wette, wir können hier immer noch eine klasse Margarita hinbekommen. Um der alten Zeiten willen.“

Sie schien sich in Hanks Zuhause sehr, sehr wohl zu fühlen und Callie fühlte sich mit jeder verstreichenden Sekunde ein wenig kleiner. In Hanks Küche schnitt Alexis eine Limette in zwei und drückte den Saft in einen Mixer. „Du hast Tequila, oder?", fragte sie und warf ihre Haare zurück. „Du hast immer Tequila."

Urgh. Callie wusste, dass sie keine eifersüchtigen Gedanken bezüglich Hank hegen sollte. Sie hatte keinerlei Anspruch auf ihn. Dennoch hatte sie es nicht nötig, mit anzusehen, wie seine Ex ihr (ehemaliges) Revier markierte. „Hey, Willow?", fragte Callie. „Hattest du nicht gesagt, du wolltest noch im Ruperts vorbeischauen und Travis Hallo sagen? Ich kann dich in die Stadt fahren."

„Aber ich wollte gerade das Chili servieren", sagte Hank.

„Das kann ich machen", bot Alexis an und griff nach den gestapelten Schüsseln auf der Anrichte.

Callie warf ihrer besten Freundin einen vielsagenden Blick zu. *Hilf mir,* flehte sie stumm.

Willow legte den Kopf schräg und musterte Callie, bevor sie antwortete. „Klar, gerne. Lass uns kurz zum Ruperts fahren. Und wenn wir das Abendessen verpassen, holen wir uns bei Travis einen Happen zu essen." Sie stand vom Sofa auf und beugte sich zu Dane und dem Baby herab. Bevor sie Finley hochnahm, fuhr Willow mit den Fingern durch Danes Nackenhaare, eine Geste, die so intim und vertraut wirkte, dass es Callies Herz einen Stich versetzte. „Er wollte sowieso mal das Baby sehen. Wir sind in etwa einer Stunde zurück."

Er küsste sie und reichte ihr Finley.

„Spuck's aus", sagte Willow vom Beifahrersitz in Callies Wagen aus. „Warum wolltest du so dringend da raus? Ihr beiden seht echt süß zusammen aus und Hank ist so ein heißer Typ."

„Das ist er."

„Und diese sexy Stimme... wow." Willow kicherte. „Verrat deiner verheirateten Freundin wenigstens *ein* Detail. Lass mich nicht betteln."

Callie spürte, dass ihr Gesicht heiß wurde. „Was zum Beispiel? Es ist nicht so nett, intime Details preiszugeben."

„Weiß nicht. Nur ein mini-winziges Ding", flehte Willow.

„Na gut – er hat definitiv kein mini-winziges Ding."

Willow kicherte. „Ich freu mich so für euch beide. Es klingt furchtbar das zu sagen, aber ich bin froh zu hören, dass er in der Lage ist..." Sie räusperte sich.

„Du bist nicht annähernd so froh wie er", scherzte Callie. Aber das war alles, was sie je zu diesem Thema sagen würde. Niemand musste wissen, wie verunsichert er gewesen war oder was sie beide durchgemacht hatten.

„Ihr beide seht gut zusammen aus", sagte Willow.

„Ehrlich? Ich wette, er sah damals auch mit dieser Sport-Barbie gut zusammen aus."

Willow schnaubte. „Hank sah *nicht* glücklich aus, als sie reinkam. Er wirkte ziemlich angepisst. Was macht Alexis überhaupt hier? Sie trainiert in Utah. Obwohl ich glaube, dass sie in der Nähe von Stowe aufgewachsen ist."

Callie zuckte unglücklich die Schultern. „Sie hat heute einen Werbefilm gedreht. Für das Tourismusbüro von Vermont oder so. Und sie ist hier, um im Vergleich zu mir blond und schick auszusehen."

„Callie! Hör auf."

„Ich weiß, dass ich bitter klinge. Aber neben den ganzen anderen Problemen weiß ich auch, dass ich nicht gerade Hanks Typ bin."

„Wie kannst du dir da so sicher sein? Er scheint echt auf dich zu stehen. Das meine ich ernst."

„Er... ich weiß, dass er früher ein ziemlicher Aufreißer war." Vor ein paar Wochen war Callie eingeknickt und hatte sich im

Internet über Hanks Vergangenheit informiert. Sie hatte erfahren, dass er und Alexis weniger als ein Jahr zusammen gewesen waren. Aus der Zeit davor gab es im *People* Magazin dutzende Bilder von ihm mit anderen Models und Sportlerinnen. „Ich habe einfach das Gefühl, als hätte ich nur eine begrenzte Zeit in seinem Herzen, bevor er mich sitzen lässt. Daher überlege ich, direkt vorbeugende Maßnahmen zu ergreifen und es gar nicht erst dazu kommen zu lassen."

„Gibt es so etwas wie eine Impfung für gebrochene Herzen?"

„Willow, ich werde mich immer noch auf die Stelle in Marin bewerben. Das Vorstellungsgespräch wird eh nicht vor Januar sein. Außerdem gefällt mir die Idee, näher bei euch zu sein – nur einen günstigen Wochenendflug entfernt."

„Aber... warte mal eine Sekunde. Du hast doch nur darüber nachgedacht, Vermont zu verlassen, weil du keinen Mann kennengelernt hast. Jetzt hast du einen Mann getroffen, den du wirklich magst... und jetzt willst du gehen, damit er dir nicht das Herz brechen kann? Wieso gibst du der Sache nicht zuerst eine faire Chance? Wenn es in die Brüche geht, kannst du immer noch umziehen."

„Hast du seine Ex gesehen? Sie ist eine Olympionikin und Model. Damit werde ich mich nie messen können."

„Ich bin weder das eine noch das andere und trotzdem mit einem Profisportler verheiratet."

„Du bist wunderschön und perfekt. Und du machst Kekse ohne Backmischung."

„Callie, Gott. Wenn du ihn nicht liebst, dann geh. Doch wenn du glaubst, dass du dich in ihn verlieben könntest, dann geh nicht. Du benimmst dich wie ein feiges Hühnchen. Er ist *nicht* zu gut für dich."

Mist. Willows Logik bereitete ihr Kopfschmerzen. „Das spielt keine Rolle, denn ich kann ihn sowieso nicht haben. Wir arbeiten zu eng im Krankenhaus zusammen. Ich bin zwar nicht seine Ärztin, aber er hat mir den Job als Studienleiterin beschafft. Von außen betrachtet würde es unangebracht aussehen und ich glaube nicht, dass die Leute im Zweifelsfall zu meinen Gunsten entscheiden werden."

„Das klingt wie eine Ausrede", grummelte Willow.

„Das ist es nicht, ich schwöre." Heute Abend hatte sie ihren guten Ruf aufs Spiel gesetzt und alles nur, weil Hank es geschafft hatte, dass sie sich begehrenswert fühlte. Sie sollte cleverer sein als das. Trotzdem hatte sie denselben Fehler wieder begangen. Aus irgendeinem Grund sank ihr IQ jedes Mal um locker 20 Punkte, wenn sie mit diesem Mann im selben Raum war. „Willow, ich weiß, dass ich nicht mit Hank zusammen sein kann, wenn ich nach Kalifornien ziehe. Aber ich kann auch nicht wirklich mit ihm zusammen sein, wenn ich hier bleibe. Das hat nichts damit zu tun, dass ich ein feiges Huhn bin."

„Niemand kennt sich so gut mit Hühnern aus wie ich, Callie", witzelte Willow. Sie hatte früher welche auf ihrem Bauernhof gehalten. „Und gerade sitze ich neben einem."

„Stimmt nicht."

„Gack, gack, gaaack."

"Hör auf!"

16

———

Später, als Alexis zur Toilette ging, warf Hank Bear einen bösen Blick zu. „Alter, wieso? Wieso hast du sie hierher gebracht? Sie hat mein Mädchen verscheucht."

„Sorry, Teufelskerl. Ich wusste nicht, dass du ein Mädchen hast. Und ich dachte, es wäre vielleicht gut, wenn du Alexis noch einmal wiedersiehst und merkst, dass dir nichts entgeht. Außerdem geht sie mir auf den Zeiger und ich brauchte Verstärkung. Man kann diese Frau nur eine bestimmte Zeit lang ertragen."

Hank blickte düster in seine leere Flasche. Bear hatte natürlich recht. Doch eigentlich hätte Hank keine weitere Gedächtnisstütze gebraucht.

„Ich lasse den Ordner mal hier." Bear zeigte auf den Couchtisch. „Versprich mir, dass du morgen einen Blick rein wirfst."

„Darf ich davon ausgehen, dass es was mit dem Film zu tun hat?"

„Japp. Lies es. Und achte dabei besonders auf den Reiseplan, ich möchte dir nämlich irgendwann diesen Monat noch die Flugtickets kaufen."

Hank schnaubte. „Du kannst so viele Tickets kaufen wie du

willst, das heißt noch lange nicht, dass ich in ein Flugzeug steige."

„Klar wirst du das. Ich lasse dich sogar die Pistenraupe fahren wenn wir nach Sun Valley kommen. Das muss ja auch irgendwer machen."

Die Vorstellung ließ Hank verstummen, denn Bear schaffte es, dass er es sich bildlich vorstellte – der Himmel kurz vor Sonnenaufgang, die müden Fahrer, die sich in eine Reihe stellten, um auf das schwere Fahrzeug zu klettern. Das Knirschen des Schnees unter den Stiefeln, die Atemwölkchen, die sie ausstoßen würden, wenn sie sich mit Thermoskannen voller Kaffee in der Hand an Bord schwangen. Das Rumalbern. Er verspürte ein mächtiges Verlangen, wieder ein Teil dessen zu sein.

Scheiße. Er warf einen verstohlenen Blick auf Bear, der sich zurückgelehnt hatte, die Hände hinterm Kopf verschränkt, und sehr zufrieden mit sich aussah.

Dane brachte eine weitere Runde Bier zum Sofa.

„Alter", sagte Bear. „Dein Baby ist so niedlich. Dabei mag ich Babys nicht einmal."

Dane grinste. „Die Leute fragen mich ständig, wie ich das mit einem Kind überlebe. Aber vor zwei Jahren war ich das einsamste Arschloch der Welt. Jetzt habe ich jeden Abend ein hübsches Mädchen neben mir im Bett und ein Kind, das denkt, dass ich übers Wasser gehen kann."

„Mich musst du nicht extra überzeugen", sagte Hank mit leiser Stimme. „Die Hütte hier ist so einsam, dass man sein Echo hören kann."

„Naja, Teufelskerl, du kannst Teppich verlegen lassen oder dir ein Mädchen besorgen", sagte Bear. „Oder geh aufs Ganze und hol dir beides."

Dane stellte seine Bierflasche ab. „Apropos aufs Ganze

gehen, ich habe Cubana mitgebracht. Wer hat Lust auf eine Zigarre?"

„Scheiße, ja", sagte Hank. „Aber lass uns draußen auf der Veranda rauchen, damit wir das Wohnzimmer nicht verpesten."

„Er wird immer häuslicher", sagte Bear. „Als Nächstes bittet er uns noch darum, unser Bier in ein Glas zu schütten."

„Solange es Bier ist, wo wäre da der Unterschied? Ich hol mir nur eben einen Pulli." Er rollte in sein Schlafzimmer und fand das Kondom oben auf dem Wäschekorb vor seiner Kommode. Mit einem Lächeln steckte er es sich in die Tasche und zog die Kommodenschublade auf.

„Was ist so witzig?" Alexis kam gerade aus seinem Badezimmer und presste die Lippen aufeinander, so wie Frauen es machten, nachdem sie ihr Make-up nachgezogen hatten.

„Nichts." Er ließ den Pulli in seinen Schoß fallen, anstatt ihn anzuziehen. Sie war der letzte Mensch, vor dem er sich abmühen wollte, selbst wenn es bei etwas so Lächerlichem war, wie sich einen Pullover anzuziehen. Er wollte wieder zur Tür heraus rollen, aber sie setzte sich neben ihm aufs Bett, als ob sie eine Unterhaltung beginnen wollte. *Verdammt.* „Wie geht es dir, Hank?" Sie wickelte sich eine Haarlocke um den Finger.

„Gut. Wirklich gut." Seit heute Abend entsprach das sogar der Wahrheit. Und wenn sich Alexis jetzt endlich verpissen würde, ginge es ihm noch besser. Sie hatte nicht nur Callie vertrieben, sondern hielt ihn auch von einer kubanischen Zigarre fern.

Doch anstatt zu gehen, nahm Alexis sein Gesicht in ihre Hände. „Es freut mich so, das zu hören. Du *siehst* auch gut aus."

Er hielt sehr, sehr still und überlegte, wie er sich am besten aus dieser Situation zurückziehen konnte.

„Wir hatten eine gute Zeit zusammen, nicht wahr?" Sie rutschte auf ihn zu und setzte ihm einen zarten Kuss auf die Lippen. „Wir hatten ein paar heiße Zeiten."

Er lehnte sich in seinem Stuhl zurück und erkaufte sich so ein paar entscheidende Zentimeter Abstand. „Alexis..."

Ihre Hände glitten von Hanks Gesicht zu seiner Brust herab. Scheiße, das war nicht ihr Ernst, oder? Ihre Finger senkten sich tiefer und er hielt ihre Hände fest, als sie seinem Bauchnabel nahe kamen. Nur Alexis schien wirklich gewillt, das durchzuziehen.

Und Leute nannten *ihn* teuflisch?

„Wie wär's mit einer letzten Nummer, um der alten Zeiten willen?" Sie lächelte und ihre blauen Augen funkelten. Dieses Lächeln hatte ihn früher verrückt gemacht, aber jetzt wirkte es eher leicht wahnsinnig auf ihn. „Komm schon, Teufelskerl? Wann hattest du das letzte Mal Sex?" Sie streichelte über seinen Reißverschluss. „Es funktioniert ja alles noch, oder?"

Nicht länger daran interessiert, ihre Gefühle zu schonen, rollte er einen halben Meter zurück, um sich etwas Platz zu verschaffen. „Ernsthaft, Alexis? Du würdest deinen Mann betrügen, nur um mir einen Mitleidsfick zu spendieren?"

Ihr Lächeln erlosch. „Du musst nicht so gemein werden."

„Und du musst nicht so..." *eine irre Schlampe sein.* Er atmete tief durch. „Irgendwas ist doch mit dir los, oder nicht? Versteh mich nicht falsch Alexis, aber du benimmst dich irgendwie verrückt." *Selbst für deine Verhältnisse,* hätte er fast noch hinzugefügt.

Sie ließ den Kopf sinken, sagte aber nichts.

„Hast du mit ihm Schluss gemacht oder sowas?" Nein, das konnte es nicht sein. Etwas klickte in Hanks Kopf und plötzlich hatte er eine Ahnung, warum sich seine Exfreundin so lächerlich benahm. „Du drehst durch wegen der bevorstehenden Hochzeit, nicht wahr? Wann ist der Termin, in einem Monat?"

Sie strich sich das blonde Haar aus ihrem Gesicht. „Ist es so offensichtlich?", flüsterte sie.

„Oh, Schätzchen", gluckste Hank und drückte kurz ihren

Arm. „Du kannst mich doch nicht dazu benutzen, dir deine Dämonen auszutreiben." Zumindest nicht mehr. „Das ist so unanständig."

„Ich weiß", seufzte sie. „Sorry." Einen Moment lang war sie still. „Ich bin mir nicht sicher, ob ich es durchziehen werde."

Autsch. Hank wusste nicht, was er sagen sollte. Sie war so jung. Erst fünfundzwanzig Jahre alt, ein Alter in dem noch alles möglich schien. Das Leben hatte ihr noch keine ernsthaften Rückschläge beschert. Ein sowohl beneidenswerter, als auch quälender Umstand, nicht wahr? Denn sie fing gerade erst an zu verstehen, dass Entscheidungen die Macht hatten, dein ganzes Leben zu verändern.

Hank wusste das bereits. Vielleicht hatte er es auf die harte Tour gelernt, aber er hatte es gelernt. Und das bedeutete, dass die nächste, wunderbare Entscheidung, die auf ihn zukam, ihn nicht zu Tode ängstigen würde, so wie sie es bei Alexis tat.

Und jetzt wusste er, was er sagen sollte. „Wenn du das nächste Mal mit ihm im selben Raum bist, hör auf dein Bauchgefühl. Es wird dir sagen, was zu tun ist."

Sie hob den Blick. „Ich hoffe es."

„Das wird schon", sagte er und tätschelte ihre Hand.

Sie hielt seine Hand fest und drückte zu. „Du siehst wirklich gut aus, Hank. Ehrlich."

„Danke dir", sagte er. *Und danke dir, dass du auch das letzte Bedauern, das ich vielleicht noch hatte, ausgelöscht hast.* „Aber ich denke, du solltest jetzt gehen."

Sie schenkte ihm ein kleines, freches Lächeln. „Dein Pech." Dann stand sie auf, drehte ihm den Rücken zu und ging ins Wohnzimmer zurück.

Er folgte ihr. Als sie die Haustür erreichte, sagte er: „Und nicht, dass es dich etwas angeht, aber die Antwort auf deine Frage ist – vor ein, zwei Stunden."

Sie kicherte, als sie durch die Tür ging. „Gut zu wissen",

sagte sie über ihre Schulter hinweg. Und dann war sie verschwunden.

„Was war denn da los?", wollte Dane wissen, nachdem die Tür ins Schloss gefallen war.

Hank zog sich seinen Pulli über den Kopf. „Ich musste sie loswerden, damit wir in Ruhe Zigarre rauchen können. Jetzt aber los, bevor die Frauen zurückkommen." Er rollte zur Tür.

Draußen auf der Veranda lehnten sich seine Freunde in den Liegestühlen zurück. Dane schnitt die Zigarren an, Hank entzündete sie. Ihre glühenden Enden waren das einzige Licht auf der Veranda. Hank steckte die Zigarre in den Mund und paffte ein paar Mal, damit sie nicht wieder ausging. „Gott, Alexis ist echt 'ne Marke. Sie hat mich gerade angegraben."

Bears Augenbrauen schossen nach oben und er musste husten.

„Müssen wir dir Stützräder an das Ding packen?", fragte Dane und deutete auf Bears Zigarre.

„Ich weiß nicht mal, was schlimmer ist. Die Tatsache, dass sie sich an mich rangemacht hat, oder dass sie mich gefragt hat, ob – und ich zitiere – 'alles noch funktioniert.'"

„Heilige Scheiße", fluchte Dane.

„Ich meine, es ist eine berechtigte Frage", gestand Hank. „Aber nur die unhöflichsten Leute würden sie auch tatsächlich stellen. Hm, ich sollte T-Shirts mit dem Spruch drucken."

Er genoss das Lachen seiner Freunde im Dunkeln. „Natürlich funktioniert da noch alles", sagte Bear. „Unser Teufelskerl ist eine Naturgewalt."

Hank konnte nicht einmal antworten. Heute Abend hatte er – endlich – begriffen, wie viel Glück er wirklich hatte. Nichts im Leben war selbstverständlich. Da draußen gab es Typen, die so viel mehr verloren hatten – Typen wie er. Wenn er noch etwas härter auf die Kante der Halfpipe aufgeschlagen wäre, hätte er jetzt vielleicht kein Gefühl unterhalb des Bauchnabels. Und wenn er dreißig Zentimeter weiter oben auf seiner Wirbelsäule gelandet wäre, bräuchte er jetzt womöglich eine Krankenschwester, um seine Zigarre zu halten. Es gab keine Logik dahinter, keine Gerechtigkeit, aber er war verschont geblieben.

Er hatte gottverdammtes Glück gehabt. Nur hatte er sich lange Zeit nicht so gefühlt. Er hatte so unglaubliches Glück und er durfte das nie wieder vergessen. Seine Augen brannten, entweder vom Zigarrenrauch oder von all den Emotionen in seinem dämlichen Kopf. Und was machte das schon für einen Unterschied? Er war lebendig und saß auf seiner Veranda mit einer guten Zigarre und noch besseren Freunden.

In der Ferne schimmerte der Himmel in einem verheißungsvollen Silber und ließ auf einen hellen Mond hoffen, der bald vor den Green Mountains aufgehen würde. Hank paffte Rauch aus seinem Mund und sah wartend zum Horizont, zufrieden wie schon lange nicht mehr.

Finley schlief auf dem Rückweg von ihrem ersten Ausflug zu Ruperts Bar ein.

Für eine glückliche Stunde hatte Callie ihre Schwierigkeiten vergessen. Es war genau wie in alten Zeiten, neben Willow auf einem Barhocker sitzen und sich einen Teller Nachos teilen. Der einzige Unterschied war, dass sie Travis dabei zusahen, wie er Bier zapfte, während er ein Kleinkind auf der Hüfte balancierte.

Jetzt schlief der kleine Fratz friedlich in seinem Kindersitz. „Wird sie aufwachen, wenn du sie aus dem Sitz hebst?", fragte Callie.

„Nö", antwortete Willow. „Mittlerweile schläft sie recht gut. Aber ich hoffe, dass Dane das tragbare Kinderbett aufgebaut hat, während wir weg waren. Wie gut stehen die Chancen dafür wohl?"

„Wenn ihnen das Bier ausgegangen sein sollte, dann vielleicht fifty-fifty.“

Willow kicherte.

„Du scheinst glücklich zu sein, Willow. Ihr alle drei seht glücklich aus.“

„Ich *bin* glücklich. Aber es ist natürlich auch viel Arbeit. Das Baby hat uns teilweise viel abverlangt. Aber es wird besser, jetzt wo sie ein Jahr alt ist.“

„Denkst du, ihr werdet noch eins bekommen?“

„Um ehrlich zu sein... ich bin wieder schwanger.“

Callie war so überrascht, dass sie den Wagen fast von der Straße gesteuert hätte. „Was?“

„Ja. Allerdings erst seit zehn Wochen, deswegen hängen wir es noch nicht an die große Glocke.“

„Oh mein Gott, Willow! Du wirst *zwei* von diesen süßen Dingern haben. Herzlichen Glückwunsch.“

„Wir dachten uns, es wäre schön, wenn wir sie nah beieinander bekommen. Dane meinte – und das ist kein Scherz – es wäre besser, wenn man sie alle zusammen schnell auf die Ski bekommt.“

Callie lachte schallend. „Und durftest du da auch mitreden?“

„Natürlich. Für meine Karriere ist es auch besser, wenn wir es auf diese Weise machen. Sobald ich soweit bin, meine eigene Psychologie-Praxis aufzumachen, habe ich danach keine Zeit mehr, um in den Mutterschaftsurlaub zu gehen.“

„Wow. Einfach... wow.“ Es herrschte Stille im Auto, während Callie von der Hauptstraße auf die gewundene Landstraße bog, die zu Hanks Haus führte. „Weißt du, ich hätte hier in letzter Zeit etwas psychologische Beratung gut gebrauchen können.“

„Ja? Ist bei Hank alles in Ordnung?“

„Er hat eine harte Zeit hinter sich, aber ich glaube so langsam geht's ihm besser. Ich fände es trotzdem unfair von mir, gewisse Dinge von ihm zu erwarten. Seit seinem Unfall ist noch nicht mal ein Jahr vergangen. Ich meine... eines Tages möchte ich auch Kinder haben. Aber wie kann ich einen Kerl bitten, sich um solche großen Fragen Gedanken zu machen, wenn sich seine ganze Welt gerade erst auf den Kopf gestellt hat?"

„Das ist schwer, Süße. Da kannst du nur auf dein Bauchgefühl hören. Wenn du wirklich nach Kalifornien gehen möchtest, dann geh. Aber sei dir sicher, dass du es aus den richtigen Gründen machst."

Callie seufzte. „Ich bin *so* durcheinander."

„Ich weiß, Süße. Das ist, weil du etwas willst, aber Angst hast, es dir zu nehmen."

„Klar. Aber es gibt auch sehr gute Gründe, Angst zu haben. Im schlimmsten Fall könnte ich meinen Job verlieren *und* das mit Hank und mir könnte nicht klappen. Dann hätte ich nichts mehr und bei meinem nächsten Job würde ich die Leute dann fragen, ob sie Pommes zu ihrem Burger wollen. Ich werde allein mit einem Dutzend Katzen wohnen, die dann immer das Katzenfutter bekommen, was gerade bei Walmart im Angebot ist."

„Woah, ganz ruhig. Das ist ja ein richtiges Untergangsszenario. Ein Problem nach dem andern, okay? Wie könntest du denn herausbekommen, ob das Krankenhaus etwas gegen deine Beziehung mit Hank hätte?"

„Ich könnte die Direktorin fragen", sagte Callie sofort. „Aber da ich schon..." Sie räusperte sich. „Die Zeit zu fragen ist längst vorbei. Ich bin bereits schuldig."

„Also wird es keine einfache Unterhaltung."

„Bestimmt nicht."

„Aber ist Hank keine schwierige Unterhaltung wert?"

Autsch. „Meine Güte, wenn du es so ausdrückst..."

„Und? Ist er es?"

Callie setzte den Rechtsblinker und fuhr auf den Standstreifen. Sie fischte ihr Handy aus der Hosentasche und schaltete es ein.

„Darf ich fragen, was du machst?"

„Eine schwierige Unterhaltung mit der Krankenhausdirektorin führen." Sie rief Dr. Fennigans Nummer auf. Aber dann wurde ihr das Handy aus der Hand gerissen. „Hey!"

„Callie, du weißt schon, dass es elf Uhr an einem Samstagabend ist?"

„Oh." Callie senkte den Kopf auf ihr Lenkrad. „Ich verliere den Verstand, Willow."

„Ein bisschen."

„Er macht mich verrückt. Und dumm."

„Das ist nicht immer was Schlimmes."

„Ich bin es nicht gewohnt, mich dumm zu fühlen."

„Oder verrückt", ergänzte Willow. „Aber alle richtig guten Dinge im Leben lassen dich so fühlen. Wie Achterbahnen. Margaritas. Heißer Sex. Hast du dich bei Nathan jemals so verrückt gefühlt?"

„Nein. Natürlich nicht."

„Aha! Noch ein Zeichen dafür, dass dir Hank wichtig ist."

„Verschwinde aus meinem Kopf, Willow. Das ist zu viel Wahrheit für einen Abend."

„Sei nur froh, dass du den beste-Freundin-Rabatt bekommst. Denn diese Therapiestunde hier hätte dich sonst locker zweihundert Mäuse gekostet. Jetzt lass uns erstmal zurück fahren, okay?"

Mit einem Seufzen setzte Callie den Blinker und prüfte mit einem kurzen Schulterblick den Verkehr auf der Landstraße. Es gab keinen.

Neben ihr lächelte Willow im Dunkeln. „Ich weiß, dass du Angst hast. Trotzdem, ich habe ein gutes Gefühl bei dieser Sache. Ich kenne Hank wahrscheinlich nicht so gut wie du, aber er ist so *lebendig*, Callie. Und du kannst Liebe nicht ohne Risiken haben, egal mit wem."

„Das *weiß* ich. Aber es gibt Risiko und dann gibt es Hank. Ich glaube, er hat dieses Wort neu definiert." Callie trat aufs Gas und beschleunigte den Wagen. Bis zu Hanks Haus war es jetzt nicht mehr weit.

„Nathan sah wie eine sichere Wahl aus und guck mal, was da draus geworden ist."

„Also, das war jetzt gemein."

„Nein, war es nicht. Ich wollte damit nur sagen, dass es schwierig zu erkennen ist, wer ein lohnendes Risiko darstellt und wer nicht."

„Okay, zur Kenntnis genommen." Callie war jetzt restlos erschöpft. Während sie mit dem Auto in Hanks Auffahrt rollte, überlegte sie, wie sie sich wohl am besten aus dem Staub machen konnte. Hank würde das nicht gefallen. Doch es gab schwierige Diskussionen, die sie mit sich selbst austragen musste. Und danach mit Hank. Aber sie wollte die Party nicht mit ihren Ängsten trüben.

Leider wurden ihre Pläne für eine schnelle Flucht durchkreuzt, als Willow sie fragte, ob sie Baby Finley halten könne. „Das Kinderbett aufzubauen ist ein Zwei-Mann-Job", sagte sie. „Dane und ich ärgern uns damit herum, wenn es dir nichts ausmacht, so lange auf sie aufzupassen."

Also stieg Callie aus dem Wagen, nahm Willow das warme Bündel ab und legte Finleys kleinen, weichen Kopf an ihre Schulter. „Komm her, Süße", flüsterte sie, als der müde Körper des kleinen Mädchens gegen sie sackte. Willow baute den Kindersitz von der Rückbank in Callies Sedan aus, dann gingen sie gemeinsam den Schotterweg hoch.

„Hey hey, wer dort?", sagte eine leicht angetrunkene Stimme. Als sie näher kamen, sahen sie drei orangene Lichter auf der Veranda.

„Hier ist die Polizei", scherzte Willow. „Versteckt den Schnaps und die Nutten."

Callie, mit der wertvollen Fracht auf ihrem Arm, konzentrierte sich darauf, im Dunkeln einen Fuß vor den anderen zu setzen.

„Dane", fragte Willow, als sie vor ihrem Ehemann stand, „würdest du Callie deinen Stuhl überlassen? Ich bräuchte deine Hilfe bei diesem Kinderbettchen."

Dane stand auf und folgte seiner Frau ins Haus. Kurz darauf verkündete Bear, dass es spät sei, sammelte ein paar Flaschen ein und ging ebenfalls hinein.

Jetzt waren Callie und Hank allein auf der Veranda. Mit der schlafenden Finley auf der Brust lehnte sie sich auf dem Verandastuhl zurück.

„Was hast du denn da?", fragte er mit gesenkter Stimme.

Einen Engel, hätte Callie beinahe geantwortet. Diese Frage brachte so viel mit sich. Sie fühlte sich sehr stark zu Hank hingezogen, aber er war kein Familienmensch und sie wurde nicht jünger. Callie fühlte sich, als würde sie mit dem warmen Bündel ihre mögliche Zukunft auf dem Arm halten. Doch nur die Zeit würde zeigen, ob sie jemals das Glück haben sollte, ein eigenes Kind zu haben. „Finley ist im Auto eingeschlafen", sagte Callie.

„Ich hatte noch nie ein Baby zu Gast", sagte er. „Andererseits bekomme ich allgemein nicht viel Besuch."

„Sie brauchen nicht viel Platz", sagte Callie. Aber das stimmte nicht einmal. Kinder nahmen viel Platz im Leben der Menschen ein – und einen großen Teil ihrer Herzen.

„Platz habe ich mehr als genug." Er klang so melancholisch wie Callie sich fühlte und sie fragte sich, was ihn so traurig machte. Hank drückte seine Zigarre aus. Er nahm einen tiefen Schluck von seinem Bier und rollte dann um den Verandatisch herum auf sie zu. „Rutsch rüber, Hübsche", sagte er.

Callie zögerte. Dann machte sie etwas Platz auf dem Liegestuhl und er schwang seinen Hintern neben sie. Sein Arm legte sich um ihre Schultern, sodass sie und Finley jetzt eng an seine Brust gekuschelt waren. Und das war wirklich zu viel für sie. Hier so mit ihm zu sitzen, die Wärme eines Babykörpers im Arm – es brachte ihre Sehnsucht nach all den Dingen im Leben hervor, die sie vielleicht nie finden würde.

Hank drehte den Kopf und vergrub seine Nase in ihrem Haar. Dann landete ein sanfter Kuss auf ihrer Schläfe. „Danke, dass du mich zurück in den Sattel gesetzt hast, du süßes Ding", sagte er.

Es war zum Verzweifeln. Er dachte immer noch an Sex und ihr lagen diese großen Fragen auf dem Herzen. Alles, was sie jetzt erwiderte, würde falsch rauskommen.

Glücklicherweise öffnete Willow in dem Moment die Tür. „Alles fertig", sagte sie. „Ich nehme sie wieder."

Callie sprang auf die Füße und ging direkt ins Haus. Ihre Schuhe behielt sie diesmal an, weil sie nicht vorhatte, zu bleiben. „Gute Nacht, Finley", flüsterte sie. Als sie Willow ihr Kind zurück gab, konnte sie immer noch die warme Stelle auf ihrem Körper spüren, wo das Baby gelegen hatte.

„Ich sollte auch ins Bett", sagte Willow. Dann sah sie Callie mit einem bedeutungsvollen Blick an. Zu Hank, der gerade in den Raum gerollt kam, sagte sie: „Vielen Dank für alles."

„Jederzeit", sagte er. „Ich liebe es, Gäste zu haben. Hey – warte mal eine Sekunde, Willow. Ich muss dir noch was zeigen." Hank rollte zu einem Bücherregal an der Wand. Als er sich umdrehte, sah Callie, dass er Willows Violinenkoffer auf dem Schoß liegen hatte.

„Wo hast du das her?", fragte Willow.

„Aus deinem Haus", sagte er und sah zu Callie. „Ist 'ne längere Geschichte..."

Callie schenkte ihm ein schräges Grinsen.

„.... aber als ich sie entdeckte, hatte ich so eine Ahnung, was diese Violine angeht. Und ich hatte recht." Er ließ das Schloss am Koffer aufschnappen und öffnete den Deckel. „Ich habe das Instrument und den Bogen neu besaiten und den Steg einstellen lassen." Er warf den Koffer auf den Couchtisch und setzte die Violine an sein Kinn.

Und während Willows Kiefer überrascht herunterklappte, legte er den Bogen auf die Saiten und begann zu spielen. Callie bekam eine Gänsehaut, als die Noten erklangen und sich flirrend in die Stille des Raums erhoben. Ketten einer langsamen, heiter schwingenden Violinenmelodie stiegen in die Nacht. Er spielte leise, aber die Geschwindigkeit seiner Finger und der souveräne Sprung des Bogens über die Saiten waren hinreißend. Die Musik wusch wie ein bittersüßer Zauber über sie hinweg. Hank war auf so viele Arten wundervoll. Sie hoffte, er wusste das.

Angezogen von der Musik, steckte Dane den Kopf aus dem Gästezimmer und Bear kam aus dem Badezimmer zurück. Der Ausdruck auf ihren Gesichtern war genau so, wie sie sich ihren eigenen vorstellte – schiere Ehrfurcht.

Als Hank zum Ende kam, ließ er die letzte Note lange nachklingen. Und dann gab es einen Moment lang nichts als Stille.

„Krass", sagte Dane.

„Wow", seufzte Callie.

„Das brauche ich in meinem Film...", fügte Bear hinzu.

„Was war *wunderschön*", jauchzte Willow.

„Sie klingt gut, nicht wahr?", stimmte Hank zu und drehte die Violine in seinen Händen. „Als ich diese Holzarbeiten gesehen habe, hatte ich so eine Ahnung, etwas Besonderes in der Hand zu halten. Die hier hat es im neunzehnten Jahrhundert in die Smoky Mountains geschafft. Willow, das Ding ist zehn- oder fünfzehntausend Dollar wert."

Willow schlug eine Hand an die Wange. „Gott! Wenn ich daran denke, dass sie einfach in dem leeren Haus rumgelegen hat. Und es gab so viele Monate, wo ich meine Stromrechnung nicht rechtzeitig bezahlen konnte. Ich hätte sie verkaufen können." Hank schloss den Violinenkoffer wieder und hielt ihn Willow entgegen. Aber Willow schüttelte den Kopf. „Gerade habe ich keine Verwendung dafür. Und ich kann sie mit Sicherheit nicht *spielen*."

„Ich könnte sie für dich verkaufen", bot Hank an.

„Warum behältst du sie nicht einfach eine Weile?", schlug Willow vor. „Sie steht dir gut."

Er strich mit einer Hand über den Koffer. „Ich habe es sehr genossen, mich mit ihr vertraut zu machen."

Willow gähnte. „Jetzt gerade muss ich mich erst mal mit meinem Bett vertraut machen." Sie wandte sich Dane zu, der die Arme austreckte, um seine Familie darin einzuschließen.

„Nacht, Leute", sagte Bear und zog seine Jacke an. Auf seinem Weg an Callie vorbei, drückte er ihr freundschaftlich den Ellenbogen. Dann war er weg und die Tür schloss sich hinter ihm.

Jetzt waren sie und Hank alleine im Wohnzimmer. „Sollen wir ins Bett?", sagte Hank bedächtig, als wüsste er bereits, dass sie mit ihm diskutieren würde.

„Ich kann nicht. Tut mir leid." Sie schluckte schwer.

„Natürlich kannst du. Wir hatten einen großartigen Tag, Callie. Renn jetzt nicht weg."

„Den hatten wir. Wir hatten... wirklich guten Sex. Den besten meines Lebens."

„Verdammt. Ich höre ein 'Aber' kommen", flüsterte er.

„Aber ich weiß nicht, was als Nächstes passiert. Jetzt wo du wieder auf dem Markt bist, werden dich die Frauen Amerikas mit offenen Armen zurücknehmen."

Auf seiner Stirn bildete sich eine tiefe Falte. „Ich weiß nicht, warum du vor mir abhauen willst. Zur Hölle, ja – ich bin froh, wieder Sex haben zu können. Das stimmt. Ich bin froh, weil es bedeutet, dass ich mit dir auf eine Art zusammen sein kann, die nicht aus Kompromissen besteht. Ich will niemand anderen in meinem Bett haben, außer dir."

Ihr Herz zog sich einmal mehr zusammen. Hank war ein guter Kerl und sie wusste, dass er es ehrlich meinte. Aber er dachte auch sehr kurzsichtig. „Ich muss jetzt nach Hause."

„Wieso?"

„Weil hierzubleiben mich nur verwirren würde."

„Du redest immer noch davon, nach Kalifornien zu gehen." Sie nickte.

„Callie, bitte geh heute Abend nicht. Wenn in Kalifornien dein Traumjob auf dich wartet, werde ich dafür Verständnis haben müssen. Aber du hattest noch nicht einmal das Vorstellungsgespräch. Also gibt es wirklich keinen Grund, warum wir jetzt nicht zusammen sein können."

Oh, aber den gab es. Sogar mehrere Dutzend Gründe. Und trotzdem war sie im Moment wohl zu durcheinander, um es so erklären zu können, dass er es verstand. „Ich kann nicht klar denken, wenn du bei mir bist. Ich muss gerade für mich alleine sein."

Sein Kinn klappte herunter. „Du hast gesagt, du würdest bleiben."

Das stimmte. Das hatte sie. Nur war sie da nackt gewesen. Jedes Mal, wenn Hank sie berührte, verlor sie ein wenig den Verstand und tat und sagte Dinge, die nicht in ihrem besten Interesse waren.

Er legte die Hände auf seine Räder, als wollte er näher kommen. Callie wich weiter vor ihm zurück und legte ihre Hand auf die Türklinke. „Hank, ich muss mir erstmal über einiges klar werden, okay? Wir reden morgen weiter."

Sein Stirnrunzeln wurde noch tiefer. „Jetzt wäre besser als morgen."

Er rollte vorwärts, aber Callie öffnete die Tür und trat ins Freie. Es war feige, aber sie tat es trotzdem. Bevor sie sich der Treppe zuwandte, erlaubte sie sich einen letzten Blick auf Hanks Gesicht. Und das war ein Fehler. Die Frustration, die sie darin sah, schmerzte sie.

Er hatte an der Schwelle zur Veranda angehalten. Hier gab es keine Rollstuhlrampe, also konnte er ihr nicht einmal folgen, als sie über die Vordertreppe ging. Trotzdem klammerten sich seine Hände fest um die Armlehnen seines Stuhls, als wollte er der Physik trotzen und ihr dennoch in die Auffahrt nachgehen.

Aber das konnte er nicht.

Es fühlte sich grausam an, diese Stufen hinab zu gehen, über die er ihr nicht folgen konnte. Aber sie tat es trotzdem. Und dann stieg sie in ihr Auto und fuhr davon.

Das Problem daran, wenn man ein (größtenteils) gutes Mädchen war, war dass man sich nie ganz aus der Verantwortung nehmen konnte.

Nach ein paar Stunden Schlaf wachte Callie um vier Uhr morgens auf, sich vollkommen klar darüber, dass sie jetzt *zwei* Sünden begangen hatte. Die erste bestand darin, Sex mit Hank zu haben, bevor sie sich über eventuelle ethische Komplikationen informiert hatte. Und die zweite war, anschließend das Weite zu suchen, wie der Roadrunner, der vor Wile E. Coyote floh.

Sie hatte alles aufs Spiel gesetzt. Sie könnte ihre gesamte Lebensgrundlage verlieren, wenn jemand vom Krankenhaus dahinter kam. Und dann musste sie auch noch wegrennen, bevor sie erfahren konnte, ob ihr großes Risiko Hank irgendetwas bedeutet hatte.

Aber wusste *er* das überhaupt? Das Problem lag auch darin, dass es einfach nicht fair war, mehr von Hank zu verlangen, als er schon gegeben hatte. Tiny hatte ziemlich deutlich gemacht, in was für einer schwierigen Situation Hank sich befand. Weniger als ein Jahr nach seinem Unfall versuchte er immer noch, sich darüber klar zu werden, was er mit seinem neuen Leben machen sollte. Es war nicht richtig, ihn unter Druck zu setzen.

Außerdem war sie sich nicht sicher, ob sie die Antwort vertragen konnte.

Irgendwann gegen sechs Uhr gab Callie ihre Versuche auf, nochmal einzuschlafen. Sie ging früh ins Krankenhaus und verbrachte ein paar Stunden damit, Studiendaten in ihre Datenbank einzutragen. Der härteste Teil der Arbeit, das Aufsetzen der FES-Studie, war jetzt erledigt. Die nächsten zehn Monate gab es Daten einzutragen und am Ende würden die Ergebnisse analysiert. Wenn sie Vermont verließ, konnte ein anderer Arzt das Projekt relativ problemlos übernehmen.

Wie deprimierend.

Nachdem sie auch das letzte erdenkliche Stück Beschäftigungstherapie abgearbeitet hatte, überkamen sie wieder die Gedanken an Hank. Sie fragte sich, ob er sie vielleicht angerufen hatte und kramte in ihrer Handtasche nach ihrem Handy.

Es war nicht da.

Klasse. Sie hatte es bei Hank liegen lassen. Sie hatte immer noch keine Ahnung, was sie ihm sagen oder um was sie ihn bitten sollte. Und trotzdem musste sie ihr Handy zurück holen.

Was sollte sie tun?

In der medizinischen Forschung war es unmöglich, nach Antworten zu suchen, bevor man die Frage nicht genau formuliert hatte. Aber in diesem Fall gab es zu viele Fragen. Wollte

Hank sie im Moment? *Vermutlich.* Wollte er sie in einem Jahr noch? *Zweifelhaft.* Sollte sie versuchen, sich auf eine Beziehung mit jemandem einzulassen, der kein Familienmensch sein wollte? *Vermutlich nicht.* Würde sie ihren Job verlieren, wenn sie weiter hier blieb, um es herauszufinden? *Keine Ahnung.*

Die meisten dieser heiklen Fragen betrafen nur sie und Hank. Aber die letzte konnte von jemand anderem beantwortet werden. Vor Beklemmung schwitzend, rief Callie Dr. Fennigans Assistentin an, um sie um ein paar Minuten der Direktorins Zeit zu bitten.

„Sie reist gerade zu einer Konferenz", entgegnete die junge Frau. „Kann ich Sie für ein Meeting nächste Woche eintragen?"

Nächste Woche erst? Callies Magen drehte sich um. „Okay. Vielen Dank."

Nachdem sie die Uhrzeit des Meetings notiert hatte, legte Callie auf und begab sich auf die Suche nach Kaffee.

17

Hank wachte von Gelächter in seiner Küche auf. Einen Moment lauschte er der gedämpften Stimme Willows, die mit ihrem Kind redete und fragte sich, wie es wohl wäre, zu den Lauten seiner eigenen Familie im Nebenraum aufzuwachen.

Ja, viel Glück damit. Sein Bett war leer. Und wenn er nach dem ängstlichen Ausdruck auf Callies Gesicht letzte Nacht ging, könnte es auch so bleiben. Als er die Augen öffnete, pochte sein Kopf vor Enttäuschung.

Doch vielleicht war das auch nur der Effekt des Zigarrenrauchs und zu vieler Biere.

Hank stand auf, zog sich an und fuhr hinaus, um seine Gäste zu begrüßen.

„Ich hab den Kaffee gefunden", sagte Dane sofort.

„Cool." Hank kam herüber um sich eine Tasse einzugießen. „Wann ist euer Verkaufstermin?", fragte er.

„Wir sollen um zwei Uhr in der Anwaltskanzlei sein", sagte Willow vom Esstisch herüber, wo sie mit dem Baby auf ihrem Schoß saß. „Aber Dane versucht die Bank und den Käufer zu überreden, früher hinzukommen."

„Warum?", fragte Hank und goss sich etwas Milch ein.

„Alter, hast du das nicht mitbekommen? Es soll richtig heftig schneien. Wir wollen versuchen, einen früheren Flug von Boston aus zu bekommen."

Hank sah aus dem Fenster und entdeckte einen dunkelgrauen Himmel. Also würde es bald schneien.

„Ihr sollt dreißig Zentimeter bekommen, nicht schlecht für die zweite Novemberwoche. Ich ziehe mich jetzt erstmal an." Mit der Kaffeetasse in der Hand schlurfte Dane aus dem Raum.

Komisch, dachte Hank. Er hatte sich seit Monaten nicht mehr für den Wetterbericht interessiert. In jedem anderen Jahr in seinem Leben hätte er schon vor Wochen angefangen, auf die Vorhersagen zu starren, in der Hoffnung, das Schneeflockensymbol auf dem Bildschirm zu sehen und Wetten mit seinen Kumpels abgeschlossen, wann es endlich soweit war. Jetzt würden wieder Schneeflocken vor seinem Fenster fallen und er hatte keine Ahnung, wie er sich dabei fühlen sollte.

Es gab wirklich nur zwei Möglichkeiten, das anzugehen. Bear wollte, dass er wieder mit ihm raus kam und ihm half, einen Film über Snowboarder zu drehen. Das würde interessant werden, aber es käme auch mit einem konstanten, bösen Schmerz. Die andere Möglichkeit bestand darin, zu lernen, den Schnee zu ignorieren. Wenn ihm das gelang, würde er für ihn vielleicht irgendwann nur dasselbe Ärgernis darstellen, wie für alle anderen, die sich nie ein Board unter die Füße geschnallt hatten und einen Berg hinabgeflogen waren.

Welche würde es sein? Hanks Augen wanderten zu dem Ordner, den Bear auf dem Tisch hatte liegen lassen. Es würde nicht schaden, mal durchzublättern.

„Kommt Callie irgendwann auch noch aus dem Bett oder wie?", fragte Willow und legte ein paar Cornflakes so auf den Tisch, dass das Baby danach greifen konnte.

„Da wirst du sie anrufen müssen und fragen."

Willow sah überrascht auf. „Echt? Sie ist nicht hier?"

Er schüttelte ein einzelnes Mal den Kopf.

„Diese Dumpfbacke", murmelte Willow.

Hank war geneigt ihr zuzustimmen. Denn die Alternative würde bedeuten, dass es ihr einfach egal war. Es wurde ihm erspart, weiter darüber zu reden, da Willows Handy klingelte. „Hallo?", ging sie ran.

Hank zog sein eigenes Handy aus der Tasche und textete Callie ein „Guten Morgen". Doch ein paar Sekunden später hörte er ein Piepen irgendwo in der Nähe des Sofas. Er rollte herüber, um nachzusehen, und fand Callies Handy zwischen zwei Kissen eingeklemmt.

Am anderen Ende des Raums hatte das Baby seine Finger in Willows Haaren und versuchte, an das Handy ihrer Mutter zu gelangen. Willow drehte ihren Kopf zur Seite, um sie davon abzuhalten. „Wir kommen gerne um elf Uhr vorbei", sagte sie und reckte den Hals so weit wie möglich von Finleys forschenden Fingern weg.

Hank rollte herüber und bot dem Baby sein Handy an. Ihre blauen Augen wurden groß, als sie ihre kräftigen kleinen Arme nach ihm ausstreckte. Hank nahm sie auf den Arm und gab ihr das Handy. Er setzte Finley auf seinen Schoß und Willow drehte sich zu ihm und formte mit dem Mund ein lautloses „Danke".

Finley klammerte sich mit ihren dicken, kleinen Fingern an das Handy. Hank rollte zu den raumhohen Fenstern herüber und sah nach draußen. Es wirbelte bereits ein leichtes Schneegestöber durch die Luft. Obwohl er mit dem Schnee nur noch wenig anfangen konnte, machte sein Herz bei diesem Anblick einen Sprung. Vor einem Jahr hätten ihn diese ersten Flocken dazu gebracht, sein Equipment aus dem Lagerschuppen zu kramen, welchen er extra für sein ganzes Zeug gebaut hatte. Irgendein aufmerksames Familienmitglied hatte nach dem Unfall all seine Skibrillen und Helme aus den Schränken entfernt. Aber alles, was es brauchte, waren ein paar Flocken, um in ihm wieder die Hochgefühle der vergangenen Winter aufleben zu lassen.

Hank drehte sich herum und merkte, dass Willow ihn beobachtete. „Sie steht dir gut", sagte Willow und steckte ihr Handy in ihre hintere Hosentasche.

„Wie bitte?"

„Das Baby. Ihr gebt ein süßes Paar ab."

Er lachte. „Das liegt daran, dass wir beide so einen Kurzhaarschnitt haben." Er legte eine Hand auf Finleys zarten, kleinen Kopf. Sie fühlte sich angenehm warm an und roch nach Babypuder.

„Wir bekommen noch ein zweites", verriet Willow ihm.

„*Wirklich*", sagte Hank langezogen. „Meinst du, irgendwann?"

„Nein, ich meine im Juni."

„Ihr Kids seid ziemlich produktiv."

„Wir tun unser Bestes", grinste Willow. Er lachte. „Callie muss hin und weg sein. Ich weiß, wie sehr sie die Kleine hier liebt." Autsch. Da war sie wieder, direkt vor seinem inneren Auge.

„Sie war ziemlich überrascht", sagte Willow. „Sie mag Babys. Sehr."

Hank hatte keine Antwort darauf. Es gab nur eine geringe Chance, dass er jemals Callies Meinung zu Kindern hören würde, wenn sie weiterhin vor ihm wegrannte.

„Ich glaube, sie hat momentan ein bisschen Panik", fuhr Willow fort.

Was du nicht sagst.

„... sie denkt, dass ihr die Zeit davonläuft."

Hank schnaubte. „Wohl kaum."

„Ich weiß. Aber Callie plant ihr Leben gerne siebzehn Schritte im Voraus. Nur so wird man Ärztin. Da kannst du nicht überall hinsegeln und dich vom Leben treiben lassen. Sie musste eine Hand fest am Ruder halten. "

„Also hat sie Angst vor mir."

„Schreckliche", stimmte Willow zu. „Gut, dass ihr arschgesichtiger Exfreund ihr gestern angeboten hat, praktisch da weiterzumachen, wo die beiden aufgehört haben."

Irgendwas in Hanks Magen sackte ab. „Was?"

Willow grinste ihn an. „Keine Sorge. Sie hat ihm gesagt, wo er sich diese Idee hinstecken kann. Daher weiß ich, dass du ihr unter die Haut gehst."

Das war wenigstens etwas.

„Als ich gerade am Telefon war, hat mir Callie eine Email geschrieben. Sie fragt, ob sie ihr Handy hiergelassen hat."

Hank zog es aus seiner Tasche und zeigte es Willow.

„Möchtest du, dass ich es im Krankenhaus vorbeibringe, wenn ich in die Stadt fahre?"

„Nee, ich bringe es ihr selbst", sagte er.

„Kluger Mann."

Hank legte eine Hand auf den Bauch des Babys und die andere auf sein linkes Rad. Dann gab er seinem Stuhl einen ordentlichen Schwung, sodass er sich in einem engen Kreis um die eigene Achse drehte. Das Baby belohnte ihn mit einem Kichern. Also machte er es nochmal.

„Aww", sagte Willow. „Sie mag dich."

„Alle Mädels mögen mich", scherzte Hank. *Alle bis auf die eine, die ich brauche.*

Hank ließ seine Therapiesitzung sausen, um Dane und Willow zum Frühstück einzuladen. Als sie anschließend die Stadt wieder verließen, dachte er darüber nach, beim Krankenhaus vorbeizuschauen, um Callie zu besuchen. Aber das war nicht wirklich der beste Ort, um zu reden. Also wartete er bis zum Abend und versuchte dann, sie ausfindig zu machen.

Sie war nicht zu Hause, also fuhr er schließlich doch zum Krankenhaus. Er parkte sein Auto, setzte seinen Rollstuhl zusammen und fuhr ins Innere. Die Therapieräume waren verlassen. Sie war nicht in ihrem Büro. Tiny war ebenfalls nicht da. Im Zimmer der Krankenschwestern hatte sie seit Stunden keiner mehr gesehen. Sie hatte keine bevorstehende Nachtschicht.

Ihm gingen die Ideen aus.

Als Hank zurück in die Stadt fuhr, wurden die Straßen zusehends verschneiter. Trotzdem, er konnte den Gedanken nicht ertragen, weitere einsame Stunden in seinem Haus zu verbringen. Stattdessen fuhr er zu Ruperts Bar. Je näher er dem Laden kam, desto besser klang die Idee. Wenn seine Schwester arbeitete, konnte er so viel trinken, wie er wollte, und sie würde ihn nach ihrer Schicht im Jeep nach Hause fahren.

Also, Tassen hoch!

Außerdem fand er einen Behindertenparkplatz direkt an der Hauptstraße, das Schicksal war ganz offenbar auf seiner Seite. (Diese Parkplätze ohne schlechtes Gewissen zu benutzen, war die absolut einzige gute Sache an seiner Verletzung.)

Als er dieses Mal seinen Rollstuhl zusammensetzte, machte er es in fünf Zentimetern flockigem Neuschnee. Und die Luft roch nach mehr. Komisch, dass ihm nie zuvor aufgefallen war, dass Schnee einen eigenen Geruch hatte. Aber den hatte er. Kalt und knackig, mit einem Hauch von Pinie und Holzrauch. So roch der Winter.

Er rollte in die Bar. Im Fernsehen lief das Montagabend-Footballspiel und ein paar Stammkunden hatten sich an der Theke verteilt. Hanks Augen blieben an einem besonders großen Kopf hängen.

„Tiny!“, rief Hank.

„Teufelskerl!", erwiderte der große Mann mit einem Grinsen. Doch er hatte sein Handy am Ohr, also musste Hank eine Minute warten, bis er mit ihm quatschen konnte.

Auf dem leeren Hocker neben Tiny lag eine Jacke, aber links daneben befand sich ein freier Barhocker. Hank wollte nicht alleine an einem Tisch sitzen, also stieß er sich aus seinem Rollstuhl hoch und beförderte seinen Körper mit einer geschickten Drehung auf den Hocker. Solange er nicht zu viel trank, würde er schon nicht davon runterkippen.

„Das war ziemlich anständig", sagte eine Stimme hinter ihm. „Aber die russische Punktrichterin hat dir Abzüge in der B-Note gegeben, weil sie dich nicht leiden kann."

Hank sah über die Schulter zu seiner Schwester. „Hey! Du bist letzte Nacht gar nicht vorbei gekommen. Ich dachte, du musstest gestern nicht arbeiten?"

Stella zuckte die Schultern. „Ich brauchte mal einen Abend bei mir zu Hause, weißt du? Was habe ich verpasst?"

Tja, Schwesterherz, es war der beste Abend meines Lebens, bis zu dem Punkt an dem er das nicht mehr war. „Du weißt schon – Bier und Zigarren. Ich soll dich übrigens von Willow und Dane grüßen. Bear hat mir den Reiseplan für seinen Filmdreh mitgebracht. Hab heute Nachmittag mal drübergelesen. Sieht nach Spaß aus."

„Ich wette, das tut es", grummelte sie. „Was willst du trinken?"

„Hast du die Getränkeliste schon auswendig gelernt?"

Seine Schwester bedachte ihn mit einem finsteren Blick.

„Dann überrasch mich."

Stella zog schmollend ab und zog seinen Rollstuhl hinter sich her.

„Deine Schwester ist zum Totlachen", sagte Tiny, während er sein Handy wieder in seiner Jackentasche verschwinden ließ.

„Ja?", fragte Hank und bot Tiny einen Fist Bump an.

„Callie hat sie mir vorgestellt.“

„Callie?“

„Was?“ Plötzlich tauchte Callie neben Hanks Ellenbogen auf.

Hank musterte sie kurz von oben bis unten, denn irgendwas schien nicht zu stimmen. Sie wirkte etwas angeschlagen. Als er zu Tiny hochsah, zwinkerte dieser Hank zu.

Ah. Callie hatte wohl leicht einen in der Krone.

„Setz dich“, sagte Hank und kämpfte gegen ein Grinsen an. Sachte ergriff er sie am Ellenbogen und half ihr auf den Barhocker.

„Vorhin hat mich Callie darüber aufgeklärt, dass heute Abend Tequila-Nacht ist“, sagte Tiny und nahm ihren anderen Ellenbogen. „Obwohl sie mir nicht sagen will, warum.“

Callie schüttelte ihre Hände ab. „Ich habe keine Beschwerden von dir gehört“, sagte sie zu Tiny. Dann winkte sie Travis herbei.

„Und wie oft ruft Callie eine Tequila-Nacht aus?“, fragte Hank beiläufig.

„Nicht oft“, warf Travis ein, als er ihr leeres Glas wegnahm. „Normalerweise ist sie eher eine nur-ein-Bier-für-mich-Danke-Kundin.“

„Ihr seid sehr herablassend. Alle“, murmelte Callie.

„Kann ich dir was bringen, Teufelskerl?“, fragte Travis mit amüsiertem Glitzern in den Augen.

„Ich habe meine Schwester gebeten, mir ein Bier auszusuchen. Es gibt zumindest eine kleine Chance, dass sie sich daran noch erinnert.“

„Aber es ist Tequila-Nacht“, sagte Callie.

„Eine Ärztin hat mir mal gesagt, dass ich mich von Tequila fernhalten soll.“

Callies Miene verfinsterte sich. „Guter Punkt. Deine Ärztin hat sowieso einen furchtbaren Einfluss. Ein totales Desaster.“

Okay. Das war also nicht das Richtige gewesen, um ihre Laune zu heben. „Ich glaube, die Ärztin ist zu streng mit sich. Und ich bin nicht mehr ihr Patient. Hey, Trav? Kann ich einen Shot Conmemorativo bekommen? Aber nur ein kleines Shotglas, ich glaube, ich muss gleich noch jemanden nach Hause fahren."

„Das kann ich auch machen", sagte Tiny hilfsbereit. „Meine Beteiligung an der Tequila Nacht war eher symbolisch."

„Ich denke, ich sollte das übernehmen."

„Klingt nach eine schlechten Idee", sagte Callie und sah auf ihre Hände herab.

Mit neugieriger Miene musterte Tiny die beiden, bevor er sich weise entschied, nichts mehr dazu zu sagen.

Travis stellte ein Schnapsglas vor Hank und eine Margarita vor Callie ab. Tiny servierte er eine Limonade.

„Wie viele von diesen hatte sie schon?", fragte Hank. Er kippte seinen Shot herunter.

„Ich bin direkt hier", sagte Callie gereizt. „Du hättest *mich* fragen können."

„Das ist ihre vierte", sagte Travis. „Aber die Rezeptur ändert sich jedes Mal. Bei der hier ist eigentlich nur ein Spritzer Tequila drin."

„Du verwässerst meine Drinks?", blaffte Callie. „Was für ein Barkeeper bist du denn?"

„Einer, dem du morgen danken wirst, wenn es Zeit wird aufzustehen und zur Arbeit zu gehen."

„Ich hasse euch alle. Naja, Tiny vielleicht nicht."

„*Vielleicht*?", fragte Tiny und griff sich ans Herz.

„Das ist ja schade", sagte Hank. „Denn wir haben eine ziemlich hohe Meinung von dir."

„Lass das Süßholzraspeln, Hank. Das führt nur zu Ärger."

Er schmunzelte. „Du hättest mich heute anrufen sollen, junge Dame."

Callie nippte an ihrem Getränk, bevor sie antwortete. „Ich kann mein Handy nicht finden.“

„Verstehe. Und hattest du keine anderen Telefone zur Hand?“

Sie nahm einen großen Schluck von der Margarita und wich seinem Blick aus.

Er fischte ihr Handy aus seiner Tasche und zeigte es ihr. „Erkennst du das wieder? Ist bei mir zwischen zwei Sofakissen aufgetaucht.“

Während Tinys Augen groß wurden, grabschte Callie wild nach ihrem Handy. Hank hielt es außerhalb ihrer Reichweite. „Sorry, ich behalte das als Geisel.“

„Jesus“, fluchte Callie. „Wegen dir werde ich noch gefeuert.“

„Nein, wirst du nicht“, sagte er. „Das klingt wie eine willkommene Ausrede, um mich sitzen zu lassen.“

„Das ist keine Ausrede!“, sagte sie in einer Lautstärke, dass es wahrscheinlich jeder in der Bar mitbekam. „Weißt du überhaupt, wie viel ausstehende Studienschulden ich noch habe? Zweihunderttausend Dollar.“

Erneut holte sie nach ihrem Telefon aus, aber Hank hielt ihre heranschnellende Hand fest. „Na gut“, sagte er mit ruhiger Stimme. „Das ist kein Pappenstiel. Aber bist du dir wirklich sicher, dass es bei Strafe verboten ist, dass zwischen dir und mir was läuft?“

„Nö“, sagte Callie und unterdrückte einen Rülpser. „Aber ich mache mir genug Sorgen, um Tequila-Nacht auszurufen.“

Und um fair zu sein – Hank hatte Callie auch noch nie so aufgewühlt gesehen. „Beim letzten Kerl hast du nur Eiscreme in dich reingeschaufelt, also vielleicht ist das hier ja ein gutes Zeichen für mich.“ Mit dem Daumen massierte er ihre Handfläche. Ihr Blick wurde etwas weicher und sein Magen entspannte sich. Zumindest ein wenig.

„Für Eiscreme wird auch noch genug Zeit bleiben“, flüsterte

Callie. „Die Krankenhausdirektorin ist unterwegs auf einer Konferenz."

„Du hast versucht, dich mit ihr zu treffen?"

„Direkt heute morgen. Naja, nicht *direkt*, denn ich bin schon seit vier Uhr wach und mache mir Sorgen, was sie wohl sagen wird."

Okay. Damit konnte Hank was anfangen. Er weckte Callies Handy aus dem Ruhemodus und begann, durch ihre Kontakte zu scrollen. Doktor Fennigans Nummer war natürlich direkt bei den Fs, denn Callie war schließlich eine durch und durch organisierte Frau.

Er tippte auf ihren Namen und sah zu, wie die Verbindung für den Anruf hergestellt wurde.

„*Was machst du?*" Callie packte sein Handgelenk.

„Es klingelt", sagte er. „Selbst wenn du jetzt auflegst, wird sie sehen, dass du versucht hast, anzurufen."

„Hallo?", hörte man eine Stimme aus dem Handy. Hank reichte es Callie.

Callies Blick war so scharf, dass man damit Snowboards hätte schleifen können. Dann hielt sie sich das Handy ans Ohr. „Ähm... Dr. Fennigan? Entschuldigen Sie die Uhrzeit." Sie warf Hank einen weiteren bösen Blick zu, während sie vom Barhocker runter glitt und nach draußen ging.

„Jetzt hast du richtig Ärger am Hals", sagte Tiny und leerte seine Cola.

„Das stimmt wohl", gab Hank zu.

„Wenigstens weiß ich jetzt, warum eine Tequila-Nacht nötig war." Tiny warf sich seine Jacke über. „So, ich lasse dich für den Rest des Abends übernehmen."

„Du musst nicht abhauen, Mann", sagte Hank. „Ich wollte nicht, dass du dich unwohl fühlst."

„Tue ich auch nicht", sagte Tiny und zog seine Jacke zu. „Aber wenn ich mich beeile, kann ich mich noch meinen

Freunden anschließen. Ich habe ihnen abgesagt, weil Callie schon den ganzen Tag wie eine Handgranate mit losem Stift wirkte. Ich dachte schon, ich müsste sie vor den Boxsack stellen." Er zwinkerte.

„Du bist ein guter Mann, Tiny. Nächstes Mal musst du mich nicht einmal beim Klimmzugwettkampf gewinnen lassen."

Tiny verdrehte die Augen. „Ich wünschte, ich hätte absichtlich verloren. Bis dann."

~

Das Handy ans Ohr gepresst, eilte Callie aus der Bar in die verschneite Nacht hinaus.

„Ist etwas nicht in Ordnung?", fragte die Direktorin.

„Hallo, Dr. Fennigan", sagte Callie untertänig. Sie sprach langsam, in der Hoffnung, dass die Direktorin nicht merken würde, dass sie die Gesellschaft von mehreren Margaritas genossen hatte. „Es tut mir leid, dass ich, äh, so spät abends noch anrufe. Aber ich muss Ihnen eine Frage zu etwas stellen, das Sie neulich gesagt haben."

Die Direktorin kicherte. „Geht es um Hank Lazarus?"

„Könnte sein." Gott, sie war so ein Feigling. „Ja, geht es", korrigierte sie sich. „Sie sagten, er sei nicht mein Patient und das stimmt streng genommen auch. Aber das bedeutet nicht, dass es für mich angebracht wäre, mit ihm auszugehen." Und *ausgehen* war zu diesem Zeitpunkt ein ganz schöner Euphemismus.

Am anderen Ende der Leitung herrschte Stille und Callie hasste dieses Geräusch. „Lass uns das mal durchgehen", sagte die Direktorin. „Im Laufe deiner Arbeitswoche, ist da irgendeiner deiner Studienteilnehmer bei dir in medizinischer Behandlung?"

„Nie. Das macht der Leiter der Therapieabteilung. Meine Rolle besteht nur darin, zu beobachten und Daten zu sammeln.

Aber ich möchte nicht, dass jemand behaupten kann, unsere Studie sei aufgrund meiner persönlichen Beziehungen verzerrt."

„Callie, hast du dieses Problem mal in deinem Mitarbeiterhandbuch nachgeschlagen?"

„Nein." Sie schluckte schwer.

„Nun ja, dort steht *nicht*, dass eine Ärztin, die spürt, dass sie eine romantische Beziehung zu einem Patienten entwickelt, standesrechtlich erschossen wird."

Callie schluckte erneut. „Das ist gut zu wissen."

„Es rät der Ärztin, sich eine Handlungsempfehlung von ihren Vorgesetzten einzuholen und die berufliche Beziehung zu beenden."

„Okay?"

„Gerade hast du ja eine Beratung ersucht, also ist das schon mal abgedeckt. Und jetzt werde ich dich vorübergehend davon befreien, die Studie zu leiten, bis wir diese Fragen gemeinsam durcharbeiten können."

Callie zuckte zusammen. „Okay."

„Selbst wenn wir entscheiden, dass ein anderer Mitarbeiter für dich übernehmen sollte, sehe ich keinen Grund, warum du die Ergebnisse nächstes Jahr nicht als Co-Autorin mit veröffentlichen könntest. An dem Punkt sind die Studienteilnehmer nur noch Zahlen auf einem Blatt Papier."

„Vielen Dank." *Glaube ich*. Callie stieß den Atem aus, immer noch verunsichert. Denn es konnte unmöglich so einfach sein. „Doktor Fennigan..."

„Elisa."

„Elisa, bist du dir *sicher*, dass ich keinen Ärger bekommen kann, wenn ich mit Hank ausgehe? Dieser Job ist sehr wichtig für mich."

Die Direktorin war einen Moment still bevor sie antwortete. „Es gibt immer ein Worst-Case-Szenario. Angenommen ein Verwandter von Hank entscheidet sich, dich zu hassen oder einer der Studienteilnehmer ist aus irgendeinem Grund sauer auf das Krankenhaus – es besteht immer die Möglichkeit, dass jemand, der mit uns ein Hühnchen zu rupfen hat, um jede Kleinigkeit ein Theater macht, die er finden kann. Du könntest zum Beispiel in einem unvorteilhaften Zeitungsartikel auftauchen. Aber das kann dir auch passieren, selbst wenn du *keine* Beziehung mit Hank eingehst, nicht wahr?"

„Vielleicht?" Callies Kopf tat weh von dem Versuch, all die verschiedenen Möglichkeiten durchzuspielen.

„Es kann immer etwas schiefgehen. Aber so ist das Leben. Die eine Sache, die ich sicher weiß ist, dass wir die besten Jahre unseres Lebens in diesem Krankenhaus verbringen. Und wenn der richtige Mann durch diese Türen kommt, können wir ihn nicht vom Fleck weg abweisen. Denn heiße Typen in roten Sportwagen fallen nicht einfach so vom Himmel."

Callie platzte ein Lachen heraus, das hoffentlich nicht zu tequilagetränkt klang. „Nein, das tun sie nicht. Ich wünschte nur, es wäre nicht so kompliziert."

„Du findest schon eine Lösung, da bin ich mir sicher. Gute Nacht, Callie."

„Gute Nacht, Elisa."

Callie legte auf. Einen Moment lang konnte sie nichts anderes tun, als draußen in der Kälte zu stehen und den Schnee weiterhin ihr Haar bedecken zu lassen. Inzwischen fielen die Flocken immer dichter. Dr. Fennigan hatte nicht gesagt, was Callie erwartet hatte. Und obwohl sie erleichtert war, dass sich die Direktorin nicht schockiert über ihren Flirt mit Hank gezeigt hatte, war ihr trotzdem nicht ganz klar, wie es jetzt weitergehen würde.

Sie richtete die Augen gen Himmel und sah wirbelnde weiße Flocken, die von den Straßenlaternen erleuchtet wurden. „Kann ich ein kleines Zeichen bekommen?", fragte sie die leere Straße. „Nur ein kleines Nicken von Gott, dass alles gut wird?"

Doch während sie den wirbelnden Schnee betrachtete und versuchte, auf ihr Herz zu hören, bestand die einzige Antwort, die sie bekam, in einer dicken Schneeflocke, die genau auf ihrem Auge landete. Blinzelnd zog Callie die Tür zur Bar auf. Den Schnee aus ihren Haaren schüttelnd, ging sie zurück in die Wärme des Ruperts und wurde von Lachen und den Geräuschen des Footballspiels begrüßt. Hanks kräftige, wohlgeformte Gestalt saß da, seine muskulösen Unterarme auf die Theke gelegt, den Kopf zur Seite geneigt, damit er den Spielstand auf dem Fernseher sehen konnte. Der Anblick von Hank, der auf sie wartete, ließ Callies Herz unwillkürlich flattern.

Nicht so schnell, Arterien und Ventrikel. Egal wie unwiderstehlich sie Hank auch fand, sie war immer noch sauer. Mit großen Schritten ging sie zu ihm an die Theke und schlug ihm heftig auf die Schulter.

„Au", beschwerte er sich, die Augen weiterhin auf den Fernseher gerichtet. „Wofür war das?"

„Du *weißt*, wofür das war. Du hast mich gezwungen, mit der Krankenhausdirektorin zu reden." Als er sich ihr zuwandte, schlug sie ihn erneut. „Das war nicht nett."

„Autsch", wiederholte er. „Das tut weh." Doch dann rieb er sich den *anderen* Arm, während ein freches Grinsen sein Gesicht erleuchtete.

„Mit der geschlossenen Faust zuschlagen wirkt besser", sagte Stella Lazarus, während sie mit einem leeren Tablett näher kam. Als sie an ihrem Bruder vorbei ging, hämmerte sie ihm ihre Faust auf die Schulter.

Aber Hank ignorierte sie. Mit einer schnellen Bewegung legte er seine Hände an Callies Kiefer und zog sie für einen offensiven Kuss zu sich heran.

Unvorbereitet und durcheinander schaffte Callie es nicht, sich gegen diese vollen Lippen zu wehren. Hank gab ein lustvolles Grunzen von sich, als er in ihren Mund eindrang und seine Zunge ohne Vorspiel über ihre strich. An seine Brust gekippt hielt sie sich dort fest, anstatt sich abzustoßen. Die Kombination von Alkohol und diesem heißen Kuss ließ ihr Gehör verschwommen und undeutlich werden. Dennoch hörte sie ein, zwei anerkennende Pfiffe im Hintergrund und Stella Lazarus, die ihnen empfahl, sich ein Zimmer zu nehmen.

Gerade als Callies Knie weich wurden, endete der Kuss beinahe so abrupt wie er begonnen hatte. Sie hielt sich an Hanks Jacke fest und fühlte sich betrunkener als zu jedem anderen Zeitpunkt an diesem Abend.

„Ich bringe dich jetzt nach Hause", sagte er.

Das half, sie aus ihrer Trance wachzurütteln. „Nein, das tust du nicht." Sie konnte letzte Nacht nicht wiederholen. Als sie den Entschluss fasste, sich heute Abend zu betrinken, hatte sie ihn nicht mit eingeplant. Alkohol und Hank zusammen waren potentiell verheerend, ihre Kombination so potent, dass man die Dosierung unmöglich einstellen konnte. „Wo ist Tiny? Er wollte mich doch nach Hause bringen."

Hank warf ein paar Geldscheine auf den Tresen. „Er ist hinten raus gegangen. Ich soll dir von ihm eine gute Nacht wünschen. Hey – Stella! Da du mir nie mein Bier gebracht hast, könntest du mir wenigstens meinen Rollstuhl bringen?"

„Uuups, sorry", sagte seine Schwester, während sie in die Ecke eilte, um seinen Stuhl zu holen.

Als er da war, ließ Hank sich hineinfallen. „Komm mit. Mein Wagen steht vor der Tür."

Callie sah die Schneeflocken in Hanks Scheinwerferlich wirbeln. „Kannst du deinen Porsche in dem Schnee überhaupt fahren?" Nach diesem verwirrenden Kuss fühlte sie sich, als müsste sie etwas kecker sein. Als ob sich mit Hank anzulegen ihr helfen würde, ihren Schutzschild wieder hochzufahren.

„Lady, mein Baby hat Allradantrieb und Schneereifen."

Hank klang etwas angefressen bei der Andeutung, dass sein Wagen nicht männlich genug für diese Herausforderung war.

Callie ließ sich in den luxuriösen Sitz sinken. Der Wagen roch köstlich nach Lederpolsterung und Hank. So... sexy.

Argh. Wenn es um ihn ging, war ihr Schutzschild immer durchlässig.

Wortlos nebeneinander sitzend fuhren sie los und die Lichter der Stadt verschwanden hinter ihnen in der Dunkelheit. „Ich wollte sowieso mit Dr. Fennigan reden. Du hättest nicht so einen Druck machen müssen.“

„Ich weiß, dass du das vorhattest“, sagte er mit seinem sexy Grollen. „Ich habe der Unterhaltung nur auf die Sprünge geholfen.“

„Weil eine Frau, die sich zweimal im Jahr betrinkt, unbedingt in der Tequila-Nacht mit ihrer Chefin telefonieren will.“

Er lachte trocken. „Wahrscheinlich könntest du betrunken eine Hirn-OP durchführen, Callie. Außerdem wollte ich nicht, dass du eine Woche wartest, bis du mit ihr redest. Das ist zu viel Zeit für dich, um dich wieder in deinem hübschen Kopf zu verkriechen und dir ein Dutzend weitere Gründe einfallen zu lassen, warum das mit mir eine schlechte Idee ist.“

„Ich führe nie Hirn-OPs durch“, bemerkte Callie. Hank lachte laut auf und das Auto schickte sich an, die Bergstraße hochzuklettern.

„Wirst du mir verraten, was sie gesagt hat?“, fragte Hank, ohne die Augen von der Straße zu nehmen.

„Das habe ich noch nicht entschieden.“ Sie sah aus dem Fenster, auf der Suche nach bekannten Orientierungspunkten, aber es gab keine. „Das ist nicht der Weg zu mir nach Hause.“

„Und da soll mal jemand behaupten, du seist vom Alkohol beeinträchtigt. Es ist der Weg zu mir.“

„Hank! Was zum Teufel soll das? Halt sofort an.“

Sobald sie dies gesagt hatte, bog er in eine fremde Auffahrt ein und brachte den Wagen direkt zum Stehen, nachdem sie die Straße verlassen hatten. Still drehte er sich zu ihr, eine Augenbraue fragend hochgezogen.

Callie verschränkte die Arme vor der Brust. „Ich bin immer noch sauer auf dich.“

„Was hat Fennigan gesagt?“

Sie hat dich einen heißen Typen genannt. „Sie hat mich aus der Studie genommen.“

Daraufhin verlor Hanks Gesicht seinen frechen Ausdruck. „Oh, Scheiße. Das tut mir leid.“

Bei diesem Schuldeingeständnis hätte sie sich besser fühlen müssen. Aber es machte es nur schwerer, sauer zu bleiben. „Das ist schon in Ordnung“, sagte sie. „Das habe ich verdient. Und ich hatte mit Schlimmerem gerechnet.“

„Du hast nichts Falsches getan“, sagte Hank mit sanfter Stimme. „Als ich noch dein Patient *war*, hast du mich direkt abgewimmelt.“

„Aber manchmal ist es egal, ob man Mist gebaut hat oder nicht. Es zählt nur, ob die Leute denken, dass du es getan hast. Außerdem hast du mich heute Abend vor Tiny bloßgestellt und das war *bevor* ich mit Elisa gesprochen habe.“

„Ja“, gestand Hank ein. „Aber Tiny würde dich nie ans Messer liefern, ich schätze vorher würde er sich lieber selbst abmurksen lassen. Die Leute lieben dich, Callie. Du bekommst einen Vertrauensbonus, weil du es verdient hast.“

Das war ungefähr das Netteste, was je jemand zu ihr gesagt hatte. Aber es war auch so blauäugig optimistisch. „Ich bin nicht besonders mutig“, sagte sie.

„Ich weiß.“ Er griff über die Kupplung hinweg und nahm ihre Hand. „Das hast du mir schon beim *Schweigen der Lämmer* gesagt.“

Sie drückte seine Hand und wünschte sich, das Leben wäre

einfacher, sodass sie nie wieder loslassen müsste. „Ich bin nicht mutig. Und du bist noch nicht so weit."

„Für was?"

„Für mich."

„Was soll das denn heißen?"

„Du hattest so ein schweres Jahr und du bist noch nicht so weit, um... um dich zu... *binden*." Sobald das Wort ihren Mund verließ, tat es ihr leid, es gesagt zu haben. Es war zu viel von ihm verlangt.

„Sagt wer?"

„Pass auf, du musst das nicht abstreiten. Wenn es deinen Unfall nicht gegeben hätte, wäre ich nicht deine erste Wahl, okay? Ich bin nicht dein Typ. Ich war nie dein Typ. Und ich will nicht diejenige sein, der das wirklich wichtig ist, während du der bist, der sich mit weniger zufrieden gibt, als er das früher getan hätte."

Sie spürte wie seine Hand ihre losließ. „Scheiße, das ist *so* unfair. Als *meine* Angst im Weg stand, hast du mir gezeigt, wie dämlich das war, und jetzt kommst du mir mit dem gleichen Scheiß an? Was für einen Sinn macht es, dieses Spiel zu spielen – zu erraten, ob wir uns sonst je getroffen hätten? Wir sind großartig zusammen. Seit dem Moment, in dem du in mein Krankenzimmer gekommen bist, gibt es eine echte Verbindung zwischen uns." Er atmete tief durch. „Es ist nicht fair von dir, so zu tun, als würdest du es nicht fühlen oder dass es egal ist."

Die Wut in seiner Stimme ließ ihr Herz schneller schlagen. „Hank", sagte sie leise. „Ich glaube, du hast keine Ahnung, was du willst. Du hast gerade erst dein Leben zurück bekommen und ich merke, dass du mir dankbar bist. Und Gott weiß, wie sehr ich mich für dich freue. Aber du könntest jede andere haben."

„Genau wie du jeden anderen haben könntest! Was hat das

denn damit zu tun? Vielleicht haben wir uns trotzdem endlich gefunden. Tu nicht so, als wüsstest du es besser."

Sie schluckte und fühlte sich benommen. Doch, sie wusste es.

„Was?"

Sie schüttelte den Kopf.

„Callie, sei ehrlich zu mir – das ist das Mindeste, das du tun kannst." Er zog seine Hand vollständig zurück und umklammerte stattdessen das Lenkrad.

„Du wirst mir sagen, dass ich zu viel hineininterpretiere."

„Lass es drauf ankommen."

„Hank, wir *haben* uns getroffen. Am schlimmsten Tag deines Lebens, Dane und Willow haben uns einander vorgestellt."

Seine dunklen Augenbrauen schossen nach oben. „Oh, Fuck. Wirklich?" Er schloss die Augen und kniff sich in den Nasenrücken. Eine Minute lang war er still. „Verdammt. Es war direkt vor meinem Lauf."

Callie hielt den Atem an.

Sein Kinn schnellte hoch und er sah sie an. „Ich habe Dane gefragt, wo wir später trinken. Und habe irgendeinen Witz darüber gemacht, dass er unterm Pantoffel steht." Er lachte, doch dann tauchte Schmerz in seinen Augen auf. „Du hattest eine pinke Mütze auf." Er streckte die Hand aus und legte sie auf ihren Kopf. „Sie hat dein Haar bedeckt und ich habe mich gefragt, welche Farbe es wohl hat. Und Dane hielt das Baby." Die Finger, die er an seine Lippen führte, zitterten. „Und ich war so ein Arschloch."

„Es war ein stressiger Augenblick..."

„Daran lag es nicht, dass ich diese Dinge gesagt habe." Er schüttelte den Kopf. „Ich war so eifersüchtig, Callie. Es war mein Heimatberg – es sollte so ein großer Tag für mich werden. Und ein großes Jahr. Aber meine zickige Freundin hatte mir gerade die 'Hör zu, wenn du zurück bist, müssen wir reden'-Ansage gehalten. Und mein Kumpel Dane steht da mit seiner Familie und hat alles. Er hat alles hinbekommen, während ich mich nur hab treiben lassen." Er atmete tief und zitternd ein. „Also, wenn du glaubst, du weißt, wie es damals um mich stand... Tja, Lady. Du hast nicht die leiseste Ahnung."

Callie war so überrascht, dass sie sich ans Atmen erinnern musste. „*Hank*", flüsterte sie, beugte sich über die Kupplung und nahm ihn so gut sie konnte in die Arme. „Es tut mir leid. Das war mir nicht klar. Es war nur so, dass du wie jemand aussahst, der alles hatte, was er wollte."

„Ich sage es dir geradeheraus, Callie, Dinge die ich noch nie jemandem erzählt habe. Ich kann es nicht deutlicher machen, als ich es in diesem Moment tue."

„Okay, okay", beruhigte sie ihn. „Das war dumm von mir. Ich hatte Angst, dass du mir das Herz brichst."

Er nahm sie in seine kräftigen Arme. „Weißt du, vor einem Jahr war ich vermutlich wirklich noch nicht bereit, dich zu treffen." Er küsste sie auf den Kopf. „Aber ich war auf dem Weg dahin. Der Unfall war nicht der einzige Grund, ich war fertig damit, jung und dumm sein zu wollen."

Sie drückte ihn erneut. „Du sagst das, als wäre das etwas Schlechtes. Manchmal mache ich mir Sorgen, dass ich nie jung und dumm genug war. Es ist fast, als hätte ich das jetzt wiedergutmachen wollen, indem ich mich wie eine Verrückte aufführe."

„Ich kann dir damit helfen. Mit dumm und verrückt kenne ich mich gut aus." Er wiegte sie leicht. „Ich will dich, Callie. Und du willst mich. Alles andere ist egal."

„Kalifornien", sagte sie.

Seine Arme hielten sie noch fester. „Hör auf."

„Du sagtest, wenn ich es noch einmal erwähnen würde, würdest du..."

Sie bekam die Worte nicht mehr heraus, weil seine Lippen

ihre bedeckten. Der Kuss war gefühlvoll und glimmte mit der Verheißung von noch heißeren Dingen, die noch kommen könnten.

Als sie endlich nach Luft schnappten, war Hank eine komplette Minute vollkommen still. Im Licht des Armaturenbretts wirkten die Falten in seinem ernsten Gesicht tiefer als sonst. „Vermont wird morgen zu einem Tag voller Neuschnee aufwachen. Aber ich hatte gehofft, dass ich neben dir aufwache."

„Das wäre schön."

Hank legte den Gang ein. Callie lehnte sich in ihrem Sitz zurück und er bog wieder auf die Straße. Ein paar Minuten später fuhren sie in seine Garage. Hank öffnete die Fahrertür. Er musste einmal mehr seinen Rollstuhl zusammensetzen. Das würde ein paar Minuten dauern, also gab er ihr seinen Haustürschlüssel. „Hier. Such dir aus, auf welcher Seite des Bettes du schlafen willst. Aber überleg dir gut, welche. Denn es ist nicht nur für heute Nacht." Er griff nach seinem Stuhl auf dem Rücksitz.

Mit vollem Herzen ging Callie ins Schlafzimmer und suchte sich eine Bettseite aus.

18

Callie wachte am nächsten Morgen auf, mit dem Rücken an eine harte Muskelwand gekuschelt. Sie lag einen Moment still und ging in sich. Hanks Hand lag auf ihrer Hüfte und seine Finger waren über der sensiblen Haut ihres Bauches gespreizt. Sie trug eines von Hanks großen T-Shirts. Dieses hatten eine doppelte schwarze Raute auf der Vorderseite, darunter die Worte *Nur für Profis*.

Das war allerdings auch das Einzige, was sie trug. Letzte Nacht hatten sie aneinander gekuschelt gefühlvolle, langsame Liebe gemacht, genau so wie sie jetzt lagen. Nur daran zu denken rief bei Callie ein warmes Kribbeln hervor.

Und der Teufelskerl kuschelte gerne. Wer hätte das gedacht?

Callie hob ihren Kopf ein paar Zentimeter, um auf Hanks Wecker zu schielen. Es war bereits halb neun. Sie sollte schon auf dem Weg zum Krankenhaus sein. Allein bei dem Gedanken kam Unbehagen in ihr auf. Denn trotz all der herrlichen Dinge, die gestern Nacht passiert waren, war ihre Karriere durch einen einzigen, betrunkenen Anruf an die Krankenhausdirektorin verändert worden. Bei dem Gedanken begann ihr Kopf vor Sorge zu pochen.

Vielleicht war das aber auch nur der Kater, der sich meldete.

Die warme Hand, die auf ihrem Bauch gelegen hatte, bewegte sich. Sie drückte ihre Hüfte. Dann wanderte sie sanft weiter zu ihrem Rücken und malte dabei Kreise auf ihrer Taille. Callie schloss die Augen und bewegte sich nicht. Egal wie schwierig dieser Tag auch werden würde, sie würde sich diesen Moment nehmen, um das Gefühl von Hanks Fingerspitzen auf ihrer Haut zu genießen. An diese Art von Zuneigung konnte sie sich leicht gewöhnen. „Callie", flüsterte er.

Sie rollte sich herum und das Erste was sie sah, war das Panorama seiner beeindruckenden Brust. Langsam ließ sie ihren Blick hochwandern, an dem Sixpack und den tätowierten Schultern vorbei. Als sie bei seinem Gesicht ankam, erwartete sie, einen verliebten Blick in seinen Augen zu finden. Aber was sie sah war etwas anderes.

Eindringlichkeit.

„Was ist los?", fragte sie und streckte eine Hand aus, um über die morgendlichen Bartstoppeln an seinem Kinn zu fahren.

Hank stützte seinen Kopf auf eine Hand und betrachtete sie ernst. „Mir ist gerade erst klar geworden: Du hast es gesehen."

„Was?"

„Wenn ich dich bei diesem Snowboard-Event getroffen habe, hast du beobachtet, wie ich gebrochen bin. Callie, du hast es *mitangesehen*." Seine Augen waren dunkle Teiche, in denen sie sich fast verlor.

Wieder streckte sie eine Hand aus, berührte seine Brust und spürte die harten Muskeln unter ihren Fingerspitzen. Es war schwer, ihn in diesem Moment zu lesen. Er schien beinahe wütend. „Ich war da", war alles, was ihr einfiel. Es war die Wahrheit, ob es ihm gefiel oder nicht. „Es ist nicht meine schönste Erinnerung."

„Aber jetzt bist du hier."

Sie blinzelte ihn an und streichelte das Sonnen-Tattoo unter ihrer Hand. „Natürlich bin ich das."

Er streckte beide Arme aus und zog Callie in seine Umarmung. „Du bist wirklich erstaunlich."

„Wieso?" Mit der Nase liebkoste sie die Haut unterhalb seines Ohres.

„Weil du mich trotzdem willst", sagte er und zog sie auf seine Brust. „Ich bin nur..." Er stieß einen tiefen Seufzer aus. „Viele meiner alten Freunde schauen mich an und ich kann sehen, was ihnen durch den Kopf geht. Sie ziehen den Vergleich. Egal worüber wir reden – die Patriots, das Wetter. Sie denken: *Der arme Kerl. Seht ihn euch jetzt an.* Du siehst mich nie so an und ich dachte, es läge daran, dass du keinen Vergleich zu vorher hättest. Ich dachte, du hättest mein wahres Ich nie kennengelernt."

Callie richtete sich auf und sah in seine Augen herab. „Nein, ich habe den *wahren* Teufelskerl." Sie legte ihm eine Hand unters Kinn. „Er ist genau hier."

Hank sagte nichts. Aber seine Augen leuchteten mit solcher Tiefe und Zauber, dass der Anblick ihr Herz aufgehen ließ. Callie ließ den Kopf auf seine Schulter sinken und seine Arme legten sich wieder um sie. Sachte streichelte er ihr über den Rücken, während Callie seinem Herzschlag durch die Brust lauschte.

„Wir sollten vermutlich aufstehen", sagte sie nach einer Weile. „Ich muss ins Krankenhaus fahren und sehen, ob ich noch einen Job habe."

„Natürlich hast du noch einen Job. Doch sie haben dich bestimmt noch nicht wieder in den regulären Schichtplan aufgenommen, oder?"

Callie wusste, dass er recht hatte. Aber Dr. Callie konnte nicht einfach im Bett rumgammeln, wenn ihre Zukunft ungeklärt war. Es war ihr beinahe schon ein physisches Bedürfnis, auf dem Parkplatz für Ärzte zu parken und herauszufinden, ob ihr Dienstausweis noch alle wichtigen Türen öffnete. Im hellen Licht des anbrechenden Tages fühlte sich die Vorstellung, die Studie abzugeben, furchterregend an. Sie hatte die Studie in dem Lebenslauf aufgelistet, den sie nach Kalifornien geschickt hatte. Wie würde sie erklären, dass sie nicht länger Teil des Projekts war? Das vertraute Surren der Besorgnis, das sie immer mit sich herumtrug, begann in ihren Ohren zu brummen.

„Heute gibt's Schneefrei, Baby." Hank rieb ihr wieder über den Rücken und die Hitze seiner Hände begann, die rauen Kanten ihrer Sorgen zu glätten. „Wir werden einen Kaffee trinken und dann machen wir meine zweitliebste Sache auf der Welt." Während er dies sagte, griff er wieder unter ihr T-Shirt und streichelte ihre Brust. Als sein Daumen über ihre Brustwarze glitt, lösten sich auch ihre letzten Sorgen in Wonne auf.

Gütiger Himmel. Callie schmolz dahin.

„Willst du mich nicht fragen, was das ist?", feixte Hank. „Meine zweitliebste Sache?"

„Hmm...?", fragte Callie, die die Antwort nicht wirklich interessierte. Solange sie Hank, den angenehmen Klang seines Lachens und die Wärme seiner Hände beinhaltete.

„Wir gehen natürlich hoch auf den Berg, ins Skigebiet." Die Wärme seiner Hände verschwand. Hank rollte sich auf den Rücken und griff nach dem Festnetztelefon auf seinem Nachttisch.

Callie hielt seine Hand fest, bevor er wählen konnte. „Ernsthaft?" Sie hatte vermutet, es wäre der letzte Ort, an den er wollte. Hank streifte ihre Hand ab und tippte auf eine der Schnellwahltasten. „Yo, Stella", sagte er ein paar Sekunden später. „Fährst du rüber ins Skigebiet?"

Da sie praktisch auf Hank lag, konnte sie die Stimme seiner Schwester schwach aus dem Telefon antworten hören. „Das musst du noch fragen? Ich hab schon heute Morgen um sechs einen Anruf bekommen. Es sind alle Mann an Deck!"

Hank hielt inne. „Alle außer mir, schätze ich."

Stella antwortete nicht direkt. „Hast du echt erwartet, dass dich jemand anruft? Wer würde dich das fragen? Aber hey – du kannst gerne mit mir tauschen", bot Stella an. „Ich nehme den Powdertag und du kannst Saisonpässe verkaufen."

Als Hank kicherte, konnte Callie es durch seine Brust hören. „Nett, dass du das anbietest, aber lass es uns lieber andersherum machen. Weißt du, wo meine ganze Winterausrüstung hin ist? Callie und ich brauchen Skibrillen, Helme und Schneehosen."

„Ich schätze, ich kann auf meinem Weg bei unseren Eltern vorbeischauen und durch die Schränke kramen. Willst du wirklich schon dein neues Spielzeug ausprobieren?"

„Darauf kannst du Gift nehmen."

„Sag's nicht Mom", sagte Stella. „Die macht sich nur Sorgen."

„Wie alt sind wir, zwölf?"

„Du willst bestimmt nicht so wie ich Hausarrest bekommen."

„Ach. Ich bin gut im Rausschleichen."

Durchs Telefon hörte Callie Stellas Lachen. „Das bist du."

„Wir sehen uns dort, Schwesterherz." Er legte auf.

„Was hast du vor?", fragte Callie.

Er griff unter die Decke und schlug ihr spielerisch auf den Hintern. „Das wirst du schon sehen. Aber erstmal brauchen wir Kaffee."

19

Hank hörte Callie leise fluchen, als der Sessellift hinter ihnen in Position schwang. „Bereit?", fragte er und unterdrückte ein Lachen.

„Nein!"

„Ihr geht's gut", versprach Bear.

Als die Bank näher kam, drückte sich Hank kräftig mit den beiden speziell designten Skistöcken in seiner Hand ab und hob den Sitz seines Sit-Skis (und damit seinen Arsch) ein paar entscheidende Zentimeter in die Luft. Er spürte, wie der Lift unter ihn griff und dann flogen sie – langsam – über den Hügel mit der Anfängerpiste. Hank griff nach hinten, um an der Lehne des Sessellifts zu ziehen und sicherzustellen, dass er und seine verrückte technische Neuheit nicht herunterrutschen würden.

„Es gibt nicht mal Sitzgurte", murmelte Callie neben Bear, welcher zwischen ihnen saß. „Wie kann das legal sein?"

Hank legte den Kopf in den Nacken und erlaubte der Morgensonne, sein Gesicht zu wärmen. „Die interessantere Frage ist eigentlich, wie ein Mädchen nur ein paar Stunden von Lake Tahoe aufwachsen konnte, ohne Ski- oder Snowboardfahren zu lernen?"

„Ernsthaft", echote Bear. „Das ist einfach nicht richtig."

Als sie vor einer Stunde im Skigebiet angekommen waren, hatte sich Callie schlichtweg geweigert, ein Snowboard auszuprobieren. „Ich will mich nicht fühlen, als wären meine Füße zusammengebunden", beharrte sie. „Eigentlich will ich überhaupt nicht den Berg runterrutschen. Aber wenn ich das schon machen muss, dann auf Skiern."

Und dann hatte sich Bear – der entweder der beste Freund der Welt war oder sich ein Bein ausriss, um Hank für seinen Film zu gewinnen – sogar auch ein Paar ausgeliehen.

„Ich dachte, du wärst ein Snowboarder", sagte Callie, während sie sich in die starren Stiefel quetschten.

„Jepp", sagte Bear zwinkernd. „Ich schätze, man kann sagen, ich fahre auf beiden Seiten des Ufers."

Und jetzt schwebten sie alle drei den Berg hoch, über ihnen ein traumhaft blauer Himmel. Es war ein Dienstag im November, was bedeutete, dass die einzigen Leute auf dem Berg Kinder aus der Umgebung waren, die das vorzeitige Weihnachtsgeschenk eines schneefreien Schultags bekommen hatten. Und alle von ihnen fuhren seit dem Kindergarten Ski. Die Anfängerpiste würde verlassen sein.

Die Bedingungen waren perfekt, um Callie Angst und Bange zu machen.

„Wie sollen wir das regeln?", fragte Bear, als das Ende des Übungslifts vor ihnen auftauchte.

„Vielleicht könnte ich einfach mit dem Lift wieder runter fahren", schlug Callie vor.

Hank grinste. „Keine Chance. Bear, gib mir einfach einen Schubser und dann pass auf, dass Callie nicht umfällt."

„Das könnte klappen", stimmte Bear zu.

Dann kam der Ausstieg auf sie zu. Hank beugte sich vor und spürte, wie er sich vom Sitz löste. Er stieß seine seltsamen Skistöcke auf den Boden – sie hatten kleine Skier an den Enden

– und rutschte vorwärts, der Monoski unter ihm glitt über den Schnee.

Callie kreischte, also drehte er den Oberkörper, um nach ihr zu sehen. Und das brachte ihn zur Strecke. Der Sit-Ski kippte um und er fiel zu Boden. Aber Hank musste lediglich das Ende eines der Skistöcke in den Boden graben, um sich damit wieder aufzurichten.

Das war nicht so schlimm.

Wieder im Gleichgewicht, stieß er sich vom Liftbereich weg und wartete, während Bear Callie auf die Füße half.

Unbeholfen schob sie sich vorwärts, einen grimmigen Ausdruck im Gesicht.

„Also, denk dran", erklärte Bear ihr, „wenn die Ski parallel sind, wirst du schneller. Zieh deine Zehen vorne zusammen, wenn du einen Keil bilden und langsamer werden willst. Wenn sie das Kindern beibringen, sagen sie, dass 'Pommes' für 'fahren' und 'Pizza' für 'halten' steht."

„Also Pizza dann", grummelte Callie. „Wo muss ich hin?"

Hank deutete in die offensichtliche Richtung. „Nach unten."

Er sah zu, während Callie, die Beine zu einem unbeholfenen, furchtbar ängstlichen Stand gekrümmt, ihre Skier zu einem Keil zusammendrückte und vorsichtig den Übungshügel runter glitt. Hank legte zwei Finger an den Mund und pfiff. „Genau so, Baby!"

Ungefähr eine Sekunde später fiel sie hin.

Bear war mit einem Schwung bei ihr und half ihr hoch. Dann versuchten sie es erneut.

Für ein paar Minuten saß Hank einfach nur oben auf der kleinen Anhöhe und sah ihnen zu. Doch irgendwann hielt Bear an und hob den Kopf, um nach ihm zu sehen. „Bist du dir sicher, dass du das machen willst?" Bear hatte leichte Sorgen geäußert, als Hank darum bat, dass der Sit-Ski aus dem Lager geholt wurde.

„Klar", sagte Hank mit weit mehr Überzeugung als er verspürte. „Kinderspiel."

Das war vermutlich die größte Lüge, die er in seinem Leben je ausgesprochen hatte.

Jetzt sah Hank an seinem Equipment herab und fragte sich, was zur Hölle er sich dabei gedacht hatte.

Im letzten Frühjahr hatten ihn all seine Sponsoren einer nach dem anderen fallen gelassen. Die Schecks waren einfach ausgeblieben und zum ersten Mal seit Jahren war Hank nicht mehr in der Lage gewesen, für seinen Unterhalt selbst aufzukommen.

Aber sein Lieblingssponsor – ein Helmhersteller – hatte ihm diesen Sit-Ski geschickt, zusammen mit einem Brief. *Wir wissen nicht, ob Sie dieses Geschenk möchten oder wann Sie dafür bereit sein werden. Aber wir wollten es Ihnen trotzdem schicken, nur für den Fall. P.S. Immer einen Helm tragen.*

War er dafür bereit? Wer wusste das schon? Aber, bereit oder nicht, er saß auf einer Art Metallkrücke, die seinen Arsch einen Meter über dem Schnee schweben ließ. Seine Beine waren auf einer Fußstütze vor ihm zusammengepackt. Unter seiner Aufmachung war ein einzelner Ski. Für die Balance und Wendigkeit hatte er zwei Mehrzweckskistöcke. Jetzt wiegte er sich ein bisschen hin und her, um ein Gefühl für die Balance dieses Dings zu bekommen. Um zu lenken sollte er seine Hüften entweder nach links oder rechts kippen und so mit dem Ski im Schnee kanten. Das ganze Ding sah ziemlich unhandlich aus. Aber immerhin fuhren Leute bei den Paralympics mit diesen Dingern. Wie schwer konnte es schon sein?

Er sah den Hügel hinab und sein Herzschlag beschleunigte sich. Das war das erste Mal, seit *dem* Tag, dass er wieder auf Schnee stand. Und es war alles nur ein paar hundert Meter von hier geschehen. Deswegen war Hank heute hierher gekommen, am allerersten Schneetag der Saison. Wenn er es heute nicht versuchte, würde dieser Moment nur an Wichtigkeit gewinnen. Jeder Tag, an dem er es nicht tat, würde das Problem nur vergrößern.

Und gerade jetzt würde jede Minute, die er länger hier oben saß und nachdachte, dasselbe bewirken.

Scheiße.

Ohne weiteres Zögern schob sich Hank mit den Skistöcken nach vorne und beugte sich bergab. Der Ski unter ihm tat seine Arbeit, die gewachste Unterseite drückte den Schnee unter sich zusammen und trieb Hank nach vorne. Und dann entfaltete die Schwerkraft ebenfalls ihre Wirkung. Hank fing an zu beschleunigen. Er lehnte sich etwas nach rechts und experimentierte mit der Steuerung. Es passierte nicht viel, außer dass Hank den Berg noch schneller runter fuhr. Also lehnte Hank sich noch weiter, damit die Skikante tiefer in den Schnee griff. Doch damit überdrehte er und kam schlitternd und in einer riesigen Schneewolke zu Fall. Er landete auf seinem Unterarm und seine Skistöcke verfingen sich in der Sit-Ski-Apparatur. Und dann war es still.

Also, na gut. Wie man fiel wusste er jetzt schon mal.

Hank zog einen Skistock unter seinem Körper hervor und drückte sich wieder hoch, bis er aufrecht saß. Obwohl sein Herz noch hämmerte, wartete er nicht. Er richtete den Ski bergabwärts aus und beschrieb direkt eine leichte Linkskurve. Das schien ganz gut zu klappen, also versuchte er es mit einer weiteren Rechtskurve. Dann wieder links. Rechts. Er steuerte um einen Typen herum, der gerade ein Schild mit der Aufschrift *Langsam: Lernbereich* aufstellte.

Er nahm etwas mehr Geschwindigkeit auf, aber das war ihm dann doch noch nicht ganz geheuer. Also ließ er die nächste Kurve etwas weiter auslaufen, um wieder langsamer zu werden. *So geht's. Leicht und locker. Links... Rechts....* Er hatte vergessen, wie sich das anfühlte – sich komplett in einer physischen Beschäftigung zu verlieren. Sein Kopf war frei von allem, das nichts mit dem Schnee, seinem Ski oder den zwei Stöcken zu tun hatte. Denken nicht erlaubt.

Er wollte nicht, dass es endete, doch Hank kam überraschend schnell am Fuße des Berges an. Den Schwung nutzend, den die Schwerkraft ihm noch mitgegeben hatte, beschrieb er einen vorsichtigen Bogen um den Wartebereich des Sesselliftes. Dann hielt er an, setzte beide Stöcke für mehr Balance auf den Boden und ruhte sich aus. Er war mehr außer Atem, als er gedacht hätte.

Bear und Callie standen noch im oberen Drittel der Piste beisammen. Bear gestikulierte mit den Händen und brachte Callie wahrscheinlich gerade eine weitere wertvolle Skiweisheit bei.

Es sah aus, als würden sie noch eine Weile brauchen, also schob sich Hank wieder in den Eingangsbereich des Sessellifts. Der Liftarbeiter legte einen Hebel um und verlangsamte die Sessel auf halbe Geschwindigkeit. Also, *das* war demütigend. Das letzte Mal, dass jemand den Sessellift für ihn verlangsamt hatte, war er noch im Kindergarten. Andererseits stand aus dem Lift zu fallen auch nicht auf seiner To-do-Liste für heute. Also entschied Hank, sich nicht darüber zu ärgern. Als der Sessel kam, zog er sich vorsichtig darauf und lehnte sich für die Fahrt zurück.

Der Himmel über ihm war so blau, dass es schon fast in den Augen weh tat. Und als Hank nach unten sah, konnte er die S-förmigen Linien sehen, die er in den Schnee gezogen hatte. Und wenn das mal keinen dicken, fetten Kloß in seinen Hals setzte.

Er war zwei Jahre alt gewesen, als er diesen Hügel das erste Mal auf kleinen Kinderskiern runterrutschte. Irgendwo gab es noch ein Bild, auf dem Hank mit einem Schnuller im Mund Ski fuhr. Mit sieben hatte er die Ski dann durch ein Snowboard ersetzt. Er war genau hier aufgewachsen, hatte Chili und Burger in der Skihütte gegessen und den größeren Kindern beim Üben ihrer Tricks in der Halfpipe zugesehen.

Sein ganzes Leben hatte sich auf diesen Bergen abgespielt. Als Erwachsener war er mit seinem Board in jedem großen Skigebiet Nordamerikas gefahren, aber es hatte alles genau hier angefangen. Und deswegen war es richtig und wichtig gewesen, heute hierhin zu kommen. Er durfte keine Angst vor diesem Ort haben. Er *würde* keine Angst haben.

Oben angekommen, stieß er sich diesmal selbst vom Liftsessel ab und fummelte seine Hände gerade schnell genug durch die Schlaufen der Skistöcke, um einen weiteren Sturz auf dem Ausstieg zu vermeiden. Auf dem Scheitelpunkt des Hügels angekommen, hielt er an, um Callie beim Skifahren zuzusehen. Sie stellte sich jetzt etwas besser an, war weniger verspannt. Er sah, wie sie zwei Kurven fuhr, bevor sie in einer Wolke Schnee hinfiel. Die Beine dramatisch in die Höhe geworfen, plumpste sie auf dem Rücken in den Schnee, blieb aber offensichtlich unverletzt.

In sich hinein lächelnd, richtete Hank seinen Ski auf die Stelle aus, wo Callie im Schnee lag. Dieses Mal lief seine Fahrt glatter, jetzt wo er ein besseres Gefühl für das Zusammenspiel seines Sitzes mit den Kanten des Skis hatte. Darauf bedacht, seine Geschwindigkeit unter Kontrolle zu halten, hatte er es mit sechs oder sieben Kurven runter zu Callie geschafft. Er vollzog eine viertel Wende, nutzte die Bewegung bergaufwärts, um seine Geschwindigkeit zu drosseln, und ließ sich dann umkippen, um neben ihr im Schnee zu landen. „Kommst du oft hierher?", fragte er sie.

„Was, ist das so offensichtlich?", fragte sie, flach auf dem Boden liegend.

Bear lachte. „Du wirst schon besser, ich schwör's."

Hank zeigte den Berg hoch. „Du kannst ruhig eine Runde fahren, Kumpel. Ich möchte mit meinem Mädchen reden."

Mit einem Schulterzucken fuhr Bear davon.

„Er ist ein sehr geduldiger Lehrer", sagte Callie. „Aber die Schülerin ist nicht besonders helle."

„Ich finde sie ziemlich klasse."

Callie rappelte sich auf einen Ellenbogen hoch und sah ihn mit ihren blauen Augen an. „Geht's dir gut?"

Hank robbte auf den Unterarmen näher an sie heran, sie verstand den Wink und beugte sich vor. Der Kuss, den er ihr aufdrückte, war alles andere als dezent. „Mir geht's großartig", sagte er an ihren Lippen. „Vielen Dank, dass du fragst." Er küsste sie erneut, angezogen von ihrem süßen Geschmack.

„Ich hab dich gesehen", sagte sie zwischen den Küssen. „Es ist wirklich nicht fair, dass du direkt beim ersten Versuch auf dem Ding fahren kannst."

Er ignorierte die Beschwerde und küsste sie jetzt noch fordernder. Und die genussvollen Geräusche, die sie von sich gab, brachten Hank dazu, sich noch mehr Zeit zu nehmen.

„Ist alles in Ordnung, Mister?"

Widerwillig ließ Hank von Callie ab und sah auf. Ein kleines Mädchen, vielleicht sechs Jahre alt, hatte auf der Übungspiste angehalten und starrte sie an.

„Soll ich die Bergwacht rufen?", fragte das kleine Wesen.

„Nö. Hier gibt's nichts zu sehen", sagte Hank. „Fahr ruhig weiter."

„Warum stehen Sie dann nicht auf?", wollte das kleine Mädchen wissen und legte fragend den Kopf schräg, wie ein kleiner Welpe. „Haben Sie sie wiederbelebt?"

„Nein!", sagte Callie fast erschrocken. „Es ist alles in Ordnung, wirklich. Wir, ehm, machen nur eine kleine Pause."

„Tschüss", versuchte es Hank und winkte ihr zu.

Das kleine Mädchen warf ihnen noch einen letzten, skeptischen Blick zu, dann fuhr es weiter.

Callie traf seinen Blick und dann mussten sie beide lachen.

Aber Callies Lachen wurde zu einem Stöhnen und sie rappelte sich auf die Ellenbogen hoch. „Dieser letzte Sturz hinterlässt bestimmt einen blauen Fleck. Aber wenigstens weiß ich, an wen ich mich in Sachen Wiederbelebung wenden muss."

„Ich stehe jederzeit für Mund-zu-Mund-Beatmung zur Verfügung."

„Hank, es gibt einen Grund, warum ich nie Skifahren gelernt habe", sagte Callie und rieb sich mit der Faust über den äußeren Oberschenkel. „Und es hatte nichts mit Angst zu tun."

„Nicht?" Er hoffte, sie würde keinen allzu großen Muskelkater von ihrer ersten Skistunde davontragen. Und wenn doch, konnte er ihr immer noch vorschlagen, eine seiner Whirlpool-Fantasien zu realisieren.

Wieder sah sie ihn an. „Squaw Valley war nur eine Tagesreise von Sacramento entfernt. Und in der High School haben meine Freunde mich eingeladen, mit ihnen zu kommen. Aber der Skipass und die Leihgebühren für die Ausrüstung lagen bei über hundert Dollar. Da musste ich ihnen absagen."

„Ich verstehe", sagte Hank. Doch jetzt fühlte er sich wie ein Arsch. Jeden November hatten seine Eltern ihm einen brandneuen Parka mit einem Saisonpass in dem Hightech-Sichtfenster am Oberarm überreicht. Ihr Ausrüstungsschuppen war mit dem neuesten Equipment vollgepackt, welches jedes Mal ausgetauscht wurde, wenn er und Stella aus ihrem alten Kram herausgewachsen waren.

„Ich habe nicht nur aus akademischen Gründen Angst, mir im Krankenhaus Ärger einzuhandeln." Callie sah auf ihre Hände herab. „Ich brauche diesen Job. Ich bin ziemlich erfolgreich, aber es wird noch ein paar Jahre dauern, bis ich von den Schulden runter bin."

Hank räusperte sich. „Ich hoffe, ich habe dir das letzte Nacht nicht versaut."

„Ich glaube nicht, dass du das hast", sagte sie rasch. „Ich

erzähle dir nur, warum mir beim Gedanken, gegen die Regeln zu verstoßen, der kalte Schweiß ausbricht. Ich *will* nicht als dieses langweilige Mädchen rüber kommen, aber ich kann es mir buchstäblich nicht leisten, leichtsinnig zu sein."

„Das letzte was du bist, ist *langweilig*", lachte Hank. Callies Kinn schnellte hoch und er konnte ihrer Miene ablesen, dass sie ihm nicht glaubte. „Du bist clever und das ist echt sexy. Ich war immer ein zu großer Adrenalinjunkie, um das an anderen Leuten zu schätzen zu wissen. Aber zum Leben gehört mehr, als nur von irgendwelchen Dingen runterzuhüpfen. Von all den Frauen, die ich jemals getroffen habe, bist du die Einzige, die mich jeden einzelnen Tag zum Lachen bringt."

Da wurde sie tatsächlich rot und sah weg. „Was macht der Typ da?", fragte sie und zeigte bergab.

In der Mitte der Anfängerpiste stand ein Mitarbeiter mit einer Schaufel und häufte Schnee auf eine keilförmige Holzkiste.

„Er baut eine kleine Sprungschanze", erklärte Hank. „Sie bauen hier immer wieder kleine Geländebesonderheiten ein, um die Kinder aus dem größeren Snowpark fernzuhalten. Als ich noch ein Kind war, habe ich in meinem Vorgarten Stunden mit sowas verbracht. Ich musste noch meine eigenen Sprung- schanzen bauen. Jetzt machen wir es für sie."

„Du wirst mich heute nicht zwingen, zu springen, oder?"

Hank schüttelte den Kopf. „Callie, ich werde dich zu gar nichts zwingen. Ich bin nur froh, dass du heute mit mir hierher gekommen bist und es einmal ausprobiert hast." Er griff nach unten, schnallte sich von dem Sit-Ski ab und schob ihn zur Seite, so dass er bequemer neben Callie sitzen konnte.

Wieder sah sie ihn mit diesen blauen Augen an. „Ich werde bestimmt nochmal Ski fahren. Wirklich. Aber ich glaube nicht, dass ich jemals *gut* darin werde. Aber ab und zu macht es Spaß, etwas zu tun, in dem man schlecht ist. Es befreit dich aus deinem Kopf, nicht wahr?"

„Ja", flüsterte Hank. Wie aus dem Nichts war er sprachlos vor Bewunderung für sie. Die Reise auf der er sich befand, war keine einfache, aber trotzdem begleitete sie ihn. Das hoffte er jedenfalls.

„Manchmal...", sagte Callie mit ernstem Gesicht, „... manchmal grabe ich mir meine eigenen Gräben. Oft merke ich nicht einmal, dass ich sie immer tiefer meißle und auf einmal stecke ich darin fest."

Hank griff nach ihrer Hand und zog ihr einen der Handschuhe ab, die Stella ihr geliehen hatte. „Ich werde dich da rausziehen", sagte er. Dann führte er ihre Handfläche an seine Lippen und küsste sie.

Als er wieder aufsah, waren ihre Augen verschwommen. „Würdest du?", flüsterte Callie. „Das fände ich schön."

„Jederzeit, Baby", sagte Hank und rutschte näher, um sie zu umarmen. „Jederzeit."

Sie saßen zusammen auf dem Hügel und umarmten einander, während der Lift in der Ferne seine Runden drehte und Sessel um Sessel durch den blauen Himmel schwebte. „Weißt du", sagte Hank, das Kinn auf Callies Schultern, „ich denke, ich werde bei Bears Film mitmachen. Sein Reiseplan beinhaltet zwar nichts in Kalifornien, aber wenn du dort landen solltest, kann ich ihn vielleicht dazu bringen, den letzten Teil in Tahoe zu drehen."

„Das wird nicht nötig sein", antwortete Callie. „Wenn es für dich okay ist, werde ich noch eine Weile in Vermont bleiben."

„Ich bin sehr froh, dass du bleibst", sagte Hank. „Callie, bitte bring mich nicht um, aber mir ist heute Morgen klar geworden, dass ich aus der Studie aussteigen muss."

„Was?"

„Ich werde Dr. Fennigan anrufen, um es ihr zu erklären."

„Verlass die Studie nicht, Hank. Das ist nicht die Lösung."

Er schüttelte den Kopf. „Ich werde die Therapie trotzdem weiter machen, aber ich kann kein Studienteilnehmer bleiben, wenn ich diesen Winter acht Wochen auf Reisen bin. Bears Reiseplan ist ziemlich sportlich."

„Oh, Mist. Deine Eltern..."

„Die werden kein Problem damit haben. Die Studie wird auch ohne mich weitergehen. Und wenn ich in der Stadt bin, radel ich trotzdem noch auf Frankensteins Maschine und lasse Tiny sein Schlimmstes mit mir anstellen. Und vielleicht macht es das auch einfacher für dich, deinen Job in der Studie zu behalten."

„Hank, selbst wenn sie mir den wieder wegnehmen, komme ich damit zurecht. Du bist es wert."

Er bekam einen Kloß im Hals. Also zog er Callie auf seinen Schoß und hielt sie fest. Die vielen Kleidungsschichten zwischen ihren Körpern waren bedeutungslos. Er konnte trotzdem noch die Wärme und das Gewicht von ihr in seinen Armen, und ihren Atem an seinem Hals spüren. Sie waren lebendig und gesund und saßen im Sonnenschein auf einer Skipiste.

Vor einem Jahr noch dachte er, dass er auf diesem Berg alles verloren hätte. Aber das stimmte nicht mehr. Denn etwas noch Größeres war ihm zurückgegeben worden. Er fühlte Hitze hinter seinen Augen und kam sich wie der größte Narr auf dem Planeten vor.

„Ich muss immer noch auf diesen Skiern bis nach unten fahren, nicht wahr?", sagte Callie plötzlich.

Hank legte den Kopf zurück, um ihr in die Augen zu sehen. „Hast du Angst?"

„Ein bisschen. Das Wenden ist am schwersten."

„Ich dachte, einen Sprung sauber zu landen wäre am schwersten."

Sie schlug ihm auf die Schulter. „Angeber."

„Ruhig bleiben, du Schläger." Er fing ihre Hand ab und küsste ihre Handfläche. „Kann ich dir einen Tipp geben?"

„Klar."

„Die Kanten deiner Ski können sich nicht in den Schnee graben, wenn du zu langsam fährst. Es klingt zwar kontraintuitiv, aber du musst eine höhere Geschwindigkeit riskieren, damit es klappt."

Callie sah den Berg herab und dachte darüber nach. „Scheint eine universelle Wahrheit zu sein."

„Scheint so."

Sie rappelte sich von seinem Schoß auf und griff nach ihren Skistöcken. „Okay. Ziehen wir es durch."

„Ich kann's nicht abwarten", sagte Hank.

20

EIN JAHR SPÄTER

Callie trat in den kleinen Filmvorführungsraum in Park City, Utah, und sah sich kurz um. Es gab Sitze für etwa drei Dutzend Leute. Callie wusste nicht, was sie erwartet hatte, aber es war nicht das hier – gemütliche Ledersessel vor einer großen Leinwand und Gourmet Goodiebags an jedem Platz. Es war ziemlich nobel. Trotzdem trugen Bears und Hanks Park City Freunde und die Snowboard-Crew die für sie typischen gammeligen T-Shirts und Kappen.

Wenn Hank mit von der Partie war, gab es nie einen langweiligen Moment. Man wusste nie, wer auftauchen oder was passieren würde. Callie liebte es.

Ein paar Köpfe drehten sich in ihre Richtung um und mehrere Hände winkten ihr zur Begrüßung. „Caddie!", rief eine kleine Stimme und Callie entdeckte Willows Kleine, die auf dem Schoß ihrer Mutter herumsprang. Neben ihnen hielt Dane ihren fünf Monate alten Sohn, Max. Da sie direkt hinter Hank saßen, ging Callie geradewegs durch den Raum und ließ sich auf den Doppelsessel neben ihren Freund fallen. Sie drückte Hanks

Hand und drehte sich dann um, um Finley einen Kuss zuzuhauchen, die sie erst vor einer Stunde noch beim Brunch gesehen hatte.

„Hey, Dane?", fragte Callie. „Wenn er aufwacht und du jemanden brauchst, der ihn während des Films hält, gehe ich gerne ein Stück mit ihm." Im Moment waren die pummeligen Hände des Babys zu Fäusten gekrümmt, während er schlief, und es benötigte einiges an Willensstärke, nicht nach ihm zu greifen und seine weiche Haut zu streicheln.

„Nein, das wirst du nicht", meinte Hank neben ihr und tätschelte den Ledersessel. „Ich möchte, dass du dieses Ding bis ganz zum Ende guckst."

Callie setzte sich richtig hin und wandte sich ihm zu. „Ich will deinen Film sehen", sagte sie. „Ich gehe nur davon aus, dass ich ihn dieses Jahr ziemlich oft sehen werde." Der Film würde auf mehreren Filmfestivals an ein paar sehr coolen Orten gezeigt werden und Callie freute sich schon darauf, ihre Urlaubstage zu nutzen, um mit Hank nach Frankreich und Lake Tahoe zu reisen.

Ihren Patensohn bekam sie dagegen viel zu selten zu sehen.

Hank ergriff ihre Hand und küsste ihre Fingerknöchel. „Tu mir den Gefallen", sagte er. „Guck dir das ganze Ding an."

„Na gut", sagte sie und erhaschte einen Blick in seine dunkelbraunen Augen. Er hatte heute beim Brunch nicht viel geredet und komischerweise war er gestern auch schon so zurückhaltend gewesen. Als er sie vom Flughafen abholte, hatte er sie in eine feste Umarmung eingehüllt, doch danach hatte der Abend spürbar die ansonsten für Hank typische Unterhaltung und Heiterkeit vermissen lassen.

Callie fröstelte kurz, während sie überlegte, was wohl der Grund dafür war. „Du warst dieses Wochenende schrecklich still. Ist alles in Ordnung?" Es sah Hank nicht ähnlich, wegen der Vorführung nervös zu sein. Das war einfach nicht seine Art.

„Mir geht's gut", sagte er und richtete seine Aufmerksamkeit auf die Leinwand, die gerade flackernd zum Leben erwacht war. Die Saallichter wurden gedimmt und Bear stellte sich für eine kurze Begrüßungsrede vor den Raum. „Freunde", begann er. „Nachbarn. Kranke, verantwortungslose Snowboarder..."

Das Publikum johlte und Callie musste grinsen. Sie waren ein lustiger Haufen und Callie hatte es sehr genossen, ein paar von ihnen im letzten Jahr besser kennenzulernen.

„... willkommen und danke, dass ihr heute hier erschienen seid, um den Director's Cut des Films zu sehen. Hank und ich hatten eine Wahnsinnszeit, diesen Film mit euch zu machen. Die Version, die ihr heute sehen werdet, ist der fertige Film, mit dem kompletten Soundtrack, aber auch ein paar Extraszenen hier und da. Ihr werdet sie erkennen, wenn ihr sie seht." Bear zwinkerte, dann setzte er sich.

Die Leinwand wurde heller und zeigte einen Berg, hinter dem im Zeitraffer ein Sonnenaufgang verlief, während aus der Stille heraus langsam Musik anschwoll. Callie sah mit großen Augen zu, wie die ersten Snowboarder ins Bild geschossen kamen und von einem klippenähnlichen Vorsprung an der Kameralinse vorbeiflogen. Zum pumpenden Rhythmus eines Red Hot Chili Peppers-Songs wurden die Tricks immer waghalsiger, bis die Fahrer sich mit weltklasse Luftkunststücken an der Kamera vorbei schleuderten.

Es war wunderschön, aber es hinterließ bei Callie ein unwohles Stechen im Herzen. Ihr einziger Besuch bei einer Halfpipe-Veranstaltung verfolgte sie immer noch. Sie fragte sich, ob dieser Schmerz je ganz verschwinden würde – nicht nur bei ihr, sondern auch bei Hank. Er war das letzte Jahr so tapfer gewesen, war mit seinen Freunden raus gegangen, hatte etwas Zeit auf dem Sit-Ski verbracht und sogar noch mehr Zeit damit, die Kamera zu halten. Er hatte sich nie beschwert. Aber es musste Momente gegeben haben, in denen es Folter für ihn war.

Als Nächstes dokumentierte der Film einen Helikopterausflug in den Tiefschnee. Auf der Leinwand diskutierten die Snowboarder, ob es möglich sei, zwei auf noch keiner Karte verzeichnete Abfahrten auf einem Berg in Alaska herunterzufahren.

Den Film zu sehen war ein wenig wie das letzte Jahr nochmal zu erleben. Anfangs hatte die Arbeit am Film in erster Linie aus Diskutieren und Planen bestanden. An Hanks Esstisch hatten er und Bear ihre Ideen besprochen. An Abenden, an denen sie spät von ihrer Krankenhausschicht kam, ließ sie sich meistens selbst durch Hanks Haustür hinein, mit dem Schlüssel, den er für sie hatte anfertigen lassen. Und wenn sie den Raum betrat, hob er den Kopf und sah ihr mit einem Blick in die Augen, welcher von einer so hungrigen Wärme erleuchtet war, dass es sie aufheiterte, egal wie lang der Tag gewesen war.

An anderen Abenden gingen sie zusammen aus. Obwohl Callie schon drei Jahre in Vermont gelebt hatte, schien Hank einen unerschöpflichen Vorrat an geheimen Orten in der Hinterhand zu haben. In der ersten klaren Schneenacht nahm er sie auf einen Schneemobilausflug unterm Vollmond mit. Ein anderes Mal fuhren sie eine Stunde zu einer ausgezeichneten Pizzeria in Chester, von der sie noch nie gehört hatte. An einem ihrer freien Tage machten sie eine Besichtigungstour durch die Ben & Jerry's Eiscremefabrik, wo Callie auf die Maschinen herabsehen konnte, die Kirschen und Schokolade zu ihrer Lieblingssorte verrührten. „Ich bin an der Quelle des Glücks angekommen", scherzte sie.

„Nicht, dass du eine weitere Eiscreme-Krise haben würdest", neckte Hank sie. „Aber jetzt hast du zumindest mal einen Blick in die Wunderwerkstatt geworfen." Sie machten ein Selfie vor einer Statue von Holstein und probierten eine brandneue Geschmackssorte.

Seit sie mit Hank ausging, hatte Callie mehr Spaß als all die Jahre zuvor.

Auf der großen Leinwand hatten es die Snowboarder im Hubschrauber nach Alaska geschafft. Obwohl sie Teile des Materials schon vorher gesehen hatte, hielt Callie den Atem an, als der Helikopter wieder abhob und drei einsame Gestalten auf einem felsigen Berggipfel zurückließ. Und sie keuchte, als der erste mit seinem Board über den Vorsprung hüpfte und scheinbar durch reine Willenskraft auf der verschneiten Klippe aufrecht stehen blieb. Die Aufnahmen waren atemberaubend in ihrer Schönheit und der Gefahr, die sie ausstrahlten. Als die Kamera herauszoomte, wirkten die Snowboarder plötzlich nur noch wie Ameisen angesichts der gewaltigen, felsigen Berge und des stürmischen, grauen Himmels.

Die Szene, die am schwersten mitanzusehen war, war die einer Lawine, die einen der Fahrer den Berg herunter verfolgte. Ihr Griff umklammerte Hanks Handgelenk, bis er ihre Hand irgendwann abstreifte. „Callie", flüsterte er. „Du hast gerade noch mit ihr geredet."

„Oh mein Gott. Das ist *Stella*?" Callies Griff wurde wieder fester und Hank musste lachen. Callie kannte den Ausgang der Szene zwar, trotzdem war es schwer hinzusehen, als die Lawine Hanks Schwester überholte, obwohl diese nur ein paar Sekunden später aus dem Schnee auftauchte, immer noch auf ihrem Board.

Was für verrückte Leute machten sowas überhaupt?

Ach, ja. All die Leute in diesem Raum.

Als Hank das Reisen für den Film begann, hatte Callie während seiner Abwesenheit Überstunden geschoben. Aber sie hatte es im Februar nach Idaho geschafft, als die Crew dort drehte. Tagsüber, während Hank beschäftigt war, nahm Callie Privatunterricht bei einem sehr verständnisvollen Skilehrer. Aber abends verließ Hank die Filmcrew und deren zwielichtigen Unterkünfte und kam zu ihr in das Luxus-Hotelzimmer, das er für sie beide gebucht hatte. Gemeinsam verwöhnten sie sich mit Candle-Light-Dinnern, Flaschen guten Weins und phantastischem Hotelzimmersex.

Wenn jemand Callie im letzten Winter gesagt hätte, dass sie im nächsten Jahr einen schicken Winterurlaub mit ihrem sexy Freund, der vom Sportler zum Filmemacher geworden war, verleben würde, hätte sie das nie geglaubt. Es waren ein toller Winter und ein großartiges Jahr gewesen. Sie hoffte, dass Hank auch so dachte.

Aber warum war er dann so ruhig?

Verstohlen sah Callie ihn im Dunkeln an. Seine Augen waren auf die Leinwand geheftet, aber er kaute auf eine Art auf seinen Lippen, die nicht gerade Hank-typisch war. Der Film lief weiter und zeigte andere exotische Orte und schillernde Sportlerpersönlichkeiten. Aber Callies Gedanken drifteten ab und sie fragte sich, was Hank wohl dachte.

Der Sommer, den sie gerade miteinander verbracht hatten, war ebenfalls wunderbar gewesen. Als die Dreharbeiten abgeschlossen waren, hatte Hank viel mehr Zeit in Vermont verbracht. Während Callie auf der Arbeit war, saßen Hank und Bear stundenlang im Schneideraum. Aber der Spaß kam trotzdem nicht zu kurz. Sie gingen gemeinsam Blaubeeren sammeln und backten einen weiteren Kuchen zusammen. Hank nahm sie mit zu seinen Eltern, wo sie von Mr. und Mrs. Lazarus wie eine Königin behandelt wurde.

Einmal nahm Hank sie sogar zum Fischen mit. Und obwohl Köder auf Angelhaken zu ziehen nicht gerade Callies Ding war, freute sie sich sehr, als Hank einen Fisch fing. Mit Hank zusammen zu sein, war als würde man in einem Abenteuerfilm *leben* und sie wollte, dass er nie zu Ende ging. Und das würde er nicht, oder?

Hör auf, so paranoid zu sein, tadelte Callie sich. Der Film war fast vorbei, doch sie hatte den Faden verloren, weil sie zu beschäftigt damit gewesen war, sich Sorgen zu machen, anstatt zuzusehen. Callie griff nach Hanks Hand.

Beruhigend schlossen sich seine Finger um ihre. „Den nächsten Teil wirst du lieben."

Er hatte nicht Unrecht. Das Leinwandbild löste sich in eine vollkommen weiße Welt auf. In der Stille wurde das Geräusch eines Motors lauter. Dann fuhr ein Schneemobil mit einem einzelnen Fahrer ins Bild. Und auf seinem Rücken hatte er einen Violinenkoffer.

Callie keuchte so überrascht auf, dass Hank kichern musste.

Der Leinwand-Hank nahm Willows Violine heraus, klemmte sie sich unters Kinn und begann, eine irische Folkmelodie zu spielen. Der Klang war klar und quirlig. Und nach ein paar Takten Musik mischte sich ein Hip Hop Rhythmus darunter. Das war ein klasse Effekt – sie sollte daran denken ihn zu fragen, wie sie das gemacht hatten. Doch dann zoomte die Kamera raus und offenbarte Snowboarder, die *direkt über Hanks Kopf hinweg flogen!*

Das Schneemobil war zwischen zwei Sprungschanzen geparkt – einer Absprungrampe und einer anderen für die Landung. Während Hank weiterspielte, sprang eine Reihe von Boardern über ihn hinweg, wirbelten herum und landeten ihre einfallsreichen Kunststücke sicher auf der anderen Seite.

„Oh, mein Gott", hauchte Callie. „Das sieht so gefährlich aus."

Hank schnaubte neben ihr. „Nee."

Die Kamera fuhr noch weiter heraus und zeigte einen bedeckten Himmel. Schließlich hörte die Parade der Trickser auf. Einer nach dem anderen fuhren sie aus dem Sichtfeld und ließen Hank alleine in der Aufnahme. Er und seine unsichtbaren Begleiter spielten ein übermütiges Finale zu dem Song, wobei die Rhythmussektion zuerst aufhörte. Und dann beendete Hank die Melodie und erlaubte es der letzten Note, im Wind zu verklingen. Auf der Leinwand hatte es gerade angefangen zu schneien.

Hank nahm die Violine vom Kinn und sah zu den Flocken hoch. Er packte das Instrument in dessen Koffer und warf ihn sich auf den Rücken. Dann ließ er das Schneemobil röhrend zum Leben erwachen. Mit schräg gehaltenem Kopf fuhr er mit der Maschine einen weiten Bogen. Und bevor Callie begriff, was geschehen würde, ließ er den Motor aufheulen. Das Schneemobil raste die Absprungrampe hoch. Callie hielt den Atem an, als Hank mit der Maschine in die Luft absprang. Der Film wechselte in die Zeitlupe und zog den Bogen seiner Flugbahn in die Länge. Der Kamerawinkel veränderte sich, um die fliegende Maschine von unten aufzunehmen.

Die Landung wurde von einem heftigen Aufprall begleitet, aber Hank fuhr unbeeindruckt weiter und raste Richtung Horizont. Jetzt beschleunigte die Aufnahme und zeigte den ausschweifenden Zickzackkurs seiner Abfahrt in doppelter Geschwindigkeit.

Callie war zu erschrocken, um mit einzustimmen, als die Leute um sie herum im Kino zu pfeifen und zu klatschen begannen. Beinahe hätte sie verpasst, dass der Abspann lief, so heftig schlug ihr das Herz bis zum Hals.

Mit einem Grinsen wandte Hank sich ihr zu. „Hat's dir gefallen?"

Sie zögerte. *Vorsichtig*, sagte ihr eine innere Stimme. Aber... Hank war genau das Gegenteil von vorsichtig. „*Musstest* du mit diesem Ding springen?", platzte es aus ihr heraus.

Er warf den Kopf in den Nacken und lachte. Dann knuffte er ihr in den Arm. „Guck weiter."

Callie sah wieder zur Leinwand. Der Abspann war zu Ende und sie sah einen leeren Raum. Hank rollte ins Sichtfeld, hielt an und wandte sich der Kamera zu. Er hielt eine Hand ans Ohr.

„Was war das, Callie? Hast du mich gerade gefragt, warum ich mit dem Schneemobil gesprungen bin?"

„Ich fass es nicht", sagte Callie laut. Und dann fingen alle um sie herum an zu lachen.

Der Leinwand-Hank war noch nicht fertig. „Naja, ich werde dir sagen, warum. Weil ich Risiko *liebe*. Fast so sehr wie ich dich liebe."

Callies Kinnlade klappte vor Überraschung herunter und überall um sie herum gab das Publikum ein übertriebenes „Awww!" von sich.

„... weswegen ich das hier tun kann", sagte Leinwand-Hank. Und dann streckte er seine rechte Hand in die Luft und fing an, mit einem Finger zu schreiben: „CALLIE, WILLST..." Eine helle, blaue Linie begann seinem Finger zu folgen und die Buchstaben nachzuzeichnen, wenn er sie in die Luft gemalt hatte. „... DU MICH..."

Callies Herz machte einen Satz. Machte er ihr wirklich gerade einen...?

„HEIRATEN?", endete Leinwand-Hank.

„Oh, mein GOTT", schrie Willow aus dem Sessel hinter ihr.

Leinwand-Hank hörte auf zu schreiben und verschränkte die Arme vor der Brust. Callie drehte sich mit großen Augen dem echten Hank zu, der ein kleines, schiefes Lächeln aufgesetzt hatte. In seiner Handfläche lag eine kleine, eierschalenblaue Samtbox. Und in dieser Schatulle steckte ein wunderschöner Diamantsolitär.

Für mehrere Herzschläge konnte Callie den Ring einfach nur anstarren. „Oh, Hank", sagte sie schließlich. Behutsam, als könnte sie sich als nicht real herausstellen, nahm Callie ihm die Schatulle aus der Hand. „Ist der für *mich*?"

Er packte sie und zog sie auf seinen Schoß. „Für wen denn sonst, du Dummerchen?" Er küsste ihr Haar. „Heirate mich, Callie."

Immer noch still blinzelte sie sich Freudentränen aus den Augen. *Wow.* Ihr fehlten eindeutig die Worte. Also nahm sie Hanks maskulines Kinn in die Hand und küsste ihn innig.

Sie spürte sein Kichern an ihren Lippen. „Willst du die Frage nicht beantworten?"

„Ja."

„Ja, du willst die Frage beantworten? Oder..."

„Ja, Hank. Einfach... *Ja.*" Sie küsste ihn wieder. Ein zustimmendes Grölen ertönte von den anderen zwei Dutzend Menschen im Raum.

Eifrig empfing er ihre Lippen und schürte die Flamme ihres Kusses zu einem lodernden Brand. Aber dann nahm er ihr Gesicht in beide Hände und sein Kuss wurde weicher. Die Zärtlichkeit, die sie darin fand, war genauso atemberaubend. Er hielt mit den Lippen an ihren inne und liebkoste ihr Gesicht mit seinem. „Habe ich dich überrascht?"

Sie nickte an ihm. „Total."

„Gut. Gefällt dir der Ring? Wenn es nicht dein Geschmack ist, kannst du dir einen anderen aussuchen."

Sie hielt die kleine Schatulle immer noch in der Hand. Sie drehte sie leicht und das gedimmte Licht reflektierte von den vielen Facetten eines quadratisch geschnittenen Diamanten in einem formschönen Platinumband zu ihr zurück. „Er ist wunderschön, Hank." Mit zitternden Fingern nahm sie ihn aus der kleinen Schatulle und ließ ihn auf den Ringfinger ihrer linken Hand gleiten. Als sie die Hand ausstreckte, um ihn zu betrachten, blinzelte er ihr zu, ein blendendes Stück Licht, bei dem sie sich nicht sicher gewesen war, ob sie es jemals auf ihrer ansonsten schmucklosen Hand sehen würde. „Ich... Ich habe nie rumgesessen und mir Gedanken darüber gemacht, wie Verlobungsringe aussehen sollten. Du hast ihn für mich ausgesucht, also ist er perfekt."

Er gurrte ein leises Brummen in ihr Ohr und küsste ihren

Hals. „Genau wie du." Seine Arme schlossen sich um ihre Taille. „Ich habe die beste Frau überhaupt gefunden und jetzt habe ich sie auch noch dazu gebracht, Ja zu sagen."

Callie lächelte auf ihren Ring herab. „Ich wusste nicht, dass du heiraten wolltest. Du hast nie davon gesprochen." Selbst nach dem wunderbaren Jahr, das sie zusammen verbracht hatten, flüsterte ihr Herz ihr manchmal noch Zweifel zu. Sie hoffte, dass der Antrag kein Impuls war, den er später bereuen würde.

„Ich schieße lieber erst und stelle später Fragen, Callie. Wenn du Nein gesagt hättest, oder dir nicht sicher gewesen wärst, dachte ich mir, wir reden dann darüber – und ich versuche, deine Meinung zu ändern."

„Riskant", neckte Callie und kuschelte sich an ihn. Jetzt ergab seine ungewöhnliche Stille einen Sinn. „Du warst *nervös*. Und ich dachte, du wärest furchtlos."

„Nee", lachte Hank. „Jeder wird nervös. Ich lasse mich davon nur nicht aufhalten."

„Pssst!", räusperte Willow sich. „Kann ich den Ring jetzt sehen? Ich sterbe hier vor Neugier." Callie streckte die Hand nach hinten über ihre Sitzlehne. „Oooh! Der passt *so* gut zu dir, Callie. So elegant."

„Okay, sie darf zur Hochzeit kommen", sagte Hank.

Die kleine Finley kam herüber geklettert, um zu sehen, was all die Aufregung zu bedeuten hatte. „Hübsch!", sagte sie und streichelte über die blaue Samtbox.

„Gibt es nicht eine Party, auf die wir jetzt gehen sollten?", fragte Callie und rutschte von Hanks Schoß runter.

„Wenn wir müssen", sagte Hank. Dann senkte er die Stimme. „Ich würde eine wesentlich privatere Feier vorziehen."

„Ich bin allerdings in Stimmung für ein Glas Champagner." Sie nahm ihre Handtasche an sich und ging, um Hanks Rollstuhl zu holen.

Als sie wieder kam, schüttelte Dane Hanks Hand. Und dann trat er einen Schritt zurück, legte den Kopf in den Nacken und begann, die gesamte Decke des Raums abzusuchen.

„Dane, was machst du da?", fragte Willow.

„Ich suche nach fliegenden Schweinen. Man will ja nicht unter einem dieser Viecher stehen, wenn es einen fahren lässt."

„Danke, Arschloch", schnaubte Hank.

Aber sein Protest ging im Lachen der anderen unter. Alle bewegten sich auf den Ausgang zu, aber Callie blieb zurück, während Hank sich in seinen Stuhl setzte. Als sie alleine waren, machte sie es sich kurz auf seinem Schoß bequem. „Was für eine Hochzeit möchtest du haben?", fragte sie. Vor ihrem inneren Auge entfaltete sich die Vision von einem alten Gasthaus in Vermont im Herbst.

„Ich bin ein Kerl. Uns ist dieser Kram egal", gab Hank zu. „Solange es dich in einem knappen Fetzen, Schnaps und anschließend einen schönen Urlaub beinhaltet, bin ich zufrieden."

„Also hast du dir schon reichlich Gedanken gemacht", sagte Callie trocken.

Er lachte. „Hast du?"

„Noch nie. Ich bin *immer* noch geschockt. Und da war ich nicht die Einzige", sagte sie und umarmte ihn.

„Aber du bist die Einzige, auf die es ankommt", flüsterte er. „Das meine ich ernst, Callie. Es war ein fantastisches Jahr. Jeden Tag liebe ich dich mehr."

Ihr Herz wollte platzen. „Ich liebe dich auch, du Teufelskerl." Sie beugte sich herab und küsste ihn.

ENDE

ANDERE BÜCHER VON SARINA BOWEN

True North - Wo auch immer du bist

True North - Schon immer nur wir

True North - Du bist alles für immer

Kalte Nächte Warme Herzen

Bevor wir fallen

Him - Mit ihm allein

Us - Du und ich für immer

ÜBER DIE AUTORIN

Sarina Bowen ist Bestsellerautorin, Gewinnerin des RITA Awards für zeitgenössische Liebesromane und hat bereits ein Dutzend romantischer Romane geschrieben. Sie lebt in Vermont, zusammen mit ihrer Familie, zehn Hühnern und viel zu viel Ski- und Eishockeyausrüstung.

www.sarinabowen.com/deutsch
sarina.bowen@yahoo.com